吴丹虹 ◎ 编

知识与风骨

——吴象水新闻作品选

南京大学出版社

图书在版编目（CIP）数据

知识与风骨：吴象水新闻作品选 / 吴丹虹编. ——南京：南京大学出版社，2021.7（2024.5重印）
ISBN 978-7-305-24390-5

Ⅰ.①知… Ⅱ.①吴… Ⅲ.①新闻-作品集-中国-当代 Ⅳ.①I253

中国版本图书馆 CIP 数据核字（2021）第 082597 号

出版发行　南京大学出版社
社　　址　南京市汉口路22号　　　邮　编　210093

书　　名　知识与风骨：吴象水新闻作品选
编　　者　吴丹虹
责任编辑　黄　睿

照　　排　南京新华丰制版有限公司
印　　刷　徐州绪权印刷有限公司
开　　本　718mm×1000mm　1/16　印张 20　字数 295千
版　　次　2021年7月第1版　印　次　2024年5月第3次印刷
ISBN　978-7-305-24390-5
定　　价　126.00元

网址：http://www.njupco.com
官方微博：http://weibo.com/njupco
微信服务号：njupress
销售咨询热线：（025）83594756

＊ 版权所有，侵权必究
＊ 凡购买南大版图书，如有印装质量问题，请与所购图书销售部门联系调换

吴象水近照

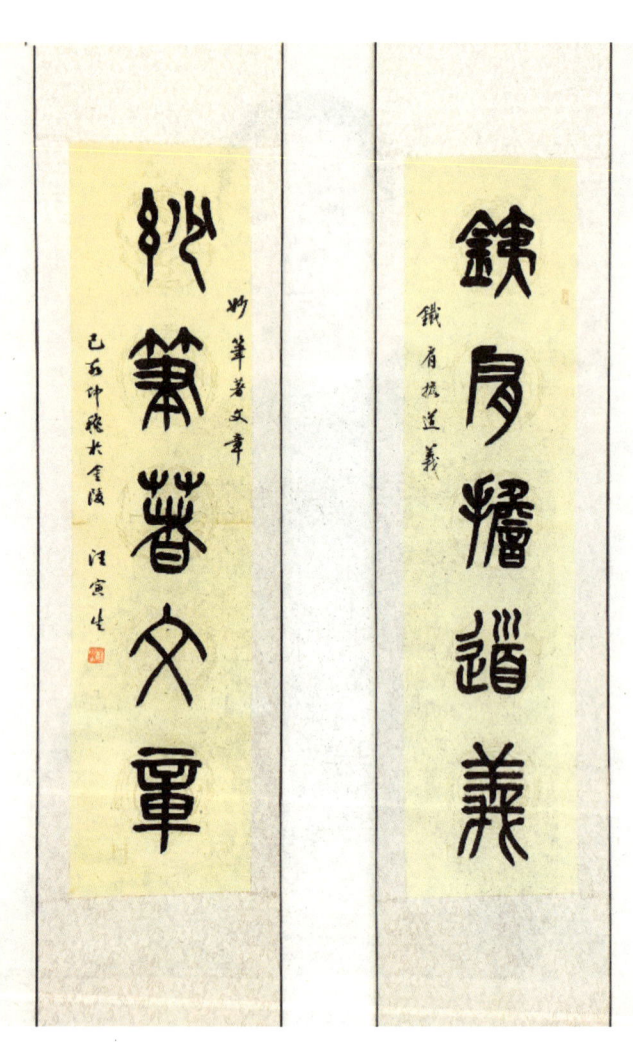

南大校友汪寅生为吴象水题字

序

前些时候，吴象水来北京看我，送来了这本书的初稿，希望我写一个序，我答应了。

我与吴象水同志认识已有20多年。我是浙江宁波镇海人，对家乡浙江的经济社会发展非常关注。多年来，我经常为全国一些省、市、县干部做经济形势和中央会议的解读报告。由于我出差一般不带秘书，吴象水又曾是国务院发展研究中心主管的《中国经济时报》派驻浙江记者，他多次陪同我调研、赴会，有了深厚的交情。

吴象水很热爱家乡，积极关心家乡的经济社会发展，工作又很认真负责。他的新闻生涯是很出彩的，他所到之处均与人交往密切，正像他的名字一样"象水"般润泽八方。他的报道文章给我们高层提供了社会发展的许多美好愿景，也给了我们很多启示。

吴象水为人热忱、率直、正义，常常对家乡底层社会的一些不良现象疾恶如仇，努力伸张正义，为民请命，反映实情，对老百姓的所期所盼，牢记于心，铮铮铁肩担道义，奔走呼号解决问题。他是一个有责任心的优秀新闻人物。

我想，大家看了这本书之后，会更加深入地了解他。

国务院发展研究中心原副主任
陆百甫

目 录

第一部分 何为第一人

义乌小商品吸引世界目光 ……………………………………………… 2

小商品买卖有了新渠道——义乌稠城小商品市场的调查 …………… 5

义乌市场要面向世界 …………………………………………………… 9

抢抓重大发展机遇 义乌市场勇立潮头 ……………………………… 13

陆港集团：坚定当好对外开放排头兵 ………………………………… 17

"民本"经济放飞诸暨 …………………………………………………… 20

世界"小商品之都"崛起在义乌 ………………………………………… 24

义乌市场30年带着小商品走向大市场 ……………………………… 30

义乌30年堪为市场经济发展缩影 …………………………………… 34

义乌市场与国际接轨意义重大 ………………………………………… 38

义乌小商品为何"卖全球" ……………………………………………… 39

义乌指数导航全球商家 ………………………………………………… 42

"小商品之都"转型升级"买卖全球" …………………………………… 45

勤劳、智慧、品德铸就的金钥匙 ……………………………………… 49

第七届中国义乌小商品博览会开幕 …………………………………… 59

天下袜子出大唐——探寻袜业之乡大唐镇的创业轨迹 ……………… 60

小袜子闯世界——大唐"国际袜都"的崛起 …………………………… 64

诸暨大唐要做袜业冠军 ………………………………………………… 68

义乌三期市场吸引世界目光 …………………………………………… 70

让"清廉市场"成为义乌"金字招牌" …………………………………… 74

永康"五金"呈五大趋势 ………………………………………………… 78

永康五金 走向世界 …………………………………………………… 80

义乌加快国际贸易综合改革创新升级 ………………………………… 81

搭建特色无形市场，义乌助推电子商务产业⋯⋯⋯⋯⋯⋯⋯⋯⋯⋯⋯⋯84

第二部分 促区域经济发展

抓机遇建设商贸特区　促义乌走向国际市场——中共义乌市委书记黄志平谈国际贸易综
合改革先行先试⋯⋯⋯⋯⋯⋯⋯⋯⋯⋯⋯⋯⋯⋯⋯⋯⋯⋯⋯⋯⋯⋯⋯⋯⋯⋯88
何德兴：把为百姓致富写进共产党员的信念里⋯⋯⋯⋯⋯⋯⋯⋯⋯⋯⋯⋯⋯⋯⋯91
义乌小商品市场托起大都市——访义乌市委书记楼国华⋯⋯⋯⋯⋯⋯⋯⋯⋯⋯⋯95
小商品市场如何保住第一——访浙江义乌市委书记赵金勇⋯⋯⋯⋯⋯⋯⋯⋯⋯⋯⋯97
借助试点开启宏图　义乌打造"二区六城"——访中共义乌市委书记黄志平⋯⋯⋯99
精致露营"热出圈"杜村拓宽共富路⋯⋯⋯⋯⋯⋯⋯⋯⋯⋯⋯⋯⋯⋯⋯⋯⋯⋯105
兴旅游　富村民⋯⋯⋯⋯⋯⋯⋯⋯⋯⋯⋯⋯⋯⋯⋯⋯⋯⋯⋯⋯⋯⋯⋯⋯⋯⋯108
大市场大物流大通道　义乌交投大显身手⋯⋯⋯⋯⋯⋯⋯⋯⋯⋯⋯⋯⋯⋯⋯⋯111
义乌环保局创新带动转变⋯⋯⋯⋯⋯⋯⋯⋯⋯⋯⋯⋯⋯⋯⋯⋯⋯⋯⋯⋯⋯⋯⋯115
书记市长包专机带队南下⋯⋯⋯⋯⋯⋯⋯⋯⋯⋯⋯⋯⋯⋯⋯⋯⋯⋯⋯⋯⋯⋯⋯118
加速义乌市场国际化——访浙江省林业厅厅长楼国华⋯⋯⋯⋯⋯⋯⋯⋯⋯⋯⋯⋯119
看"风水"造就福田市场——访浙江省人大常委会副主任厉志海⋯⋯⋯⋯⋯⋯⋯121
打响义乌城改第一炮——访浙江省旅游局局长赵金勇⋯⋯⋯⋯⋯⋯⋯⋯⋯⋯⋯⋯123
店口：工业化推进乡镇城市化⋯⋯⋯⋯⋯⋯⋯⋯⋯⋯⋯⋯⋯⋯⋯⋯⋯⋯⋯⋯⋯125
潮州官员为百姓做生意——访中共广东省潮州市委书记⋯⋯⋯⋯⋯⋯⋯⋯⋯⋯⋯133
义乌：放"虎"出笼⋯⋯⋯⋯⋯⋯⋯⋯⋯⋯⋯⋯⋯⋯⋯⋯⋯⋯⋯⋯⋯⋯⋯⋯⋯135
义乌市场"第一号通告"签发人——稠城镇原党委书记杨守信的回忆⋯⋯⋯⋯⋯137
"江南第一社"助力个私经济——记浙江省义乌市稠州城市信用社⋯⋯⋯⋯⋯⋯140
义乌城市有机更新敢打硬仗⋯⋯⋯⋯⋯⋯⋯⋯⋯⋯⋯⋯⋯⋯⋯⋯⋯⋯⋯⋯⋯⋯142
三步到位　满盘皆活——访浙江省浦江县委书记杜世禄⋯⋯⋯⋯⋯⋯⋯⋯⋯⋯⋯145
浙江省首个强镇合并　诸暨建设店口新城市⋯⋯⋯⋯⋯⋯⋯⋯⋯⋯⋯⋯⋯⋯⋯147
磐安走出生态致富路⋯⋯⋯⋯⋯⋯⋯⋯⋯⋯⋯⋯⋯⋯⋯⋯⋯⋯⋯⋯⋯⋯⋯⋯⋯148
义乌电力：全力营造"民心"工程⋯⋯⋯⋯⋯⋯⋯⋯⋯⋯⋯⋯⋯⋯⋯⋯⋯⋯⋯149
金华电业局为地方发展提供动力⋯⋯⋯⋯⋯⋯⋯⋯⋯⋯⋯⋯⋯⋯⋯⋯⋯⋯⋯⋯155
现代农业高质量可持续发展的带头人
——记全国劳模义乌市义亭镇大楼村村主任楼国三⋯⋯⋯⋯⋯⋯⋯⋯⋯⋯⋯159

义乌进博会跻身全球商品贸易舞台……162
金华要做中心城市……165
加快发展"浙中城市群"……167
百名博士汇一市，千位教授同故乡——院士博士东阳行……168
软硬兼施　苏溪开垦制造业洼地……169
东阳草席　漂洋过海……171
政府对企业不再贴标签——与浙江浦江县委书记杜世禄一席谈……172
衬衫之乡转型探索绿水青山共富路……174
"兰花之乡"举办首届兰花节……179
遂昌要做"中国竹炭之乡"……180
丽水市市长谢力群：跨越式发展不仅意味着速度……181
回报社会也是企业家精神……182
全国地级市首家"数字政府"在浙江金华启动……183
建设"生态磐安"……185
店口靠品牌优势促发展……186
祁红小镇建设快速推进……190

第三部分　铁肩担道义

国有资产层层流失　楼盘开发团团疑云——浙江义乌"锦都豪苑"种种怪现象揭秘……194
义乌工业用地面临"退二进三"抉择……198
金华破获特大网络赌博案……200
义乌红糖储量大，急等贩运通渠道……202
金华火腿怎么了？……203
金华火腿要保牌子……205
破释义乌"高利贷"旋涡……206
再释义乌民间"高利贷"……208
规范市场秩序决不手软……211
为糖农呼吁　义乌十万吨糖蔗告急……213
21岁的烈士留下了什么？……214
城防：兰溪的民心工程……215

朱益清50年草药人生 …… 217
义乌联合国采购中心揭牌 …… 218
义乌有了英语"110" …… 219
追寻义乌老北门的记忆 …… 220
破解义乌的"短腿"和"瓶颈" …… 227

第四部分 做人如水

知识与风骨，做人如水——记南京大学杰出校友吴象水 …… 232
中国市场学会专家吴象水：做小商品市场发展的推动者 …… 261
报道义乌小商品市场第一人 …… 265
回忆不仅是为了铭记——记吴象水为义乌市场的催生与发展鼓与呼 …… 269
智者乐水——吴象水印象记 …… 270
见证历史　心系发展——做好小商品市场发展的建言人 …… 272

第五部分 历史的说明

在《知识与风骨——吴象水新闻作品选》新书座谈会上的致辞 …… 276
小商品，大市场《知识与风骨》座谈会在京召开 …… 279
百廿云集观万象，源浚流长沃千里《知识与风骨》新书座谈会举行 …… 281
小商品，大市场《知识与风骨》新书座谈会在京召开 …… 284
在南京大学《知识与风骨——吴象水新闻作品选》出版发行座谈会上的讲话 …… 290
在《知识与风骨——吴象水新闻作品选》出版座谈会上的致辞 …… 292
创新发展　引领全球小商品贸易风尚 …… 295
吴象水在南京大学校庆专题座谈会上的发言 …… 306
张建勤教授的点评 …… 307

第一部分
何为第一人

【象水手记】

凭借在南大学到的知识与能力,当年在极其困难的背景下,采写完成了关于小商品市场的调查报告,率先在《浙江日报》上发表了《小商品买卖有了新渠道》的调查报告。这篇文章是浙江乃至全国第一篇报道市场经济的文章,受到当地党报《金华日报》的肯定并予以头版头条转载。与南大校友鲍洪俊合写的《义乌小商品吸引世界目光》,曾得到时任国务院研究室主任谢伏瞻的高度肯定。

义乌小商品吸引世界目光

2005年义乌世界小商品博览会将于10月22日开幕,截至今天,已有3000家企业参展,申报展位4800个,届时将有1.5万名外商参展。

义乌,浙江中部一个拥有68万人的县级市,每天却有来自全球137个国家和地区的近8000名外商、570多家企业商务代表在此采购商品,20万经商大军将义乌市场日均2000多个国际标准集装箱发送到212个国家和地区。今年8月,义乌被联合国认定为世界最大的日用品批发市场。

小商品城云集多国外商

走进浙江省义乌中国小商品城，不论是在国际商贸城还是篁园市场、宾王市场，喧闹的人群中，不时可以看到操着英语、德语、俄语、韩语……的一群群国外商人。他们时而认真挑选商品，时而精明地与摊主讨价还价。繁华的市场，丰厚的回报，使这些国外商人深深地爱上了商城义乌。

"中国小商品价格便宜，质量保证，在中东国家很受欢迎。"在中国浙江义乌国际贸易中心六楼办公室，巴勒斯坦商人哈立德·阿里高兴地对笔者说。哈立德说，他的外贸公司每月要向巴勒斯坦和中东地区发送50至60个集装箱的小商品。每天开着轿车往来于公司和货场之间，哈立德时常要查验货柜至深夜12时。如今，在义乌的阿拉伯商人超过4000人。

说起在义乌的感受，住在江东街道的巴基斯坦商人米尔神采飞扬："在义乌，市场、出入境管理、社区都有多语种翻译队伍；饮食就更丰富了，清真食品、韩国料理、日本料理应有尽有。""这里的市场赐给我发展的机会。"

50亿打造"华夏第一市"

经过20多年的发展，义乌市场经营面积扩大至260万平方米，经营商位增加至5万个，经商人员发展至20万人，经营商品种类增加至1520个大类32万多种。近年义乌国际商贸城硬件设施投入达50个亿，到市场采购的大小车辆可以直接开上四楼、五楼，电梯、照明、吃住均与国际接轨，义乌成为名副其实的"华夏第一市"。

义乌国际商贸城如今实现了从现金、现场、现货传统"三现"交易到国际贸易、电子商务、洽谈订单、商品展示、现代物流等的大跨越，现代化服务和管理体系日益完善、高效。

国际商贸城全面接入宽带网络，60%以上商位开展了电子商务，开通了网络电视。全球海运前20强企业有8家在义乌设立了办事机构。2002年义乌海关办事处成立，实现商检报关服务一条龙。义乌市4个专业运输市场开通全国260多个大中城市直达货运业务、5条铁路行包专列、20余条航线。

小商品做成大企业

"浪莎",这个9年前靠两台绣花面加工承揽广东袜胚起家的小作坊,如今一跃成为闻名中国的浪莎集团。浪莎集团拥有世界上最先进的美、日、意等国全电脑织袜设备3000台套,年产30个大类近300个花色品种、2亿多双袜子。企业不但在全国城乡建立了数百家"浪莎"专卖店,而且在美国、俄罗斯、日本等20多个国家注册了商标和开设国外分公司。"浪莎"袜业的发展得益于义乌小商品市场的大环境,浪莎70%的产品放在义乌市场销售。

义乌已成为建在市场上的城市。

(吴象水、鲍洪俊,原载《人民日报》海外版,2005年10月21日,头版头条)

点评:

这篇报道是记者吴象水与一位十分优秀的南大校友鲍洪俊合作的,发表在《人民日报》海外版头版头条,在海内外得到广泛传播,得到的评价很高。时任国务院研究室的一位领导说,国家领导人在出国访问的飞机上读到了这一篇报道,说写得很好。在报道中,记者确认义乌当时已经成为全球最大的日用品批发市场,这一判断在当时很有远见。

为什么记者能写出来此等佳作?在南大读书时,记者就是班上文章写得好的学生之一。南大浓郁的历史底蕴和求学氛围,赋予了记者以深厚的功底。毕业实习时,记者就进入《新华日报》,接受了采编的严格训练。还有一个原因是,记者在大学毕业后回到义乌,成为一名扎根基层、党媒确认"报道义乌市场第一人"的草根记者,同时由于义乌有发达的商业氛围,记者对市场变化的嗅觉敏感,风吹草动都会关注到。记者善于思考、总结,往往能在一些变化中发现趋势,找到新闻点,做出有分量的观察性报道。

这篇报道对义乌小商品市场走向国际化起到了极大的推动作用。此后,越来越多的外商到义乌采购,义乌小商品市场的外向度高达百分之九十。

(《浙江日报》记者 李攀)

小商品买卖有了新渠道
——义乌稠城小商品市场的调查

在义乌县城稠城湖清门街上，目前已形成了一个规模较大的经营小百货、小五金、小针织、小玩具、小塑料等的小商品集市贸易市场。农历逢双市日，这条长三百来米、宽八米的街道上人流熙攘，摩肩接踵；品种繁多的小商品，地上摆的、摊板上放的、空中挂的，五彩缤纷，琳琅满目。

这个市场现在有个体摊贩462户，手提拎包出售商品的150多人，集市日平均上市人数上万人次，日成交额在3万元以上。

小商品市场的形成

敲糖换鸡毛、游乡串巷的货郎担,在义乌已有几百年的历史。1979年初,来自义乌廿三里、福田公社的十几副货郎担,开始在稠城北门街头歇担设摊,出售小玩具、小百货,一天生意四五元,比摇货郎鼓游乡串巷合算,因此义乌四乡的货郎担陆续至此歇担设摊。接着,大量社队、家庭工副业品蜂拥于此,只半年时间,北门小商品摊贩迅速增加到160多户,经营商品品种上千个。1981年下半年,市场移到湖清门。1982年初,义乌县有关部门正式批准这个小商品市场对外开放。随后,全国各地几百名经营小商品的采购员纷至沓来,经营方式也由零售逐渐演变成目前的批量购销。14个省、市200多个生产单位的产品汇集这里,继而又由一支成千人的购销队伍将这里的货物贩销16个省、市、自治区,形成了一个较大的小商品集市贸易市场。

小商品市场的特点

这个市场兴旺繁荣的主要经验是,让经营者"八仙过海、各显神通"。有些小商品价格比国营牌价低,有相当一部分商品,国营商业是不经营的。经营方式以批量购销为主,成交额一般在30元以上,多则上千元。一般摊贩的固定资本在600至1000元,多的达上万元,他们的经营方式灵活多样,价格随行就市,薄利多销,商品交换面广,资金周转快;商品花色品种繁多,可随意挑选,而且便宜实惠,人们可以从这里买到不少在国营、集体商店买不到的称心小商品。今年9月来成交额达500万元左右,还使许多积压小商品找到了销路。

小商品市场的存在,是现阶段商品经济发展的必然结果。它的好处,一是疏通了小商品产销渠道,使许多滞销积压产品死货复活,加速了资金周转,促进了小商品生产的发展;二是满足了社会的需求,补充了国营、集体商业的不足;三是解决了一部分城镇待业青年、闲散人员的谋生困难和农村实行农业生产责任制后的部分剩余劳动力的出路,促进了社会的安定团结。小商品市场目前存在的问题是,个别摊贩超越经营范围,以次充好，仿冒商标，走私贩私者混迹其中，部分个体商贩少报营业额，存在着偷税漏税现象。

小商品市场的管理

义乌县工商管理部门，一段时间由于受"左"的错误影响，对这个小商品市场曾采取过"关""赶"的办法。后来经过学习，大家认识到，要使劳动者个体经济发挥好公有制经济的补充作用，工商部门不应采取堵的方法，而应努力做好工作，加强市场管理，教育个体户遵守国家政策法令，从事正当经营，做到买卖公平。十二大期间，义乌城阳工商所同志在县工商局的直接领导和有关部门的配合下，成立了"稠城镇小百货市场管理服务站"。9月5日，发出了"关于加强小百货市场管理"的第一号通告，反复宣传该市场的经营范围是国家规定的三类小商品和家庭工副业产品。同时，对符合条件的经商的人员均发给营业许可证。新做了可摆240个摊位的80副摊架，对营业场地依商品类别进行调整，固定下来。还编了15个小组，经常组织个体工商户学习有关政策，进行遵纪守法、文明经商的教育。整顿后的小百货市场秩序井然，面貌一新。

稠城湖清门街小商品集市贸易市场能发展到这样的规模，义乌县有关部门是做了大量工作的。今后的任务是扬长避短、存利去弊，进一步发挥它搞活经济、促进城乡物资交流的作用。

（原载《浙江日报》2版头条，1982年11月5日）

点评：

此文是义乌小商品市场最早的媒体报道，也是我国划时代写的一篇调查报告。正是在这篇报告里，作者吴象水首次提出了"义乌小商品市场"的概念。

在此之前人们统称"小百货"市场，即"五小产品"的小百货、小五金、小针织、小玩具等。可"五小"远不能概括义乌市场商品的包罗万象、生产机制的灵活多变、市场交易的热闹红火。吴象水首次用"小商品市场"

精准描述了义乌市场的特色。从那时起，义乌"小商品市场"替代了"小百货市场"，一直沿用至今。

正如普利策所说，新闻工作者是社会这条大船上的"瞭望者"，吴象水在义乌马路市场的变迁中窥见了一场巨大的变革。于是，他从身边的人和事着手，花了大半年时间深入市场，与地地道道、形形色色的小摊贩聊天，与全国各地的采购商交流，也倾听政府管理部门的声音，积累大量的一手资料后，撰写了1万余字的调查报告。报告从义乌小商品生产和贸易的历史渊源出发，梳理总结了小商品市场的经营方式、商品特色、价格优势、发展空间等等，列举了小商品市场给义乌带来的好处，也直言不讳地指出了问题。这是一篇真正用脚写出来的，为人民创造无数财富的特别重磅的调查报告。

"吴象水有什么资格撰写国民经济领域的调查报告？""写调查报告是政府部门的事，他怎么能插手政府工作？"吴象水在做调查、写这篇报道的过程中，不止一次听到类似的声音。地方政府中更有不少人对他的"多事""越界"感到不满甚至诬告。尽管遭受来自各方的压力，但吴象水"最早把义乌稠城小商品市场报道出来"的意愿从未动摇。这是一个新闻工作者的自觉，也是义乌人骨子里的倔强。

冲破阻力，几经修改，1982年11月5日，《浙江日报》版面头条率先发表了这篇白纸黑字的调查报告。出于特殊历史原因，刊发的报道删减了不少篇幅，有人阻止就没有给作者署名，文章的落款只写着"本报通讯员"。但这些都不能掩盖报道的价值。省级党报的报道和肯定，平息了诸多争议，给发展和鼓励商品经济提供了有力的舆论支持。"义乌小商品市场"的名字随着《浙江日报》走出浙江，走向全国，商品经济的星星之火更是借助报道的"风势"迅速燎原。

吴象水因此成为"义乌小商品市场命名与报道第一人"。一个新闻工作者一生中能发现并且完成这样的报道，不失为人生幸事。

（浙报集团银柿财经总编辑　张远帆）

义乌市场要面向世界

近日，国务院发展研究中心名誉主任马洪，对亚洲最大的义乌小商品市场进行调查研究后提出，义乌小商品要面向世界农村市场，要坚持走生产、批发改善农民生活必需品为主的经营之道。

这是一次很有意思的对话。

时间：2月24日上午

地点：浙江义乌小商品市场

马洪： 市场的定位很重要，义乌市场是怎样定位的？

赵金勇（市委书记）： 义乌市场现有2.3万个摊位，连同门店近3万个。义乌市场的定位一直是走面向中国农村的道路，现在市场的批、零产品80%是面向中国农村市场和工薪阶层，20%是外贸和边境贸易，产品销往东南亚、东欧、美国、英法等诸多国家和地区。很多发展中国家特别喜欢义乌市场的产品。

马洪： 义乌市场的产品来源和民营经济怎样？

周市长： 义乌市场有9个产品大类，近3万个花色品种，现在42%是本地产品，其中首饰、袜业已占全国同类产品的60%。义乌的民营经济占全市经济总量的85%，乡镇、个私企业1.5万余家，居全国县级市前茅。民营经济对义乌起了支撑作用。

马洪： 义乌市场人山人海那么繁荣，客商是怎么把货物运回去的？

周市长： 我们市委、市政府狠抓"货畅其流"工作，保证给客商一个安全感。现在义乌的货运市场，陆水空并驾齐驱，137条专门运输线路，通往全国210个大中城市，日均运输量2000万～3000万吨，那么多的货运出去，去年仅出过一个车的事故。有个新疆的客商反映：到义乌进货，进完

马洪考察义乌小商品市场

货就可以就近打包托运,人回新疆,货也已送到家了。货运市场办公室规定:市内运送一个包2元钱,半小时内送到,保证货物安全无损地装运。

马洪:市场是个产业,义乌市场靠的是小商品大批发,经营者靠的是低成本竞争,那么你们摊位收费标准如何?

陈勇(中国小商品城集团总裁):义乌市场的摊位收费是全国最低的。外地一些市场收费多达20余种,我们只有5~6种,我们多年来一直保持一个原则:能维持市场的正常开支就行。(周市长插话,税收主要包括两种办法,小户定额纳税,大户计账征收,而且配备了电脑收税的设备。)

马洪:义乌市场主要面向农村的定位很好,今后在产品质量、包装上要再上档次;要面向世界农村市场,面向国际市场;还可以向大商品发展,在产品生产上,再发展、再提高,早日走向世界。要成为全世界的小商品批发中心,得靠你们义乌党政领导以十五大精神为动力,带领勤奋实干的义乌人再创业,闯天下。

陈勇:本世纪义乌市场在中国能保持龙头地位,而且动摇不了。因为我们义乌人杰地灵,市委、市政府为义乌创造了很好的治安环境和卫生环境等,小商品市场的军队式管理水平也是全国一流的,无人可比的。

本报记者:不知马老对义乌市场有什么感受?

马洪：义乌小商品市场名气很大，我早想来看看，现在眼见为实。义乌这个市场的发展前景很好，市场建设的经验很宝贵。关键是市场的定位好，面向全国的农村、农民和城市工薪阶层，很有发展潜力，是中国市场建设中的一面旗帜。

当前我国农村市场经济的发展不够，老百姓收入不高，农民生活水准要在近期大幅度改善还有一些难度。今后农民增加收入，主要靠增加生产高附加值的产品，进一步活跃市场经济。

赵金勇： 谢谢您。

（吴象水、柴国荣，原载《中国经济时报》，1998年2月27日）

点评：

这是《中国经济时报》为"义乌早日走向世界"率先发出的最强音。

马洪是中国著名经济学家，第七届全国人大常委会委员。在我国经济改革、经济结构、经济发展战略、工业管理和企业管理等方面有丰富的成果。他主持的《2000年的中国》是制定"七五"计划和长远规划的主要参考文献。对中国而言，加入世贸组织是中国深化对外开放的必然选择，也是中国经济发展的里程碑。1986年，中国正式向世贸组织提出加入申请，入世谈判已进入十二个年头的关键时期，1998年2月24日（农历正月二十八），年近八旬的马洪，以国务院发展研究中心名誉主任身份，亲赴浙江义乌市场开展专题调研。

"义乌市场是怎么定位的？"这是马洪调研的重大课题。加入世贸，中国如何才能走向世界市场？当年，义乌拥有2.3万个摊位，连同门店近3万个，是全国最大的小商品市场，最具有典型性和代表性。马洪敏锐发现：即将入世的义乌，"面向国际市场"的意识尚未确立。于是，明确指出，义乌"要面向世界农村市场，面向国际市场，早日走向世界""要成为世界小商品批发中心"。义乌市场国际化的实现，可以发挥示范引领作用，成为全国的一面旗帜。鼓励义乌人"再创业、闯天下"，积极迎接入世挑战。

"义乌市场的产品来源及民营经济发展情况"，这是马洪最关心的重要问题。调研过程中，马洪发现，义乌"小商品大批发，靠的是低价格竞争优势"。在努力发挥好"低价格竞争优势"的同时，我们也必须注意到，"小商品价格和档次过低的问题"，长此以往，必将会直接影响到农民收入的提高和小康社会的建设。为此，马洪明确提出"要增加农民收入，主要靠生产高附加值的产品"。不仅要搞"小商品"，还要生产"大商品"，壮大实体经济，"再发展，再提高，早日走向世界"。并希望义乌当地领导以十五大精神为动力，带领勤奋实干的义乌人再创业，闯天下。

"客商是怎么把货物运出去的？"这是马洪最牵挂的问题。义乌政府狠抓"货畅其流、精致服务"，但当时的义乌大多局限在国内市场。现在的义乌已经构建了现代化的国际物流系统。除了义乌到宁波的国际货运物流专线外，"义新欧"班列义乌平台已累计开行超6000列，辐射共建"一带一路"国家50多个、城市160多个。2022年4月，由国际陆港集团投资建设的卡航集运中心（孵化区）作为浙中地区首个卡航集拼中心项目正式落地运营，为义乌融入"一带一路"倡议成功打通国际物流"第四通道"。这得益于我国加入《国际公路运输公约》（简称TIR），经TIR备案的国际卡车从始发国到目的国，过境国家海关原则上不查验、不开箱，从而有效保证了跨国跨洲运输时间效率和物流可靠性。

当记者吴象水询问马老对义乌市场调研工作的感受时，马洪深情地说，"义乌市场发展前景好，经验很宝贵，很有发展潜力，是中国市场的一面旗帜"。义乌被联合国、世界银行等国际权威机构确定为世界第一大市场。数据显示，义乌与全球233个国家和地区都有贸易往来，在50多个国家布局海外仓210个、海外展厅19个，首个海外分市场落地迪拜。每年来义乌的外商近60万人，常住有1.7万人。

25年前，马洪呼吁"义乌要早日走向世界"。今天，义乌实现了"买全球，卖全球，买卖全球"，连续33年居全国专业市场榜首，已经建成世界著名的小商品之都，成为共同富裕的"重要窗口"，在加快构建新发展格局中书写高质量发展的新答卷。

（浙外"重要窗口"研究所所长、教授　张跃西）

抢抓重大发展机遇　义乌市场勇立潮头

2022年春节的脚步越来越近，在世界小商品之都——义乌，国际商贸城节日用品迎来了全球买卖的高峰期，显露出一派繁忙景象。

一箱箱带有虎年生肖图案的对联、年画、福字、红包等节庆类装饰品格外抢眼，这些商品将从义乌福田市场发往全球各地。"世界有华人华侨的地方，就有义乌年画挂历对联等产品，全国80%的年画和春联也从这里走向千家万户，装点新年。"义乌年画挂历对联行业商会会长楼宝娟表示。

今年前10个月，在海运集装箱运价高企、原材料价格上涨、新冠肺炎疫情多点散发等多重因素的影响下，义乌外贸仍然稳中向好。据义乌海关统计，前10个月义乌市外贸进出口总值3113亿元，同比增长20.6%，进出口额占浙江省总额的9.3%。

近两年来，疫情带来的危和机伴随着市场的发展。从义乌市场近40多年的发展来看，市场环境、商业模式、经营方式等不断改变，并面临多种挑战和冲击，但义乌国际商贸城集团（以下简称"商城集团"）的领导班子始终在不断变革中迎风而上，当下更是一手抓疫情常态化防控，一手抓市场创新繁荣。商城集团以"闯"的精神去思考、去谋划、去推进，一批新模式、新业态、新通道在"闯"的过程中取得突破和成功——Chinagoods平台上线，海外仓覆盖108个国家，"义新欧"中欧班列"环球义达号"启程，"环球义达号"直达67个国家600多个城市，迪拜义乌中国小商品城也将投入使用。

综保区迎来快速发展

目前，义乌国际商贸城总营业面积470余万平方米、商位7.5万多个，人员流动复杂，如何做好"世界超市"的疫情防控工作？商城集团发挥基层党组织和党员干部先锋模范作用,加快"党建+单元"体系平战转换,分别由227个二级单元、1912个三级单元织起多级防控网,商城集团党委书记赵文革要求员工坚决守好全球采购的"安全门"。

如今在义乌市场,疫情防控的小喇叭、LED显示屏持续充当着"防疫小贴士";市场各出入口实现了智能测温"闸机"全覆盖,客商刷脸"秒通过";1912个作战单元高效运转,巡查队伍不间断提醒场内人员共筑防疫屏障……有了去年成功的"战疫"经验,"世界超市"内的各个环节的运转显得更为高效、从容,让客商更有安全感。

每天忙忙碌碌,一坐到电脑前,几个小时离不开身,这是浙江盈和国际物流有限公司董事长程科源真实的工作写照。5年间,盈和国际乘着跨境电商的东风飞速发展,与商城集团合作在欧美国家参与34家海外仓运营,公司在全国仓库总面积超50000平方米,服务客户数超1万家。

"当下客源很稳定,基本上每周有200个柜子,截至目前,今年货量增长额比去年同期增长47%。"程科源介绍,作为我国"东西南北中协调、陆海统筹"自贸试验区开放格局中的重要一环,义乌拥有得天独厚的地域优势。随着义乌阔步迈入自贸试验区时代,让这种优势更为凸显。

自义乌获批自贸试验区后,今年义乌综保区迎来快速发展,获批增值税一般纳税人资格试点。且今年"双11"大促也进一步激发了运营管理方——商城集团的干劲。

"今年'双11'期间,我们的订单量进一步上涨。"义乌综保区入驻企业负责人陈帅表示,现阶段,平均每天有10个柜到港,主要以保健品、宠物食品类为主,义乌综保区保税仓可存放2000万元的库存,规划4条流水线,员工500多人,全状态运营日均业务可达5万单。"疫情期间,公司的供应链渠道发挥了巨大作用,保证了货源渠道的供给,这全部要归功于先期的战略布局。后续公司的业务大部分将会放在义乌综保区开展。"陈帅说。

精准解决仓储痛点

今年以来,虽然受多重因素影响,但是商城集团还是排除万难,联合陆港集团开通了"义新欧"中欧班列"环球义达号",拓宽物流通道,为长三角中小外贸企业经营解困，建成投用Chinagoods共享云仓，环市场1公里范围"仓储带"就此成型，这进一步降低了市场商户仓储物流成本。

仓储一直是市场经营户的痛点。对此，商城集团想商户所想，急商户所急，在义乌市委、市府的大力支持下，在商博路518号地块建设Chinagoods共享云仓，旨在全面提升市场主体供应链稳定性和竞争力，加快推动企业供应链向智能化、数字化、平台化、生态化以及多业态融合的方向健康发展。

"只需手机登录Chinagoods个人账户，就可以在线预定共享云仓，选择相应的仓库、货物入库的时间、租赁的时长，系统就会自动计算租赁费用。同样，货物出库、车辆进出、库存管理、续约仓库等作业，皆可在Chinagoods APP上完成，别提有多方便了。"义乌国际商贸城五区市场经营户吕国富用手机演示如何一键预定Chinagoods共享云仓。

据了解，自9月Chinagoods共享云仓开仓以来，通过Chinagoods手机端预定仓储的市场商户达到了数万人次，货物随存随取、按日计费的新型数字化仓储服务，解决了经营户淡旺季仓储需求不平衡、仓储空间和人员利用率不高等痛点，得到了市场商户的称赞。

积极拓宽海外网络

作为"世界超市"的义乌国际商贸城，集聚着各类外资主体8000多家，年均到义乌采购的境外客商超过56万人次，商品出口到世界230多个国家和地区，市场外向度达65%以上。外贸订单少了，外贸进出口企业该如何稳住外贸基本盘？今年以来，商城集团积极拓宽海外网络，快速布局"带你到中国"展厅、海外仓、迪拜义乌中国小商品城等项目。

在万里之外的迪拜杰贝阿里自贸区内，以义乌中国小商品城命名的占地20万平方米的市场第一期项目即将投用。这是义乌市场"全球战略"中第一个海外分市场，也是义乌市场向国际经济社会开放的一个窗口。

据不完全统计，在迪拜，常住中国人口约20万，逾3000人从事小商品国际贸易。号称"中东门户"的迪拜，是义乌制造在中东地区最大的贸易集散地，有效辐射中东、北非、东非地区近10亿人口消费市场。不仅迪拜、西班牙、捷克、马来西亚等40多个国家和地区108个海外仓，犹如雨后春笋般不断涌现，义乌市场加大开放的脚步由此迈得更稳、更快、更远。

在海外建市场的同时，义乌还让市场"上线"。面对疫情影响，商城集团聚焦数字化转型，打造了义乌市场官方网站——Chinagoods平台，全面开启数字化转型升级发展的新征程。

"站在直播经济的风口，我们希望帮助更多市场主体抢抓'直播经济'先机，孵化本土'网红主播'，源源不断为义乌市场输血。"商城集团市场运营公司相关负责人表示，今年，依托Chinagoods数字化供应链平台，商城集团加强了与电商平台、MCN（多频道网络）机构的合作，深度帮扶2000多家优质商户，盘点10000款爆品，深度合作1000个腰部主播，打造义乌直播生态圈，助力和推动了市场转型新路径的探索。

"去年受疫情影响，很多客户不能到市场采购，我们大多通过直播的方式把新产品展示给客户。"某袜业商行负责人傅江燕也是义乌市场本土直播圈的"网红"。从零到一，从一到十再到百，每天坚持登录Chinagoods平台进行直播，陆续收获客户粉丝。她认为，这个市场永远不缺少客户，缺少的是挖掘客户和展示商品的平台，而Chinagoods平台正是其拓展贸易的全新渠道。

根据傅江燕的经验，线上引流而来的客户，转化率特别高。这些客户大多是来自全国各地的批发商，既然来了义乌就不想空手而归，而且采购量也比较大。

据不完全统计，Chinagoods平台已实现商品展示、商务直播、交易支付、国际物流、市场服务等功能，市场5万商户已全部入驻，上线中文站、英文站、阿拉伯文站。

市场兴则百业兴。义乌是一座创建在市场之上的城市，永立开放的潮头，商城集团应为先行者，以数字化改革为总牵引，充分发挥小商品贸易特色和优势，主动抢抓自贸区、综保区、进口贸易促进创新示范区等重大发展机遇，围绕打造国际贸易综合服务商目标，在参与构筑"双循环"中充分发挥小商品市场的优势和大作用。

（原载《中国商报》，2021年12月9日）

陆港集团：坚定当好对外开放排头兵

近日，义乌纳入自贸试验区迎来一周年。一年来，义乌市国际陆港集团有限公司（以下简称"陆港集团"）充分利用自贸试验区政策优势，大胆试、勇敢闯、自主改，不断超前发展，用足改革资源，抢抓自贸区、综保区、进口贸易促进创新示范区等重大发展机遇，积极构建"大口岸、大码头、大通道、大物流"，坚定当好对外开放排头兵。

8月19日上午，满载着100标箱汽车整车、圣诞用品、游戏机、棉服等货物的"义新欧"中欧班列（义乌—罗斯托克）从铁路义乌西站鸣笛启程。该班列经新疆霍尔果斯铁路口岸出境，驶向德国罗斯托克港。这是"义新欧"中欧班列义乌平台累计开行的第3000列。

近年来，义乌铁路口岸作为国家"一带一路"建设与浙江省义甬舟开放大通道建设的有效载体，陆港集团不断优化"义新欧"中欧班列、海铁班列发运、回程保障措施，提高了场站运营效率。

伴随着义乌开放的脚步，"义新欧"中欧班列一直呈增长势头。数据显示，经过7年的探索发展，"义新欧"中欧班列不断成长壮大，已开通运营线路16条，辐射欧亚大陆50个国家和地区，到达境外站点101个，实现丝路沿线主要贸易国家与地区的全覆盖。

日前，根据海关总署公布数据，义乌保税物流中心进出口总值位列全国第四，较2020年跃升了4位，实现了逆势增长，跻身全国领先方阵。今年以来，义乌保税物流中心紧扣高质量发展主线，打造跨境电商新高地、进口货物集散地、转口贸易先行地、营商环境最优地，现已成为浙中地区"进口＋转口"的重要枢纽。一组亮眼数据跃然纸上：2014年11月封关运行以来，义乌保税物流中心进出口货值从2015年的2.62亿美元增长到2020年的14.75亿美元，区内产品来自60多个国家，货品种类达到7000多个，成为了名副其实的"世界货架"。

好消息接踵而至，今年3月，义乌保税物流中心实现了宠物食品进口"零"的突破，短短2个月时间，宠物食品进口58个标箱，进口货值达3000万元。义乌保税物流中心还积极培育"保税＋转口"业务发展，先试先行创新转口贸易模式5项，分别为"进口＋出口"拼箱转口、"退运复出口"转口、"义新欧＋转口"及"简单加工＋拼箱"转口等，为义乌市场转型开辟了新渠道、新生态。

自贸试验区建设为义乌深度融入全球经济体系提供了快车道，陆港集团顺利完成首单数字清关业务，补齐了义乌快件进口及跨境"9610"进口短板，拓展了城市口岸功能，丰富了进口贸易的业态，打开了义乌跨境电商全新发展空间。

不沿边、不靠海的世界小商品之都，如何扩大对内对外开放，高效配置"一带一路"沿线国家和地区资源，深度融入全球经济？答案是：向东依港出海，对接海上丝绸之路，建设义甬舟开放大通道，推动义乌国际陆港与宁波舟山港一体化发展，打造宁波舟山港第六港区。

为此，陆港集团迅速开启新一轮第六港区探索工作。今年3月，陆港集团在各方的大力支持下，顺利完成"中欧＋海铁＋海运"多式联运、转口贸易首单业务，并入选浙江自贸试验区发布的第三批"十大标志性成果"。这标志着义乌宁波舟山港第六港区建设按下"加速键"。

面对第六港区全新赛道，陆港集团一方面积极争取各方对第六港区建设的支持，共同推进关务、港务、船务一体化工作，另一方面推动义乌—宁波舟山港海铁国际联运"达飞号"专列首发，实现义乌签发全程提单（提箱、装箱、清关）的无缝衔接，提高了出口通关效率，降低了运输成本。今年前10月，义乌—宁波舟山港海铁联运线路已累计发运超5.34万标准箱，同比增长94.6%。

今年，随着第六港区建设深入推进，义乌正加强与宁波、舟山战略合作和深度融合，发展铁海联运、公铁联运等多式联运。这吸引了很多航运巨头纷纷将揽货触角伸向浙中腹地，直接来义乌设点组货。面对自贸试验区建设这一千载难逢的重大机遇，陆港集团真抓实干、攻坚破难，尽快形成一批可复制、可推广的制度创新成果，尽快闯出"义乌模式"，把宏伟蓝图变成美好现实，为高质量高水平建成世界小商品之都贡献力量。

（孟景枫、吴象水，原载《中国商报》，2021年12月9日）

"民本"经济放飞诸暨

如今浙江诸暨市的经济已经形成特色:一个企业集群培育着一个特色市场,带动着一方民本经济的飞速发展。去年全市上缴税款净增3个多亿,今年1~8月比去年增长68%,人均收入达5500元,是全国平均水平的两倍多,不少乡镇已超过万元。

诸暨位于浙江中部,有"七山一水二分田"之称,区域面积2318平方公里,辖34个乡镇,301个行政村,现有人口107万,是我国南方最古老的大县(市)之一。去年实现国内生产总值167亿元,今年将达180亿,人均GDP 2万元。

诸暨市委书记在接受记者采访时说,概括诸暨的经济发展,最大的特色就是"民本"两字,也就是说"民营、民有"。个私经济已从千家万户、天女散花式的村落经济发展成了现在的企业集群,现在全市登记在册的个私企业达5.4万多家,企业人员20多万。其中私营企业1523家,职工10万人,去年全市个私工业完成产值379亿元,占全市工业总产值的77%,财政收入7.62亿元,同比增长68%。民本经济对诸暨发展的贡献,可以用两个词来总结,就是"富民、强市"。经济的快速发展,也使诸暨的综合实力进入全国县级市的50强。

一方土地育一方人,一方人创一番业,诸暨块状经济是如何形成目前的企业集群,并形成全国最大的特色市场?

市委书记介绍说,诸暨的个私经济从家族式部落式的起步到一村一片和现在的企业集群,并形成市场,能参与国际竞争,最根本的一条就是改革开放,给了人民群众发挥聪明才智的天地。以个私经济为主的诸暨大唐袜业、店口五金、枫桥衬衫、山下湖珍珠、三都贡缎等五大群体经济,就实现了工业产值300多个亿,并且都形成当地的一方市场。比如说山下湖珍珠市场，就是全国最大的珍珠交易市场，年成交量在600吨以上，年成交额10亿多元；浙江大唐袜业城是全国最大的袜子集散地，年成交额60亿元，大唐镇企业集群年产袜子60亿双；店口镇的中国南方五金城是全国最大小五金、汽配生产的集散地，年成交额20多亿元，店口的海亮铜管厂年产值已达13亿元；现在全世界最著名的几家品牌衬衫都在枫桥定点生产；诸暨市现有6万台衬衣布织布机年织布30亿米，6.5万台袜机。珍珠、轻纺、五金等专业市场的兴起，促进市场产业的良性互动，形成了"一门产业孕育一个市场，一个市场带动一群产业"的局面。

诸暨的企业集群、块状经济已形成产业市场、经济联动的发展格局，具有独特的市场经济活力。在谈到政府在其中起的作用时，王国伟书记说，1998年初诸暨本届市委、市府成立后，针对个私经济块状特色群鲜明但存在"低、小、散、弱"的客观现状，进一步提出了工业经济"两手抓"的战略和推进企业集群"二次创业"的目标。这一目标思路的提出和实施，极大地激发了诸暨民营企业的发展热情，使诸暨的经济社会发展在原有的基础上又跃上了一个新的台阶。如今年全市比去年多投入25个亿，同时产出也增长了25个亿。目前，全市拥有大中型企业3家、企业集团34家、规范化股份有限公司3家、外商投资企业16家，有400多个国内注册商标、30个国际注册商标，有2个乡镇工业产值40亿元，6个乡镇超过20亿，6个乡镇超过10亿元。现在企业集群中年产值超10亿的有3家、超5亿的3家、超3000万元的25家。

一方面政府引导和扶持规模"龙头"企业大搞技术改造，增强技术创新能力，创新分配制度，鼓励科技人员以技术要素参股分配，激励企业引进人才，吸收和消化科技成果。另一方面，多方引导和鼓励创办一些中介服务机构，为众多的小企业及时提供技术（人才、培训和工艺更新）服务，使块状特色产品做到设计一代、开发一代、投产一代，以把握市场主导方向，增强产品的市场生命力。

强化品牌协调发展，一是引导块状经济中的个私企业增强意识和创名牌意识。多方服务，积极扶持有关企业、协会、科研服务实体等注册创牌，做到块块有名牌。二是协调和鼓励企业间分层协作，区域间和块状间联合，搞活虚拟经营，以定点生产、加工、销售等形式，把中小企业联合起来并注重延伸扩展，拉长产业链，充分发挥品牌效应。

在注重块状经济中的专业市场升级提高的同时，抓好专业市场间的横向联合工作；逐步改变习惯，改变市场经销产品的单一性，引导同类产品集聚经销；注重本地市场之间、本地与外地市场之间的交流、信息传递和广告宣传沟通，促成销售联动发展的局面。

（王彧、吴象水，原载《中国经济时报》，2001年10月11日）

点评：

21世纪开首，这是产业与时代的蜜月期，诸暨众多民营企业的命运被改写。以突破生产而言，那几年，光是山下湖，就有7家珍珠企业与湖北、江苏、安徽等省的企业签订合作协议，租赁4大湖养殖珍珠。以品牌创建而言，知名商标评定、知名商号认定、名牌产品评定，成为诸暨企业抢着登陆的一片黄金海滩。从珍珠、袜品到五金、建筑行业，诸暨人排着队、拿着号码牌，角逐全省乃至全国的各类榜单，寻求行业肯定，争夺所在产业的话语权。

在这样星火燎原的发展氛围中，一座座"新城"拔地而起，大唐轻纺袜业城、店口南方五金城、华东国际珠宝城、诸暨国际商贸城……在这些分布在诸暨各个角落的"新城"中，诸商民企也是名企，与世界各地的商贾自由交易、捕捉信息。袜博会、珍珠节、香榧节……大型产业集会在这里孕育、迭代，嗅觉灵敏的商客从五湖四海而来，每一次都像是全球范围的狩猎大"PARTY"。

与商客一起前来的还有常年关注着经济前沿的记者们。《"民本"经济放飞诸暨》就这样诞生了。彼时诸暨的经济模式已从天女散花式的村落经济向现代企业集群转变，诸暨已进入全国县级市50强。报道从如何形成这样的产业聚集规模入手，通过与诸暨市委书记的谈话，阐释了产业集群的形成与政府的引导协同之间的关系。

报道中更是强调了"民本"二字,强调"民本"对诸暨发展的贡献在于"富民""强市",对外传播了诸暨市政府为民谋福利的务实精神。事实上,如何促使政府与企业建立良好互动关系,曾是当时许多政府面临的挑战。本文为探讨如何构建政府与企业之间的良性关系,提供了一个全面且可靠的解决方案。

十年之后的2011年,诸暨提出"6+2"现代产业体系战略:做强袜业、珍珠、铜加工及新型材料、机电装备制造、纺织服装、环保新能源六大产业集群和促进服务业、农业向现代产业升级转型。2024年1月2日,诸暨市委十七届党代会五次全体会议上,市委书记所作报告中,诸暨的2024年建议为,生产总值增长7%左右、冲击2000亿大关;规上工业增加值增长10%以上,其中数字经济核心产业增加值增长15%以上。

时隔20多年,再看这篇刊登于《中国经济时报》的报道,仿佛预言,又像是昭示,以时代的最强音,吹响一轮又一轮县域发展的鸣笛。

(韩兢　傅焐斌)

世界"小商品之都"崛起在义乌

主动融入我国对外开放大格局,把义乌放到国家战略中去谋划定位,积极参与"一带一路"建设,探索沿海内陆地区对外开放新模式,构筑对外开放新通道,提升对外开放水平,努力在新形势下闯出一条跨越式发展的路子,加快在2020年建成世界"小商品之都"。

G20杭州峰会以来,义乌进出口贸易量稳中有升,在义乌国际商贸城销往欧美亚非等市场的商品生产商和经营户都赚得盆满钵满。中共义乌市委书记盛秋平说,要努力对接国家"一带一路"倡议,聚焦市场规模、形态、业态、理念创新,进出口高度互动、产品展示和生活体验充分融合,加快发展电商物流金融、文创会展旅游,真正体现国内新型的市场业态,把商贸品牌做足做透,把义乌特色做精做专,将义乌市场提升为国际五星级市场,成为世界小商品买卖的一颗明珠。义乌人民坚定按照既定的目标,围绕打造"世界小商品之都"的要求,把义乌小商品市场作为百年老店,将商城集团培育成为中国五百强乃至世界五百强,成为一个跨国企业。

根据庞大的订单生产的商品,源源不断地搭乘国际货运班列,从义乌到新疆出境,途经哈萨克斯坦、俄罗斯等国家,行程3万多公里抵达西班牙的马德里。到9月14日,中欧班列准时从义乌发车,这是该班列开通一年半以来的第70次发车。

义乌是我国首个由国务院批准的县级市综合改革试点城市,也是浙江省乃至全国改革开放的重要窗口。五年来,义乌市深入贯彻开放发展理念,充分发挥市场、物流、改革试点等方面优势,主动融入国家对外开放大格局,在更大范围、更宽领域、更深层次上参与国际交流合作,加快建设世界"小商品之都"。

推动外贸加速度

今年开始,中共义乌市委提出从"改革试验田"向"改革排头兵"转变,聚焦国际化,力争在扩大开放上取得突破,实现从"沿海内陆"向"国际陆港城市"转变。

随着义乌系列改革的有力推进,改革红利持续释放,高效便捷的国际贸易新通道顺利打通,为浙江乃至全国外贸发展注入新活力。

商务统计资料表明,去年义乌入境客商40万人次,日均向全球发3000个标准集装箱,60万个快速邮包。今年1月至8月,义乌实现外贸出口1436.6亿元,同比增长7.68%。

义乌上线以新光世贸中心大厦为龙头的"丝路金融小镇"APP,金融服务功能核心区24幢大楼开工建设,结顶17幢,4幢大楼已正式投入运营,引进世界500强企业3家,中国民营500强企业3家,国信证券、浙江凯银金融等16家金融投资机构相继入驻,资金管理规模达189亿元。累计完成有效投资26.3亿元,实现税收3.9亿元。

除了政府"抬轿子",义乌出口逆势增长离不开当地外贸企业的开拓努力。借助互联网义乌抢抓机遇,大力发展电子商务,做到线上线下并驾齐驱,谋求市场转型发展。

根据义乌市电商办的数据，2015年全市电子商务实现交易额1511亿元，快递日均出货达250万件，其中国际快递60万件，外贸网商密度仅次于深圳位居全国第二。2016年上半年义乌市实现电子商务贸易额720亿元，同比增长17%；外贸零售交易额99亿元，同比增长13%；外贸B2B交易额199亿元，同比增长15%；跨境快递日均出货60万票，同比增长33%。

据阿里研究院公布：义乌连续3年蝉联"中国电商百佳县"榜首，是大众电商创业最活跃、大众网购消费最活跃、快递服务最佳的城市。

义乌市紧紧抓住融入国家"一带一路"倡议和浙江省建设"义甬舟"开放大通道的战略契机，全面推进公路、铁路、航路、邮路、B型保税物流五大平台建设，不断完善口岸功能。

无水港口，货畅其流。义乌港是浙江省唯一的内陆港，是打造联结21世纪海上丝绸之路和丝绸之路经济带的重要节点，依托"义甬舟"开放大通道建设，辐射浙西、江西、安徽、湖北、湖南等省份和地区。

铁路口岸、横空出世的义乌铁路口岸是浙江省唯一的铁路临时国际开放口岸，是义乌国际陆港城市多式联运的起点和铁路国际集装箱运输的重要节点。今年4月29日，义乌铁路口岸一期工程通过竣工验收。甬金铁路、杭义温铁路计划在义乌接线，甬金铁路相继开工建设。

义乌铁路口岸位于义乌铁路西站，交通区位优势明显。义乌铁路西站为全国性铁路物流中心站，是上海铁路局规划建设的十个路网性物流中心之一。2015年年底，国家口岸管理办公室正式发文同意义乌铁路西站作为临时口岸对外开放。目前，义乌铁路口岸已完成一期工程建设。一期铁路口岸项目建设位于义西货场内，占地约158亩，总投资约1.5亿元。

中欧班列（义乌—马德里）实现双向常态化运行，今年上半年"义新欧"班列往返运行25次，运输2172个标箱，同比增长517%。其中，去程班列发运23次，运输2082个标箱；返程班列发运2次，运输90个标箱。据统计，"义新欧"班列自2015年5月常态化运行以来，已往返运行61次，共运输4364个标箱。今年6月8日，义乌市举行了首趟中欧班列统一品牌启用仪式。

融入"一带一路"国家倡议

目前,义乌中国小商品城拥有营业面积550余万平方米,商位7.5万个,从业人员21万多,日客流量21万人次,经营26个大类、180万个单品,去年成交额3500亿,至2020年将达1万亿,是国际性的小商品流通、信息展示中心;与全球219个国家和地区有贸易往来,外向度高达65%,常驻外商有1.3万多人,年均吸引近50万人次境外客商来义乌采购,帮助全国20多万家中小企业走向世界。

近年来,义乌市通过持续提升对外开放水平,把义乌放到国家战略中去谋划去定位,主动参与国家"一带一路"建设,探索沿海内陆地区对外开放的模式,构筑对外开放通道,在国家新一轮对外开放大格局中主动担当、赢得发展。

目前,中欧班列已实行"去程每周一趟、回程每月两趟"的双向常态化运行,在波兰马拉舍维奇、华沙,德国杜伊斯堡等沿线重要城市设立临时卸货点。此外,义乌又先后开通至中亚、德黑兰、俄罗斯、阿富汗其他四个方向的国际货运班列,"义乌系"货列车架起"一带一路"共赢之桥。

中欧班列的开通,开辟了中欧国际贸易物流的新通道,有力地推动了浙江乃至全国与亚欧的全方位交流。去年,义乌市对"一带一路"国家贸易额达175.86亿美元,同比增长45.82%,占全市贸易总额51.39%,义乌对"一带一路"沿线国家出口同比增长47%,其中对印度、伊拉克、菲律宾、巴基斯坦等国同比增幅均超70%。

借助"义新欧"铁路大通道,义乌把外贸版图扩张到欧洲。借助"义甬舟"铁路通道,义乌国际陆港与宁波舟山港实现无缝衔接,让义乌把开放大通道架设到海上。今年上半年,义乌—宁波北仑铁海联运共发送3542标箱,同比增长33%。

伴随着外贸发展,义乌"海陆空"交通齐头并进。近年来,义乌市加快了航空口岸、铁路口岸、海关特殊监管区的建设,构建起了公铁海空立体物流体系。

航空口岸正式开放后,目前已开通义乌至香港、曼谷、首尔、台北的航班。上半年义乌进出境人数达到26790人次,增长131.8%,监管进出境航班220架次。

现在义乌还成为继杭州、温州之后浙江省第三家设立国际邮件互换局的城市,上半年共出口邮包2367.20万个,单日最高峰值超25万票,日均达15万票,出境目的地覆盖全球127个国家和地区。6月12日又启动了进境邮件监管业务,使义乌进出境邮件全部实现本地直通关。

此外,义乌还大力推进丝路金融小镇、万国街区、国际文化中心、保税物流中心(B型)等一大批对外开放大平台建设。其中保税物流中心(B型)成功复制实施了上海自贸区"批次进出、集中申报"作业模式和保税展示交易业务等政策,正式封关运营一周年,实现进出口总额2.5亿美元,跃居全国第11位。

营造诚信经营网

7月21日上午10点,科特迪瓦商人赫梅尼来到义乌国际小商品市场一区,径直来到经营户王景福的店铺,一口气定下了好多商品。让她不挑三拣四采购的原因,就是王景福店铺是义乌市场中最高的四星级信用店铺。

开展市场信用分类监管是义乌市纪委"廉洁市场"建设的一个缩影和建设五星级市场的基础。为了提升经营户诚信意识,依托信息化技术,根据市场经营者的信用状况,义乌将市场经营户信用等级分为六个级别,对不同信用等级的经营者实行不同的监管方式,在商位显眼位置悬挂信用等级,并实行动态监管,约束经营户更加注重诚信、遵纪守法经营。

"销售国家明令禁止商品的,扣6~12分;涉嫌非法经营的,扣6~12分",为了让商户守法自律,义乌还推出了诚信文明经营积分管理制度,商户扣分达到一定额度,将通过提高商位租赁价格、取消市场招商资格、限制外出参展机会等手段,提高失信经营成本。同时,义乌还在各大市场全面启用新型触摸屏,向市场采购商及社会公众全面公开展示市场经营者的信用廉洁信息。

经过分类监管、积分制度的洗涤,义乌市场商户的素质明显提高,抽样调查显示，目前各地客商对义乌市场的诚信满意度达97%。

为进一步增强市场经营户诚信守法意识，义乌还启动了"廉洁文化进市场"活动，利用国际商贸城一二期市场连廊的空地，设计构建了"廉洁长廊"，展示、弘扬、传播廉洁文化，教育中外客商，努力营造"廉洁诚信、廉荣贪耻"的社会风尚。

伊朗外商哈米因工作缘故时常要路过"廉廊"。每次，他都会停下来喝杯咖啡，顺便看看"廉廊"里定期更新的图片展示。他说，图片是没有语言和国界的，廉洁诚信一样没有国界，我们每一个人都要诚信做人、廉洁经商树立好风尚。

（原载《中国商报》，2016年10月12日）

点评：

这篇报道发表在杭州G20峰会以后，刊登在《中国商报》头版头条。记者在报道中率先提出了世界"小商品之都"这一提法，而这一提法在今天已经被广泛采用，但在当时显得罕见，足见记者的观察力之高。

从南大毕业后，记者长期扎根义乌，密切关注义乌的变迁，发表了大量报道，其中特别值得一提的就是这些很富有思考的报道，揭示了义乌小商品市场发展的一些趋势。究其原因，就在于记者本人始终没有脱离基层，始终与国研中心专家学者、市场群众打成一片，并且坚持学习和思考，把青春和热血奉献给了脚下的义乌大地。

在义乌崛起成为世界"小商品之都"的过程中，既有当地政府各届官员的积极有为，有许多企业和商家的不懈努力，也离不开新闻工作者持续的宣传报道。义乌能有今天这样的知名度和美誉度，记者们做出了很大的贡献。"问君那得清如许，为有源头活水来。"当前，做好新闻工作，就应该学习这种扎根基层的草根精神。

义乌市场 30 年带着小商品走向大市场

1978年底从南京大学毕业，为照顾孤独的父亲，记者要求回老家义乌工作。在去县委组织部报到途中，路过县政府大门时看到大门西侧摆着六七个儿时的鸡毛换糖的货郎担，在那里专卖一些针线、小气球之类的小百货。从后来义乌走过来的路回头看，这应该是义乌市场的雏形。

1979年到1981年，货郎担队伍从县前街渐渐发展起来，并延伸至义乌北门街"乌猪"家门口，卖气球、纽扣等小商品的地摊有将近百个。当时管理市场的是一位大个高挑的叫付茂恭的中年人，该人十分正直，办事铁面无私。他走到哪里，哪里摆地摊的人都向他点头哈腰，甚至有的卷起地摊逃跑，大家说他是打击投机倒把办公室的工作人员。

廿三里，境内丘陵起伏，土地贫瘠，许多耕地是带黏性的泥土和沙质土，跑肥十分严重，要用鸡毛当肥料来防止跑肥。因此，这里的农民有几百年传统的外出"鸡毛换糖"的习惯。过去一般是用本地的红糖、生姜制成切块换鸡毛，后来逐渐发展到用针线、纽扣、发夹之类的小百货来换鸡毛。他们除了收种农忙季节外，一年当中有六七个月的时间，肩挑"货郎担"，手摇拨浪鼓，走街串巷，奔走异乡，换回鸡毛为来年种田准备肥料。

1980年至1982年，因为目睹了义乌市场最初萌芽的方方面面，记者开始着手写"小商品买卖有了新渠道"的义乌小商品市场调查报告。

从调查中记者了解到，新中国成立初期，全县有上千副"货郎担"，廿三里就占了多数，后虽几经波折，"货郎担"也没有完全绝迹。十一届三中全会以后，随着党的农村经济政策的不断放宽，"货郎担"很快发展到8000多副，并在此基础上涌现出一支专业从事小商品经销的农民经商队伍。1981年，农村落实了联产承包责任制后，劳力不再被困在土地上，这支经商队伍发展得更快。在"货郎担"最多的廿三里和稠城两地，形成了两个农民经销小商品的集散市场。1982年下半年，县委因势利导做出决定，正式开放了这两个小商品市场。

1982年，义乌市场从北门街搬到湖清门街，那时的市场管理员是现任义乌市交通局局长任爱民、义乌工商局的丁鼎福和王龙军三人。市场上有一个叫叶美芳的女人，经营口碑很好，人家多付给她钱她也会退还给客商，记者在《经济生活报》上多次表扬了她。同时，记者也认识了何海美、叶小奶等一些讲信誉的市场第一批经营户。当时的市场开始收市场管理费，稠城镇书记杨守信还组织了个体商协会，他曾多次指责某领导造假，贪功己有。1984年，在浙江省分管工商的副省长的支持下，义乌新马路建造了一个棚架市场，市场所长是为人和善的徐志昌，市场从此时开始纳税和收管理费，一些义乌农民开始"洗脚上田"，从诸暨进袜子、开司米服装，到广东、下沙等地进小商品，市场也开始有了模样，慢慢兴旺起来。此时，义乌公安局的黄昌桂也被派遣进驻市场，他忠于职守，热爱市场，还在市场上抓了不少小偷，受到经营户和顾客的一致好评，是保护市场的功臣。

1986年9月，义乌市场迁移到城中路，扩建至篁园市场，开始初具规模。当时市场的摊位可以"开后门"，工商干部可以每人分一个，那时管理还不规范，税务干部可以爱查谁就查谁，经营户们心里最惧怕的就是工商和税务干部。从某个角度看，就是到现在，义乌的工商和税务人员也根本没有整顿到位，不少百姓还是心怀不悦，对有关部门"卡要"作风深恶痛绝。1990年开始建造宾王市场，服装、纺织品向宾王市场转移。义乌市场在国外有了一定知名度，韩国、日本、东南亚等地的客商纷至沓来。1996年、1997年义乌开始举办小商品博览会，市委书记赵金勇提倡"小商品走向世界"的"三再"精神，使市场进一步发展和壮大。

2000年，义乌老百姓最要感谢的是时任市委书记的厉志海选址现在的福田地区开发市场，为今天成为全世界最大单体市场的福田国际商贸城打下了坚实的基础。2002年，楼国华出任义乌市委书记，他大打国际牌，千方百计为义乌市场发展兴旺造势，热忱接待各路记者和参观、取经人员，为义乌国际商贸城的发展壮大做出了杰出贡献。现在的市委书记吴蔚荣，脚踏实地，一步一个脚印地带领人民建设义乌国际商贸名城，使义乌国际商贸城蜚声海内外，也让义乌老百姓过上了安逸幸福的生活。据了解，现在义乌市场的年营业额在1000亿元以上。

（原载《中国商报》，2008年12月23日）

点评：

  今天的人们形容义乌小商品市场里除了飞机大炮什么都有，最常见的有两句话——"无中生有""无奇不有"，说的是义乌市场的内涵：它发端于自发形成的马路集市，几经变迁，一扩再扩，从稠城、廿三里的集市到以"城"为名的世界小商品之都，规模之大、品类之多，超乎想象；"小商品、大市场"，说的是义乌市场的拓展：在30年后的2012年，整个义乌已经成为全球小商品的集散地，一个名副其实的世界超市。

  变化是如何发生的？在吴象水采写的《义乌市场30年带着小商品走向大市场》《义乌30年堪为市场经济发展缩影》等报道里，我们看清了历史一步步的印迹。

  这两篇报道写于2012年，距离1982年义乌市场从北门街搬到湖清门街、义乌县稠城镇政府签发开发市场的"第一号通告"，正好30年；距离吴象水首次在报道中提出"义乌小商品市场"，也正好30年。它与中国的改革开放史几乎同频，给今天的人以巨大启示。

  义乌市场的故事是创新创业的故事，义乌人民是这段历史的主角。几百年历史的义乌货郎担小生意，遇上农民改变现状、改善生活的强烈愿望，借着改革开放的春风，催生出生机勃勃的新事物。小商品市场就此破土而出。一个毫无资源的浙中小城，就这样凭借人民空前绝后的想象力、创造力和实干精神，从马路边的临时地摊起步，奇迹般从马路市场逐步发展成为连接世界的小商品贸易中心。

  义乌的故事是人民的创造，也是政府职能转变的故事。新生事物是对政府智慧的考验。在20世纪80年代、马路市场初具规模之时，如何对待"不务正业"的农民、如何看待自由市场、如何管理小商小贩……每一个问题都是"上纲上线"的问题，每一个决策都要冒政治风险。有意思的是，最早的马路市场就在义乌县委县政府门前，给地方管理者出了一道考题。尽管存在巨大争议，有不同声音，也一度采取过关停、取缔等举措，但最终，以民生为本、为人民谋利的理念，解放思想、实事求是的作风占据了主流，义乌县委、县府的工作思路逐步明确：一边整顿、规范、引导，一边保驾护航。工商、财税、卫生、公安等部门都在市场里设立了工作机构，保护合法，打击非法，维持市场良性运转。此后的义乌历任领导延续了这些理念，不断带领小商品产业做强、做大，把义乌打造成为世界级的市场。用今天的词语来描述，这就是一个政府部门"放管服"的案例，社会治理的典型样板。

　　义乌小商品市场是社会主义市场经济下的创举。而观察和记录这样一个创举的，是一个出生于义乌、毕业于南京大学的记者。吴象水无愧于"报道命名义乌小商品市场第一人"的称号，他报道义乌小商品市场，不仅时间最早、历时最长，直到今天还在继续，而且在他的笔下，每一个当事人都白纸黑字有名有姓、鲜活生动，在时代的底色上熠熠生辉。

　　今天的新闻就是明天的历史。吴象水关于义乌市场的报道，是这个城市宝贵的历史记忆。那些在义乌小商品市场建设、发展历程中做出过贡献的人们，他们的名字见诸报端，见诸书籍，就不会随着时间的流逝磨灭。作为记录这一历史的吴象水本人，也会和他所报道的小商品市场、他所采访过的人一起，被历史记住，被时代记住。

（《浙报》记者、浙报集团银柿财经总编辑　张远帆）

义乌 30 年堪为市场经济发展缩影

本报记者亲历了 30 年来浙江义乌的变化过程,从关注义乌小商品市场的兴起到第一个对义乌小商品市场做调研并成为第一个义乌市场的报道者,记者由衷地感叹义乌市场的 30 年正是中国改革开放走向市场经济的缩影。

"无中生有"小百货市场诞生

记者 1978 年底大学毕业,为照顾父亲调回了义乌老家工作,在去中共义乌县委组织部报到的途中,看到县政府大门西侧(医药公司门市部)摆着六七个儿时熟悉的鸡毛换糖的货郎担,在那里还卖一些针线、小气球类的小百货。可以说那里就是义乌小商品市场的雏形。

后来两年，货郎担队伍从县政府大门边向新华书店、义乌饭店方向拓展，延伸至义乌北门街农业大队"乌猪"家门口，卖气球、纽扣、小鞋等小商品的地摊已有近百个，经营人员多是"四邻八乡"的"三教九流"，以无业游民和当时县城义东区货郎家属居多。当时管理市场的是个又胖又黑的大个子，叫付茂恭，他是个刚直且铁面无私的人，走到哪里都会有摆地摊的人向他点头哈腰，甚至有的看见他卷起地摊就逃，因为他是打击"投机倒把"办公室的人。当时有个叫叶美芳的经营户口碑很好，卖小百货老小无欺，顾客遗忘在她摊上的钱都能原数奉还。记者还在《经济生活报》上写稿表扬了她。

义乌小百货市场1979年前后自发产生于义乌稠城县前街至北门的地段，1980年由稠城镇委和县工商部门着手管理，1982年底从北门街迁址湖清门。当时的武汉汉正街和沈阳五爱市场都比义乌市场建设得早，规模也大得多。1982年底，在义乌县城稠城湖清门街上形成了一个规模较大的经营小百货、小五金、小针织、小玩具、小塑料等的小商品市场。农历逢双市日，这条长近300米、宽约8米的街道上便人流熙攘，摩肩接踵，地上摆的、摊板上放的、空中挂的，品种繁多的小商品五彩缤纷、琳琅满目。这个市场当时有个体摊贩462户，手提拎包出售商品的有150多人，集市日平均上市人数上万人次，日成交额在3万元以上。

1980年至1982年，目睹了义乌市场最初萌芽的方方面面后，记者开始撰写《小商品买卖有了新渠道》的义乌小商品市场调查报告，该调查报告1982年11月5日发表在《浙江日报》第二版头条位置，这是我国媒体第一次关注当时尚未形成大气候的义乌小百货市场（记者命名小商品市场），这一年也成为义乌市场元年。1982年11月，义乌市场从北门街搬到了湖清门街。稠城镇委书记杨守信冒险签发了开放市场的"第一号通告"，他还组织经营户成立个体协会进行自律。

"无奇不有"市场走向规范

1984年，在浙江省省长沈祖伦的支持下，在义乌新马路建造了一个棚架市场（第一代市场），所长是为人和善的徐志昌。市场从此时开始纳税和收管理费，一些义乌农民开始"洗脚离田"，从诸暨批发袜子、开丝米服装，到广东、下沙等地贩来小商品卖，市场也开始有了模样，慢慢兴旺起来。义乌公安局也开始派遣民警进驻市场，当时维护市场治安的黄昌桂抓了不少小偷，受到大家的好评。

1986年义乌市场迁移到义乌城中路，扩建至篁园，市场初具规模，当时市场的摊位可以"开后门"，工商干部可每人分一个，那时管理还不规范，税务干部可以选择性随意查税执法，经营户们心里惧怕的就是税务干部。

1996年、1997年义乌市场开始举办小商品博览会，时任市委书记赵金勇提出了"小商品走向世界"的"三再"精神，使市场进一步发展和壮大。

2001年，义乌老百姓后来最感谢的"风水先生"——时任义乌市委书记厉志海选址并定址现在的福田地区建设为福田市场，为如今的福田国际商贸城打下了基础。

2002年楼国华出任义乌市委书记，时逢入世他开始大打商贸国际牌，勤政5年建造起如今全世界最大单体市场的福田国际商贸城，他千方百计带领全市为义乌市场的发展兴旺大力造势，使义乌（福田）国际商贸城3年名扬全世界。

"莫名其妙"建成国际商贸城

2005年8月，义乌被联合国认定为世界最大的日用品批发市场。至此，经过25年的发展，义乌市场经营面积扩大至260万平方米，经营商位增加至5万个，经商人员发展至20万人，经营商品种类增加至1520个大类32万多种商品。义乌国际商贸城的硬件设施投入已达50个亿，到该市场采购的大小车辆可直接开上四楼、五楼，电梯、照明、吃住设施均与国际接轨，成为名副其实的"世界第一市"。

现今，义乌这个浙江中部拥有超百万人口的县级市，每天有来自全球的12000多名外商、570多家企业的商务代表在此采购商品，20多万经商大军将义乌市场日均2500多个国际标准集装箱发送到237个国家和地区。随着电子商务的兴起，义乌国际商贸城已实现了从现金、现场、现货传统"三现"交易到国际贸易、电子商务、洽谈订单、商品展示、现代物流等的大跨越，现代化服务和管理体系日益完善、高效。

国际商贸城已全面接入宽带网络，60%以上的商位开展了电子商务，开通了网络电视。全球海运前20强企业有8家在义乌设立了办事机构，义乌海关实现了商检报关服务一条龙。义乌4个专业运输市场已开通全国260多个大中城市直达货运业务、5条铁路行包专列及20余条航线。

"点石成金"丝绸之路新起点

义乌市场以外贸为主、内外贸相结合，最终成为国际化市场，被境外主流媒体誉为中国"丝绸之路"的新起点，也为全国市场的发展创造了"义乌指数"等不少经验与做法。

义乌市场现在的政策环境千载难逢，国家级的国际贸易综合改革试点和浙江唯一的商贸服务业集聚区，在与同类市场的竞争中更具优势，义乌市场外贸服务业在不断提升中使外贸比较优势越发凸显。

义乌市委市政府把义乌市场采购国内战略转型升级为国际国外战略的"二区六城"，加速推进义乌的经济社会发展。去年3月，义乌市国际贸易综合改革试点获批，同时赋予义乌先行先试政策。多方的关注和关心为提升义乌对外贸易层次和水平，推进市场转型升级创造了有利条件，义乌市场将在迎合市场经济转轨和中国加入WTO两大机遇后引来第三次重要战略机遇。

（原载《中国商报》，2012年11月9日）

义乌市场与国际接轨意义重大

5月20日,我国驻南非共和国特命全权大使王学贤,在考察义乌小商品市场时指出:"义乌市场规模之大、管理先进、东西便宜,实在令人震惊。我跑过许多国家,干了十年外交工作,了解到目前国际市场的总体消费水平还不太高,义乌市场的中低档商品,很适宜在世界各地中低档市场销售,应及早采取措施,与国际市场接轨,让义乌的小商品光明正大地走向世界。"

笔者特别请教王学贤大使,就如何使义乌商人的商品安全地运抵南非销售,怎样才能安全地把做了生意的钱带回来谈谈看法。王学贤大使说:"南非的外贸环境与世界各国的外贸途径一样,可以把货运出去,把钱拿回来,关键的一点是提醒大家要走合法的途径。义乌的中低档商品在南非76%的黑人消费群中销路是会很好的,如铅制品、电器产品等,都会很受欢迎。"

(原载《浙江经济日报》,1999年5月22日)

义乌小商品为何"卖全球"

一个既不沿边也不沿海、市域面积1100平方公里、人口不足70万的小城市，近年来却屡创奇迹，为世界所瞩目。目前在这个城市常住的外来建设、经商人员达40个民族100多万人口。更令人惊叹不已的是，来自世界137个国家和地区的近8000名外商、570多家国外企业商务代表常住此地采购商品，20万经商大军在这里以日均2000多个国际标准集装箱的规模将商品发送到212个国家和地区，市场的外向度已达到60%，成为全球公认的国际商贸城，它就是今年8月被联合国认定为世界最大的日用品批发市场的浙江中部的县级市——义乌。义乌市场已从"买全国、卖全国"走向"买全球、卖全球"。

一流硬件造就一流市场

经过20多年的发展，义乌市场经营面积达260万平方米，经营商位达5万个，经营商品种类有34个行业1520个大类的32万多种商品，中国小商品城成交额已连续14年位居全国各大专业市场榜首。人们说，在义乌不怕买不到，就怕想不到。

近几年来，义乌国际商贸城硬件设施投入就达50亿元，到市场采购的大小车辆可以直接开上四楼、五楼，电梯、照明、吃住均与国际接轨。

今日的义乌，已形成以国际商贸城、宾王市场、篁园市场为主体，30多条专业街相支撑，物流、金融、产权、劳动力等要素市场相配套，以会展中心为亮点，30多个国内外分市场相呼应的较为完善的市场体系。

健全配套的软件服务

经过20多年提升发展，义乌国际商贸城积累了丰厚的市场资源禀赋，实现了从现金、现场、现货传统"三现"交易到国际贸易、电子商务、洽谈订单、商品展示、现代物流等的大跨越，现代化服务和管理体系日益完善、高效。

目前，全市拥有金融机构18家，金融网点286个，境外客商和企业在义乌银行开设账户8100多户，其中有65%的网点设在市场或市场周边，网点之多、分布之密为全国罕见，并已成功开通了网上支付系统，初步建立了网上商店、网上购买、网上推广等体系。

国际商贸城全面接入宽带网络，60%以上商位开展电子商务，开通了网络电视，其中由市场发展商投资1000多万元建成的中国小商品数字城网站，把所有5万余个商位搬入因特网，日点击率过10万人次，是全球最大的小商品网站，实现了有形与无形市场共同发展。目前已有各类小商品门户网站550余家，新浪、阿里巴巴等一批知名商务网站都在义乌拓展业务。义乌国际物流中心是浙江省三大物流中心和全省三大"大通关"建设站之一，全球海运前20强企业有8家在义乌设立了办事机构。2002年义乌海关办事处成立，实现商检报关服务一条龙。义乌市4个合理布局的专业运输市场开通全国260多个大中城市直达货运业务、5条铁路行包专列、20余条航线，有各类货运经营单位600多家。

空前发展的会展经济

1995年创办的义博会，现成为国家商务部、浙江省人民政府主办的国家级外向型展会，其规模与成交额仅次于广交会、华交会，排名第三。2004年义博会实现成交额74.3亿元，为市场带来了巨大的商机。2005年义博会将于10月22日隆重开幕，将有1.5万名外商参展。国际商贸城现开辟有1万余平方米的购物旅游中心、3000余个定点购物旅游商位，开通市场购物旅游公交环线和观光车，建成中国小商品城发展陈列馆等一批旅游设施，去年来市场购物旅游人数突破300万人次，居浙江省各城市前三名。国际商贸城被省旅游局推荐申报国家4A级购物旅游风景区。

规范有序的现代管理

近年来，义乌市在优化市场发展环境上下功夫，致力实施市场发展的宏观调整规划，确保市场资源的合理配置，提高市场的竞争力和国际化程度，同时进一步加强信用市场建设，以资源整合、信息共享为重点，完善市场信用发布查询系统，加强信用监管和失信惩治制度建设，建立境外客商信用档案，引导市场经营主体规范贸易合同，提高防范外贸风险意识。努力降低商务成本，积极建立健全品牌商品的集约经营机制，加大品牌、名牌培育力度，加快市场引进名牌步伐，对引进名牌的经销商和企业，相对程度上给予扶持，到目前为止，市场品牌商品的比重达25%以上，总经销、总代理品牌达6000多家。

（鲍洪俊、吴象水，原载《市场报》，2005年10月19日）

义乌指数导航全球商家

世界小商品行情风向标

日前,《市场报》记者走进义乌各个市场,就看到大屏幕上滚动播放的"义乌指数"信息。从去年10月至今年7月上旬,由商务部正式向世界发布的"义乌·中国小商品指数",已经出了33期周价格指数、10期景气指数和月价格指数。"义乌指数"的发布渠道不断拓宽,影响力明显扩大,作用日益显现,已成为名副其实的世界小商品价格行情风向标。

义乌国际商贸城经营户戚永标可称得上"义乌指数"迷了。从去年指数发布第一天起，戚永标就开始了收集工作。他拿出收集的厚厚一叠"义乌指数"说，这可是他做生意的向导。戚永标是意大利老人头国际（香港）有限公司在浙江地区的总代理，经营箱包。他指着第32期的"义乌指数"说："我经常研究箱包周价格指数涨跌走势。如果指数有异动，我就会去了解异动原因。"

"指数帮我了解整个行业的行情。前段时间，指数分析说原材料价格上涨引起成品价格变动，我就备存了部分原材料，在向外商报价时也将价格走势考虑进去，对我生意上帮助很大。"一位五金经营户表示。"义乌指数"让他掌握更多行情动向，指引他在商海中稳当行船。

"义乌指数"将全球的小商品价格与义乌市场紧紧联系在一起。可以说，现如今，"义乌指数"打个喷嚏，大洋彼岸的采购商就可能坐立不安。有位南美洲采购商，以前都从国内其他市场进货，商品价格都由当地市场说了算。当他知道"义乌指数"后，每周关注"义乌指数"上的商品行情，并用这里的相关价格涨跌信息与供货商谈价格。而迪拜市场上的笔类价格，则干脆盯住"义乌指数"来定价了。

国内其他商品市场经营者也开始使用"义乌指数"来确定其小商品批发价格。成都、济南、沈阳等地批发市场就对"义乌指数"十分关注。在成都荷花池市场，一些从事工艺品批发的商人认为，"义乌指数"对成都荷花池的影响很大，指数价格的涨跌信息对他们做生意很有帮助。成都市工商联荷花池商会的人士说，四川许多商人因信息不对称而吃了不少亏。"义乌指数"公布后，成都商人能随时看到市场上各种小商品的价格走势，及时调整经营方略，能抓住商机。

500万数据产生一个指数

中国小商品城集团股份有限公司总裁向《市场报》记者介绍：目前，义乌指数主要由小商品价格指数、小商品市场景气指数、小商品市场单独监测指数三部分构成。采用合成指数编制方法，不仅可以反映市场周期波动幅度，还可预测市场周期波动的拐点，能够较好地反映义乌小商品市场运行情况和未来发展趋势。指数数据主要来自小商品城经营户,由分布在各个市场的110名信息采集人员,向2673家经营户定点采集17大类4000多种商品的有关数据,指数办公室将各采集点汇集的信息进行统计分析,每周二公布价格指数,每月1日公布景气指数。"500万个数据产生一个指数啊!"总裁感慨地说,为建立运营这个指数,他已花去1000多万元。

"义乌指数"编制办公室工作人员说,信息含量较大的周价格指数分析和月景气指数分析,能帮助外贸和生产型企业在各种风险显现前提早采取应对措施。有了"义乌指数",小商品生产商和营销商有了风向标,可避免盲目性,减少风险。签合同、进出货时胸中有数,方式也更灵活了。

下半年将增信息发布媒体

去年年底,商务部在其门户网站的"商务天气预报"栏目中正式对外发布"义乌指数"信息。今年初香港凤凰卫视资讯金石财经栏目每周二下午6:30的"商务天气预报"中也定期单独播报"义乌指数"。据"义乌指数"编制办公室工作人员介绍,商务部已决定在下半年增加"义乌指数"信息发布媒体,以便让更多的生产企业、采购商在第一时间了解各种商品价格信息。

"义乌指数"的出台,进一步确立了义乌小商品城在全球小商品行业的龙头和中心地位,进一步繁荣了义乌小商品市场。如今,每天有20余万采购大军以日均1000多个国际标准集装箱的规模,从义乌将商品发送到212个国家和地区,义乌市场外向度已达到60%,日出口集装箱突破40万。

(胡雪良、吴象水,原载《市场报》,2007年7月23日)

"小商品之都"转型升级"买卖全球"

近年来，义乌市努力培育商贸新业态，经济持续繁荣兴旺，义乌市场成交额始终稳居全国同类市场第一，荣获"义乌中国小商品城"驰名商标，成为全国十大诚信典型，并在波兰华沙成立了首个海外分市场。与此同时，义乌电子商务也蓬勃发展，设立了全国首个县级邮政管理局，注册地在义乌的账户数超过25万家，快递业务已占全国的1/30，外贸网商密度居全国第二，内贸网商密度居全国第一，还成功举办了义博会、森博会、文交会、旅博会等国家级展会。依托国家"一带一路"的国际化倡议，义乌市正在多渠道、多举措地为世界"小商品之都"的腾飞而护航。

抓住机遇 构筑优势

历史方位是客观事物在历史发展中所处的位置。中共浙江省委十三届十次全会明确指出，综观形势，浙江正挺立在中国特色社会主义伟大事业的潮头上，正奔跑在"干在实处，走在前列"的人道上，正站在高水平全面建成小康社会的关键节点上。与此同时，义乌也处在新的历史方位，面临前所未有的新机遇，未来五年正是义乌构筑区位新优势的大好时期。宁波—义乌铁路、温州—义乌高铁以及金华—义乌城际轨道交通项目相继开工建设，将使义乌的"枢纽"地位更加凸显，航空口岸、铁路口岸的开放让义乌真正成为面向全球的国家级综合交通枢纽，"义新欧"发展壮大、"义甬舟"规划建设，正推动义乌进入打造"新丝路、新起点"的黄金时代。不久后的义乌面向的是更加广袤的太平洋，牵引的是更加纵深的长江经济带。

浙江省委省政府历来都高度重视义乌的改革发展，专门出台文件支持义乌，把义乌发展纳入全省都市区战略，科学评估义乌的改革发展。金华市委市政府也多次专题研究并出台意见支持义乌的改革发展，义乌市委六届十三次全会还提出打造"三大廊道"、构筑"一点一区两大通道"，为建设世界"小商品之都"提供了支撑。

上下合力 共谋发展

由75万义乌本地人口、100多万外来人口组成的义乌人已形成共识：市场是义乌的根和魂，市场兴则义乌兴，必须深化国家"一带一路"倡议。

义乌市主要领导曾经多次指出，在全球化、"互联网+"的背景下，义乌要加强对市场发展趋势和战略举措的研究，加强对国内外贸易发展模式的研究，推进市场和产业融合、市场和城市融合、市场和资源整合，提升市场的"质"和贸易的"量"；拓展经营主体，加大招商力度，优化行业布局，提升传统优势行业，加快培育新兴行业；创新经营内容，实施"浙江制造"品牌建设功能中心工程，培育"义乌好货""进口好货"等品牌，探索发展进口商品街区，打造"进口商品总部经济区"，加强与"一带一路"沿线的经贸交流；创新经营方式，大力开拓国内外市场，加强产业链整合，鼓励各类供应链企业发展，完善市场周边仓储配套；深入推进线上线下融合，改造提升发展电商村，强化与知名平台的合作；实施跨境物流区域仓等项目；专业化、市场化办好义博会等展会，规划开发市场周边区块，完善市场配套，促进整体繁荣。

商城集团作为义乌中国小商品城的运营商，以义乌市场持续繁荣作为根本出发点，聚焦文创、数据、金控、供应链、会展五大平台，引入外部优势资源，为小商品产业链和生态圈赋能，创新发布五星级旗舰市场标准，广泛集聚优势商品、商户、海内外客商，加快推进市场线上线下的融合、进口出口互动、境内境外拓展，确保市场奶酪不丢、市场份额不少、市场地位不变。

转型升级 走向全球

义乌市场进口商品馆是目前国内规模领先的"一站式"进口商品采购基地，是集经营、展销、洽谈于一体的进口商品展贸中心，是义乌中国小商品城实现从"买全国、卖全国"到"买全球、卖全球"转型升级的新标杆与新趋势。

进口商品馆成立于2008年，2011年为扩大规模搬迁至义乌国际商贸城五区市场，经营面积达10万平方米，经营100多个国家的8万种产品。其中，非洲产品展销中心作为国家战略项目，经营乌木制品、工艺品、珠宝首饰、鼓等5000余种非洲商品。2016年，商城集团积极响应义乌市全城旅游、市场商场化建设号召，依托进口商品馆，打造经营面积5000平方米的丝路壹号异国风情街，主要包括异国餐饮区、进口超市区、体育休闲区，逐渐发展为一个集外商商贸、休闲、文化交流于一体的生态经济圈。

义乌进口商品馆培育发展优势明显。每年举办一届进口商品博览会，吸引来自100多个国家和地区的1500家境外企业参展2000个展位，集中展示推介世界各国二三线品牌日用消费品；同时，每年举办一届进口商品购物节，集中促销，有效激活了批发市场和零售业态的发展。通过"一展一节"的举办，有效扩大了义乌进口商品馆在长三角直径200公里的辐射面及影响力。进口商品馆还建立了灵活优惠的入驻政策，凡是进口额达到一定基数的，均可以零租金入驻。如今，义乌将发展进口贸易作为推进市场转型的"三大战略"之一，出台了促进进口贸易发展的十条意见，设立了促进进口发展专项奖励资金。

诚信引领 筑造辉煌

义乌吹响全面打造"诚信义乌"的号角，有力地提升了义乌市场的知名度和美誉度。

市场是义乌的生命，诚信是市场的灵魂。义乌市充分利用市场优势，以商人、商品、贸易等各个方面为载体，把社会主义核心价值体系传播与市场商业行为紧密地结合起来，打造系统完整的社会主义核心价值体系传播平台。用中国商品打造中国精神，展示"最美"中国形象，向全球展示并传播了中国梦。

诚实守信是中华民族千百年来的传统美德。早在几千年前，孔子就说"人而无信，不知其可也"。如今人们迫切期待生活在一个没有欺诈、没有假冒伪劣、信用良好的社会环境中。义乌倡导的"我诚信,我吉祥"发出了时代的强音。在新的历史时期,全面加强政府、市场、企业、公民个人的诚信建设,努力提升全社会的诚信意识,倾力打造"诚信义乌"这张金名片,无疑将进一步激发义乌的发展活力与竞争优势。

小小拨浪鼓摇出大市场,诚信正是起家之本。没有诚信,义乌市场根本不可能成就今日之辉煌。义乌市主要领导提出,要不断加强市场信用监管,积极开展诚信教育,对假冒伪劣和商业欺诈行为进行严厉打击;同时,市场经营户要始终坚守"诚信经营、文明经营",自觉做好诚信文明经商,只有这样才能"生意兴隆通四海,财源茂盛达三江"。加快义乌转型发展必须重视道德的力量,奏起诚信的主旋律,形成"守信光荣、失信可耻"的氛围。

(原载《中国商报》,2017年6月6日)

勤劳、智慧、品德铸就的金钥匙

记者：我们在这里采访注意到，镇里最漂亮的是海亮集团外语学校，而且据说，教学质量也是不错的。您的企业做这么大，在全国铜加工行业里已经名列前茅，为什么想去投资教育？

冯海良：办学校是很偶然的。1994年，一位住在邻镇的朋友托我帮忙，把他的孩子送到我们镇上的小学上学。我去学校联系，却报不上名。

早几年，我的小孩曾经在这里读书，当时教室里只有两三盏灯，我派人把学校所有的灯都换了一遍，自那以后，每年我都赞助这个学校。有这样的渊源，按说我去联系上学是没有问题的。可校长说，现在要上学的孩子太多，一个班80多个学生，学校也没有办法，如果要报名，外乡的学生要交300元钱。

晚上回来我就想，我何不自己办个学校呢？当时我企业的资产有2000多万。我开始跑教委，教委主任说，这个想法好。那时整个绍兴地区还没有一所民办学校。教委主任提醒我："现在联系办学校的人很多，但是办学校是没有什么钱好赚的，你要有思想准备。如果你是为了赚钱，学校就不要办。"等我从教委出来，就已经下定决心，这个学校非办不可。

没想到的是，我把学校办起来的第二年，规模就不够了，要读书的孩子太多，不光是本地的，还有外地的孩子要来上学。所以从第二年开始，我不断地往学校投资，到现在已经有两所学校，诸暨市有一所高级中学，店口镇你们看到的是一所从小学到初中的外国语学校，已有师生6000人，资产几亿元。

记者：这么大的规模，您想没想过投资回报？

冯海良：我记得1996年的时候，我们有一个校长到省里去开人代会，回来后他对我说："董事长，现在你办学校，将来可能不属于你企业的，要变成国家的了。"我说："这有什么关系呢？我只想把学校办起来，并且办好。"他很焦急地说："省人大开了一个座谈会，要立法，企业拿钱办学校，这钱不是企业的，是国家的。"这正是我做人的价值：奉献社会。我不觉得我的家族或我的孩子要靠我的钱来生活，我曾经跟孩子说过："爸爸只养你到18岁，你要去读书，一边读书，一边去打工，你也可以到我的公司来打工，我会付给你工资。你的生活需要你自己去干。"

记者：听说您每年还要资助一些贫困大学生。

冯海良：是的，去年资助12个大学生。这些年一共资助了30多个大学生。最高的资助1万多元，一般是5000元，最少也有3000元。他能读到什么学位我就资助他到什么学位，我不需要他回来为我工作，不需要任何回报。

记者：办学校跟您自己的学习经历有没有关系？比如有没有一个什么"情结"之类的？

冯海良：我是农民出身，初中毕业后，很想到一个比较好的学校继续读高中，但因为家里的一些原因，没能如愿。当有一所新办的中学说可以收我时，父亲又不让我去了。当时家里就父亲一个人工作，养活一家子人很辛苦。父亲眼看就要从供销社退休了，他早早就安排好让我去顶替。

记得我去顶替的前一天，还在砖瓦厂干活呢，因为要走了，我自己要求连干一个白班和夜班。第二天早上6点多，我家都没回，用凉水洗了一把脸，就去供销社报到了。从他们的眼神里我知道我当时的样子一定很怪：穿着一个泥巴巴的衣服，连续工作24小时，人成什么样子，可以想象。

那个时候在农村有这么一个工作是很令人羡慕的，年轻人有三条路是比较好的：一是读书上大学，二是顶替，三是参军。上大学是最好的一条路，那时村里若有人上大学，可是惊天动地的事。顶替家长的班也是比较好的出路，因为可以吃商品粮了。

去供销社前，父亲反复强调两条：一是一定要入党，二是找对象不能找农村户口的。我完成了父亲的要求。

我这个人的特点是喜欢做，不喜欢说，别人不愿意做的苦差事我都愿意去做。1980年8月进供销社，从第二年开始，我每年都是先进，从县到地区的劳模我都当过。

当时我最大的理想就是到供销社之后，可以有自己的一个房间，房间里有一张床、两个抽屉的桌子、一把藤椅、一盏台灯，每天晚上下班以后可以自由地看书，不用再听母亲"家里的电都被你用了"的唠叨。而生活上真正达到这个程度则是三年以后的事了。

铜管厂的建设是我感觉最有压力的一次。因为这个项目花了2500万元，而当时正是这个行业最低落的时候，全国很多铜管厂都倒闭了

记者：当时的理想和现在的状况反差太大了。

冯海良：这也是一步一步拼过来的。1985年，全国各地都在经商做生意，供销社也要搞一个贸易公司，给了我1万元钱，让我承包这个贸易公司。可是我做什么呢？从1983年开始，我们店口镇就已经有乡镇工业了，主要是乡镇集体企业或村办集体企业。当时店口镇的五金业已经渐渐发展起来，以加工废铜为主。要做贸易，我也只能是做这些废铜，到全国各地收废铜，然后卖给乡镇企业。第二年我竟然赚了4万多元利润。这在当时可是个不小的数字，接下来的一年赚了9万元。一直到1989年，由于大家都知道的原因，国际市场制裁我们，生意一落千丈。关键不是我们的废铜卖不出去，而是企业生产的铜产品卖不出去。我觉得这样下去可不行，得自己办厂子，可是当时我只有16.5万元。

记者：整个市场生意都不好做，难道你办企业，你的产品会有销路吗？

冯海良：我动了一个脑筋，我们原来是把废铜卖给企业，由企业去加工成产品，比如铜棒。这时我想，生意现在不好做，我自己办厂，可以把收进来的废铜加工成半成品，再卖出去，从这个时候我开始了创业。

从16.5万元开始，到了1990年我赚了130多万元。在16.5万元中，我只有不到1万元的固定资产，雇了6个人，用最古老的冶炼方法。到了1990年下半年，我开始搞电炉，慢慢地发展扩产，现在的生产设备已今非昔比，刚刚投产的内螺纹盘管生产线是从德国引进的世界最先进的设备。

1996年下半年，我们准备上铜管项目，我花了两个月时间，走了很多地方去调查铜管市场和技术。1997年投产，那时我的工厂在店口还不是最大的，大家一点都不了解我，都不知道我们企业的效益怎么样。实际上，从1990年开始，我们企业的效益是非常好的，一直到办学校，大家才知道我的企业的实力。那时在诸暨市与我们做同样产品的有1000多家企业，我从来没有感觉到有竞争压力。但是1997年铜管厂的建设是我感觉最有压力的一次。因为铜管厂的项目花了2500万元，而当时正是这个行业最低落的时候，全国很多铜管厂都倒闭了。

我用编织袋装了60万元去请一位工程师，他在铜管行业知名度非常大。只要产品好，市场非常大，而大路产品市场是过剩的，但是好的产品必须要有好技术，所以花再多的钱也值

记者：人家都倒闭了，你还办起一个铜管，这不明摆着是给自己找压力吗？

冯海良：但实际情况不是这样，就整个行业来讲，当时的确是最低落的时候，但只要把产品做好，还是有市场的。因为空调行业是用铜管的大户，空调配件所用的铜管质量要求非常高，大多数厂家做不了。市场需要好的铜管，但企业生产不了，而作为整个行业的产能来讲已经饱和了，很多产品过剩，但是好产品远远不够。这个时候刚好空调行业发展起来，好的铜管材料都是依靠进口。

当时还有一个情况，我的孩子在学校读书不好，我想把他送到国外去，所以全家要移民加拿大，移民手续都已经办好了，也正好是铜管厂投产的时候。这时社会上开始有传闻，说我的企业要倒闭，我们全家要逃到国外去。厂子刚刚建成投产，生产和销售都会出现一些问题，这很正常，但是社会上的传闻对我心理的影响太大了，所以在我的经历中，1997年是我经历最大的一次磨难。后来我打消了移民的想法，留下来，而且一定要把企业搞好。

当时我用编织袋装了60万元去请一位搞技术的师傅，这个工程师在铜管行业知名度非常大。那时只要产品好，市场是很大的，而大路产品市场是过剩的，但是好的产品需要技术保证，所以花再多的钱我都觉得值。到10月份订单已经来不及生产了。1998年过年以后，产品已经供不应求。当时浙江东阳一家全国知名四大乡镇企业集团之一，因为搞铜管经营不善关了门，我花了91万元把他所有设备"抢"（买）了过来，他们的设备谈不上先进，但是足够我们扩产使用。

我们生产的铜管，工艺上不难，可是要做好却很难。有一次，我的产品卖给了我的一个朋友，当天我到他办公室的时候，他诡秘地笑了，我说今天你怎么这么开心，他说，你终于被我抓住了，我说什么被你抓住了，他桌上有张单子，是材料来源的单据，上面写有我们厂提供的两根铜管，这两根铜管价格也就几块钱，但他在生产过程中要检查铜管的泄漏，泄漏就是铜管有破损，我是要赔款的，结果罚了我4000多元。

记者：为什么会这么多？

冯海良：我们的铜管产品主要是为空调配套的，空调里所有的铜管里都有冷媒流动，有一点泄漏，空调就不制冷了，因此他们的罚款几乎是整个空调的价钱，他是为空调厂家做配套产品的，而空调厂家的处罚更厉害，因为他们有质量跟踪，如果这批空调产品铜管有泄漏，查出来，一根铜管要罚几万元。大部分厂家做不出高质量的好铜管，根本无法与空调配套。8月份，我买过来一家倒闭的铜管厂，但是我换了一种模式，把设备买下来就在当地生产，这样节省厂房成本。到了1999年，我大面积借房子扩大生产还是供不上市场的需求。后来我不去买厂而是去租厂，租人家空下来的厂，我也自己建厂，现在我们的铜管厂只做了四年，铜管产销量已经是全国最大的。说实话，这些年办企业我一直是比较顺的，竞争也不是那种针锋相对的。

记者：而事实上，如果感觉不到强烈竞争的话，是不是感觉挑战也不是很大，而现在很多行业没有不感觉到压力和挑战的。

冯海良：危机还是有的，只是对我们企业来说一点都不怕。比如说内螺纹盘管这两年效益很好，国内一下子上了好几条生产线，依我看，两年以后市场就要饱和，但我们还是有信心坚持去竞争，因为我们可以降低成本，提高质量，在成本和价格上保持优势。加入世贸后，我们也感觉比较乐观，这里有两个原因，成本控制能力和对产品质量的信心，有这两条我们完全可以与国内外的企业竞争，不怕任何对手。

民营企业发展到一定程度如何吸引外面的人才，如何处理好外来人才和家族人员的关系很重要，如何让外来人才不受家族的人的排挤，而让他们感觉有发展前途，这需要一种管理上的超越

记者：为什么别的企业纷纷倒闭，而你的企业经营这么好？

冯海良：我们企业的产品在同类产品中价格是最高的，关键是质量。铜管产品有它的特性，在质量的各要素中，人为因素很重要，就是说员工的责任心一定要强。没有一个好的管理，再先进的技术设备也不能保证质量。所以管理是首要的。

世界上先进的管理方法我们都引进，比如说日本的5S管理法，即整理（Settle）、整顿（Shake up）、清扫（Sweep）、清洁（Scavenge）、素养（Stuff），这五个单词的第一个字母都是S，所以简称5S管理，这是生产过程的现场管理。这个管理是很讲究的。车间里抹布、拖把等都要放在固定的位置上，设备上的油污每天都要擦洗。以前我们不搞这个，设备上都是油有什么关系呢？搞了之后好处很多，最重要的是培养员工的责任心，产品质量提高，效率增加，成本降低。工艺流程规范，能使工艺流程最简单、最有效率是很重要的。

去年整个公司的ERP布置已经完毕，包括资源管理、人才管理、资源信息化管理，整个企业的产、供、销，从总部到各个分厂全部联网。

我这儿什么人都不缺，就缺管理人才。有人认为办企业最难的是缺钱，但我认为在我们的企业中最难的是企业中人的观念跟不上企业的发展速度。最难的是改变人的观念的滞后。

记者：通过什么样的渠道获得先进管理信息和经验？

冯海良：去外面考察的机会是不多的，主要是向同行学，德国的、日本的、中国台湾地区的管理经验比较多，比如说台湾地区一家最大的铜加工企业的董事长，已经70多岁了，我和他的关系非常好，他回来，我们一聊就能聊4个小时。

记者：台湾地区的管理方法对你有什么样的启发？

冯海良：实际上我们是互相学习。在有些方面，他们工厂的管理还不如我们，相互之间都有许多可学的地方。

记者：有没有与台湾地区企业合作的想法？

冯海良：说实话，台湾地区企业的老总提出过好几次合作的意向，但最后我都没有同意。我这个人可能比较迷信，我总认为，最好不要跟人搞合作，因为我一直认为合作是个很复杂的事，搞不好会出问题。我自己有资金和技术的实力，为什么要去搞合作。我现在比较大的项目是上铜板和铜带，在整个铜加工行业中，铜管占25%、铜带占25%、铜板占25%，而且我要做就做高档的产品。高档的产品我们称之为电子铜带，在电脑、手机等行业一年要用铜带10万米，每个手机里面的机芯芯片都有一个电子铜带，它被称为框架材料，而现在这个材料大部分需要靠进口。再比如豪华汽车上的音响也要用到铜带，这样的材料也要靠进口。

记者：但我们能不能生产呢？

冯海良：实际上完全可以生产，而且完全可以替代进口。这个市场很大。国外对黄铜有一些限制，主要是黄铜产品在环保方面有比较高的要求，因为黄铜里面含有锌和铅。

记者：环保的确是一个很大的问题，尤其是搞五金业。我们看到浙江一些靠五金业发展起来的地方，空气和水的污染是比较严重的。海亮集团这么大一个企业，在环保方面的工作做得怎么样？

冯海良：我们企业在生产铜产品的时候解决了环保问题，比如说水的利用，都是采取循环做法，不会把没有经过处理的污水排出。

记者：民营企业参与国际化竞争要过几道坎，其中一道坎就是管理问题。现在许多民营企业都是家族式的。在您看来，民营企业应如何建立健全决策机制、经营机制、管理机制？

冯海良：家族企业的确面临很多管理问题，我们的企业也经历过。

现在我还有一个亲戚在坐牢，他曾经在一个加油站抢劫，案子很快就破了，虽然抢劫的后果没有发生，但是行为已经触犯了法律，被判了3年刑。

当时如果我听从朋友的话去公安局疏通一下，他就不会被判刑，因为抢劫的后果并没有发生也就是说没有抢成。但我没有去说情，而且我阻止我的任何朋友去说情，我说："这样的人一定要让他有教训，一定要让他在监狱里面待上几年，否则他以后还会犯更大的错误。"

还有一个外甥也被我开除了。我对亲戚的任用原则是，有能力的大胆用，没本事的你得走。

记者：是不是很难处理这个关系？

冯海良：有些关系的确很难处理，民营企业发展到一定程度如何吸引外面的人才进来，如何处理外面的人和家族里面人的关系很重要，要让外面的人不受家族的人的排挤，而让他们感觉没有顾虑，觉得前途光明。还有当初一起打天下的朋友如何用，利益如何分配，搞不好都要产生矛盾。

这的确是一个很大的坎儿。我有一个外甥曾经是副总经理，人很有才能，但他为了一点个人小事犯错误，当天晚上我就召开办公会议把他的副总职务给免掉了。这件事对员工的震动很大，特别是外来的员工，很多人都劝我，虽然许多人做我的思想工作，但是这个结果是许多人希望看到的。

我这个人有个特性，所有牵涉到亲戚参与的谈判我都要参与，其他的谈判我都不接待，供应商和销售商我都不接待，哪怕是上千万的设备谈判我都不参与，他们谈到一定程度，我只问一下价格怎么样，设备好不好，我不直接参与谈判。我只接待一种人，同行。同行来了有很多可以交流的信息，这是最有价值的。

记者：许多事情你都不参与，那你通过什么途径了解企业内部的信息？

冯海良：我的业余时间一般都是在网上看信息。

记者：很多事情都不参与，那您重要的工作是什么？

冯海良：发展计划和项目都是我自己去做、去谈，主要是扩建项目，这个我一定是自己来做的。很多企业的老总天天都在跑，我没有那么累。

记者：最近有消息说，到2005年，国内铜加工材自给率将达到80%，比2000年的72.2%提高7.8个百分点，这对您来说是不是个好消息？

冯海良：我国"十五"计划已明确，一般铜加工材产品生产能力不再扩大，产量增长速度下降，而高精度铜板带材（包括引线框架铜带、变压器铜带、汽车水箱铜带、锡磷青铜带、铍青铜带等）、高效散热铜管（包括电站用超长冷凝管、空调管、内螺纹管、冰箱管等）、建筑用铜水管、超薄电解铜箔等产品基本立足于国内解决，产品结构将逐渐趋于合理。所以生产高附加值的产品是我们的目标。铜管这个行业，盘管主要是用在自动化生产线上，这个产品过两三年会形成竞争，我们还有一条直管生产线也将上马，生产建筑用的铜水管，也就是自来水管。我对高精度铜产品的市场还是十分看好的。

目前，国际上铜贸易基本上是几家大的冶炼公司向贸易公司提供货源，通过大的贸易商来销售货物，而我们是自己来销售。世界上最大的十个贸易商都到过我们公司。我们铜的原料是从几个方面买，一个是进口铜，基本上是通过伦敦金属交易所购买，德国、美国、韩国等国的大公司都与我们有业务往来。我们有专人盯着伦敦金属交易市场的期货行情大盘，在我们认为价格最合适的时候点价，点价后马上进去，就可以等着成交了，如果第二天价格上涨，还可以卖出，以我自己定的价格卖出，期货交易还可以获利。伦敦金属交易所的价格是全球价格，铜的成交量是最大的，我们的专业人员每天都要把中国铜的价格变化、国际铜的价格变化等各种各样的信息汇集起来，今天哪个铜矿关门了，哪个铜矿减产了，哪个铜矿增产了，美元的降息等的变化，都得研究，世界经济的风云变化我们都得掌握。可以说，我们早就参与国际市场竞争了。

记者：所以说像中国入世这样的事，对你们企业来说，是不是如虎添翼？

冯海良：环境对我们来说更加公平了，这对民营企业来说是有利的。我们不怕任何竞争，企业要在市场上站住脚，就是要有有竞争力的产品。

（王彧、吴象水，原载《中国经济时报》，2002年1月25日）

点评：

诞生于1989年的海亮集团，乘改革开放之天时，借浙江先发之地利，聚勠力同心之人和，成就了一个中国民营企业从小到大、由大变强的典范。

集团连续四年上榜世界500强，连续二十年上榜中国企业500强，位列中国民营企业500强第32位。旗下的海亮股份在亚洲、美洲、欧洲设有22个生产基地，是全球铜管棒加工行业的标杆和领袖级企业，海亮教育是中国民办基础教育的标杆。

该文是少有的海亮集团创始人冯海良面对面专访。刊发之时，正是我国国内生产总值首次突破10万亿元，经济总量迈上一个新台阶，我国成为世界吸引外资第一大国之际。

从记者和海亮集团董事长的坦诚对话中，我们不仅看到冯海良如何开启铜管生意，如何投资教育的创业故事，更是读到了这位创始人带领企业发展壮大过程中真实的所思所想。文章大胆直面了民营企业的顽疾：如何处理亲人和外人的关系。海良的回答也让我们理解了海亮集团35年常青的原因。此文，一定程度上在当时为诸多民营企业走上现代化企业道路提供了一个效仿样板，助推了当时全国中小民营企业转型的步伐。

（诸暨市委宣传部傅焐斌　浙报记者韩兢）

第七届中国义乌小商品博览会开幕

昨晚，第七届中国小商品博览会在义乌开幕，世界50多个国家和地区、我国30个省市的7000多位贸易代表聚会义乌，进行经贸洽谈、招商引资和产业论坛等活动。

据中共浙江义乌市委书记厉志海介绍，举办了六届中国小商品博览会的义乌市已成为我国最大的小商品流通、展示、信息和配送中心。目前，义乌市建有小商品市场总面积70多万平方米，经营摊位3.5万个，从业人员7万余人，全市各类专业市场15个，专业街30余条，28个大类、8万余种商品90%以上销往全国及世界各地。此外，该市还在国内20个省（市）建立了30余个分市场，在国外建立了5个分市场，境外企业在义乌设立了100余个贸易机构和商务代表处，日吞吐货物2000吨。

厉志海介绍，目前义乌中心城区面积已达26.7平方公里，市委市政府已提出以建设"现代化商贸名城"为未来战略目标，把义乌建设成为50万人口以上的大城市。

（原载《中国经济时报》，2001年10月24日）

天下袜子出大唐
——探寻袜业之乡大唐镇的创业轨迹

翻开地图，你也许找不到浙江诸暨叫作大唐的小镇。17年前，它还是一个仅有两个村、千余人、人均收入不足800元的小村庄，然而，经过17年的艰苦打拼，大唐人硬是从小小的袜子做起，一步一个脚印，将这个名不见经传的偏僻村落打造成为蜚声中外的国际袜都。2004年，大唐镇袜子产量达90亿双，占全国产量的65%，世界产量的1/3，工业产值140亿元，人均GDP为1.1万美元，农民人均收入16658元。如今的大唐镇已成为西施故里一颗耀眼的明珠。

做大产业，靠集群化发展

20世纪70年代开始，受上海等地国营袜厂的辐射，大唐人白手起家拿起了手摇袜机，靠提篮小卖，做起了袜子生意。经过十几年的发展，目前已形成了以大唐镇为中心，辐射周边12个镇乡，吸纳从业人员20余万人的一大产业集群。大唐镇党委书记楼建明介绍，袜业产业在全国并不是一个大产业，如果说大唐袜业产业有什么特殊之处，就在于它独特的产业集群和产业链。大唐镇现拥有近万家袜业企业，并呈现宝塔型的网状结构，其中产值在10亿元以上的企业有2家，产值1亿元以上的企业12家，产值500万元以上的企业有400多家，其他则是以个体为主体的家庭工业。大带中，中带小，上游带下游，大唐人将小袜子做成了大产业，成就了"大唐袜机响，天下一双袜"的神话。90亿双的产量是个什么概念呢？当地人比喻，给地球上每个人一双还有余。

大唐袜业集群的横向分工与垂直分工极为明确，产业链极为完整，从袜业机械制造到各种原料生产，再到袜子的生产、销售、物流，形成一条龙。可以说，在大唐，任何一款先进的袜机和配件都可以买到，任何一款袜子都

吴象水与原总装副政委葛焕标连续出席十届诸暨"袜博会"

可以生产,任何一种主要原料都可以生产和配置。从原料到生产,就像从前门到后门,那些附加费用,如运输、包装等,在这里全部可以省略。这种由集群经济形成的特殊产业链,使生产要素配置成本大大降低,竞争力大大增强。楼建明介绍,大唐的产业集群和产业链优势可以使成本降低1/4至1/3,这是大唐的优势、潜力和希望,也是大唐最值得骄傲的地方。

小产品孕育大市场,小袜子织出大天地。袜业不仅成为大唐名副其实的支柱产业,也是一大富民产业、目前工业产值的70%、农村收入的70%、农村就业的70%都来自这一产业。

政府引导,提供发展平台

一个先进制造基地的兴旺与发达,不仅依靠敏锐的市场洞察力和果断的经营决断力,更要有政府的支持,为其搭建产业发展平台。大唐的经济是民营经济,政府的任务就是"经济调节、市场监管、社会管理、公共服务",大唐历届政府都十分重视培育产业、提升产业层次,始终把袜业作为主导产业来扶持,从而确保了袜业的龙头地位。同时,大唐镇政府十分注重构建产业发展平台,经省政府批准,大唐镇于2000年规划建设了大唐袜业特色工业区,总占地近3平方公里,100家企业入驻园区。园区使要素得以集聚,企业潜能得到极大扩张,明显地提升了产业层次。占地400

亩、投资2亿元的浙江大唐经纺城，成为全国乃至全球最大的袜业专业商贸区，从而有力地推动了产业发展。大唐镇政府还努力树立大唐形象，刚刚闭幕的第六届国际袜业博览会，吸引了40多个国家和地区的1000多位外商前来参加袜博会，其中有100多位外商在展区内设置展位，包括意大利的罗纳地公司、日本的永田精机株式会社、德国的拜耳公司、美国的杜邦公司等，展位总成交额达19.1亿元，企业接到订单3000多万美元。大唐的袜博会真正成为全球袜业盛会，为大唐走向世界提供了一个极好的平台，同时也提升了大唐袜业这一整体品牌形象。

此外，镇政府还积极加强人才引进与教育培训，加强对新生代企业家的培养，开展农民素质培训工程，为产业发展提供人才劳动力支持。

居安思危，打造国际袜都

面对日益激烈的市场竞争，大唐人并没有小富即安，更多的是居安思危。大唐镇党委书记楼建明透露，大唐作为典型的产业集群，下一步发展面临着土地、资金、劳动力素质、国际环境等方面的制约。一方面，袜业作为劳动密集型产业，正进入国际贸易争端多发期，尤其是从去年10月开始的美国特保和欧盟设限，使大唐的企业一夜之间感受到了沉甸甸的压力。另一方面，在产业升级和集群自身完善的过程中，还面临许多问题，如缺乏自主核心技术和先进设计，缺乏自主国际知名品牌等。准确地说，大唐目前只是世界袜业制造中心，还不能称为完全意义上的"国际袜都"，许多企业还未真正建立现代企业制度，缺乏企业内涵，这些都给产业发展带来影响。

基于此，大唐人提出品牌带动战略的口号，利用大唐袜业这宝贵的无形资产，全力扶植名牌企业，加大科技创新力度，提升产业层次，支持企业把目光瞄准国际市场，鼓励企业到境外注册商标，加强国际合作……目标只有一个，就是要将大唐袜业更好地融入国际经济大循环中去。

千里之行，始于足下。凭借一双袜子走天下的大唐人，正抓住新的机遇，努力向"国际袜都"迈进。

（罗庆华、胡雪良、吴象水，原载《市场报》，2005年11月9日）

点评：

该文发表在 2005 年 11 月 9 日的人民日报《市场报》，然而好文如美酒，18 年后的今天细细拜读，越陈越香，回味无穷。

天下袜子为什么出在浙江诸暨大唐？未来的大唐怎么办？作者站在时代的高度，在敏锐抓住"天下袜子出大唐"这一浙江民营经济新动向的同时，把握表象，深入思考，持续追问，用生动的故事讲透了大唐袜业这一块状经济的来龙去脉，对应的正是大唐人对发展的渴求和对改革的坚持。

回首改革开放以来大唐袜业 30 多年的发展，在大唐袜业萌芽、成长、壮大、崛起成为"世界袜都"的过程中，既有几代创业者的不懈努力，也有历届政府的积极有为，更离不开新闻工作者持续的跟踪报道。

"不积跬步，无以至千里；不积小流，无以成江海。"大唐袜业的发展正如吴象水老师的新闻生涯，扎根基层，努力拼搏，不断进取。

（诸暨市大唐街道）

小袜子闯世界
——大唐"国际袜都"的崛起

2007年,第八届中国国际袜业博览会在美丽的西施故里、浙江诸暨的一个小镇——大唐镇盛大开幕。中共诸暨市大唐镇党委书记楼志坚说,这也是自1999年以来,大唐连续第八年举办该袜业盛会。这届袜博会以"品牌、科技、时尚"为主题,以提升大唐袜业为重点,紧扣产业主题,把握时代潮流,促进袜业产业的国际化、专业化、品牌化,吸引了来自世界各地的数千名中外嘉宾。

为期3天的袜博会现货和合同成交20.9亿元,签订合资合作项目103个,其中外商投资项目49个,总投资4.78多亿美元,协议外资2.88多亿美元;国内合资合作项目26个,总投资12.02亿元,引进市外资金6.52亿元。

袜子,看似很小、很普通的东西,在大唐,却成了人们眼中的焦点,是什么让大唐取得了袜业的巨大成就呢?

小产品做成大产业

"大唐袜机响,天下一双袜。"大唐,这个并不被很多人所熟悉的小镇,因为袜子而闻名世界。《洛杉矶时报》曾载文写道:"在大唐,与袜子有关的企业多如牛毛,其中包括大约1000家原料加工厂、400家纱线经销厂、300家缝头厂、100家定型厂、300家包装厂,以及100家联托运服务公司。"

从袜业机械制造到各种原料生产,再到袜子的生产、销售、物流,大唐有着极为完整的产业链。可以说,在大唐任何一款先进的袜机和配件都可以买到,任何一款袜子都可以生产,任何一种主要原料都可以生产和配置。

大唐袜业是诸暨市最具特色的块状经济,目前已形成以大唐镇为中心，辐射周边12个镇乡，吸纳从业人员十余万人的一大产业集群，被称为大唐袜业专业区。大唐镇也由此而被誉为"中国袜业之乡"。2006年，整个袜业区已拥有10万台袜机，其中先进电脑袜机4万多台，年生产袜子118.92亿双，创产值278.06亿元，产量占全国的65%、全球的1/3。

品牌意识的成长

1999年，大唐第一届袜业博览会的召开，成了大唐轻纺袜业市场发展的拐点。"外贸"这个曾经令大唐人感到陌生的字眼，突然变得那么清晰和接近，是袜博会让大唐找到了打开世界大门的金钥匙。

作为一个整体品牌，大唐袜业目前已在国际市场上打响。大唐已拥有"丹吉娅""步人""宏运"等一批全国和地方知名品牌，并聚集了"皮尔·卡丹""金利来""老人头"等国内、国际一大批知名品牌。目前大唐已拥有4个中国驰名商标和3个中国名牌，成功地走出了一条品牌发展之路。

创新让大唐走向世界

大唐人越来越认识到，单纯的产量扩张造就不了"国际袜都"，要使大唐袜业真正走向世界，只有创新这一条路。

用科技创新改造传统产业，大唐袜业企业纷纷建立了科研中心，与国内百余家大专院校、科研院所建立合作关系，每年开发袜业新产品550多种。浙江袜业有限公司与上海东华大学合作，正在研发的款式设计制作软件，只要轻点鼠标，客户所需的成千上万种款式就可直接调出来。设计一款袜子，从接单到打样只需短短十几分钟，而过去至少要七八个小时。

一个袜企负责人告诉记者，大唐袜业研究所平均每天设计各类袜子款式1000多个，每天为500多位上门客户设计袜子新款。这里的袜子款式数据库里已有几百万个袜子款式，花样设计快捷，最快的10秒钟就能完成。这种运作模式，使当地袜企能紧跟市场的脚步。

据了解，今年大唐镇技改投入15亿元，共实施技改项目51个，其中千万元以上项目26个，亿元以上项目4个。为了鼓励企业争创名牌，大唐还出台了奖励政策：凡企业创国家级知名品牌的奖50万元，省级奖20万元。

政府鼎力支持

随着大唐袜业发展步伐的不断加快，大唐镇政府因势利导，从去年开始，投资近3000万元，搭建大唐袜业公共服务平台，建立纺织原料检测中心、中国袜业网、袜业研究所和办证服务中心；同时，加快二期工业园区建设，着力推进产业集聚，为把大唐真正打造成为"国际袜都"予以鼎力支持。

走进中国袜业网所在地，记者看到，一间50多平方米的办公室打开了大唐袜业通向国际和国内市场的窗口。据了解，袜业网是一家专门为全市袜业企业提供袜子生产、销售，以及相关原材料、生产设备、物流等行业信息服务的专业网站。目前，大唐袜业有4000多家企业在中国袜业网上有名，每天的浏览点击量达到4000人次以上。中国袜业网使大唐袜业得以向外推介，同时，数以万计的信息数据又从全国和世界各地汇集到这里，流向每一家企业，从而使大唐袜业始终能站在市场信息的最前沿。因此，网站一开通，就被大家誉为"永不闭幕的网上袜业交易会"。大唐镇党委政府还加快二期工业园区的建设步伐。据了解，占地1500亩的二期工业园区建成后将新增产值150亿元，等于再造一个"新大唐"！

如今，"世界袜子，大唐制造"已经成为很多中外客商所熟悉的口头禅，大唐人也正以打造"国际袜都"为中心，致力于打造全国最大的袜子生产基地、最大的袜业原料生产基地、最大的袜业品牌集聚地、最繁荣的袜业专业市场和最具影响力的袜业博览会。蓬勃发展的大唐正以更为坚定的步伐迈向美好的明天！

（原载《市场报》，2007年12月28日）

点评：

这篇2007年底发表在人民日报《市场报》的《小袜子闯世界》，既站在世界的高度,又直抵经济深处,小切口中"解剖麻雀",细腻还原了彼时大唐袜业的发展现场,放得开,收得拢,大背景与小视角、思想性与可读性、高度概括与具体细节相得益彰。

吴象水老师与大唐袜业结缘颇深,前前后后采访了10多届袜博会,见证了大唐袜业从无到有、从小到大、从有到优。一系列报道前后连贯,循序渐进,在节奏鲜明和富有张力的叙述中,让人领略、感悟大唐这片发展热土的开放开明,生动反映出浙江块状经济的朝气蓬勃和欣欣向荣。

大唐袜机响,天下一双袜。目前,大唐袜业已成长为年产袜子超250亿双、产值规模超700亿元,产量约占全国70%、全球三分之一的"国际袜都"。热忱欢迎更多的新闻界老师来大唐走走看看,弘扬中国精神,传播中国声音。

(诸暨市大唐街道宋胜江)

诸暨大唐要做袜业冠军

20年前还是一片荒凉的浙江诸暨"大唐庵",仅有两间半草房用来修理自行车,如今已发展成为具有成长性的国际性特色产业集聚区,得到国内外同行的重视。

诸暨大唐地处杭州—金华、绍兴—金华两条省道公路的交叉点,大唐人20年如一日,坚持敢闯敢冒敢为人先,如今这里已建成了以大唐镇为中心,辐射周边10多个乡镇、100多个村的1万多农户,有从业人员15万多人,集原料、织袜、后整理等产销一体化的特色袜业群体,被称为中国的"袜业之乡"。现在,大唐镇年产袜子64亿双,分给全世界每人一双还绰绰有余。浙江省委书记称赞大唐说:"小小一个镇,天下一双袜;举办全国性博览会,请来国家领导人,了不起。"

大唐袜业起步于20世纪70年代当地农民自办的家庭作坊。在那个年代,搞家庭副业是受限制的,但当地人大胆冲破"左"的束缚,勇于实践,使这棵嫩苗避免了夭折。没有技术,他们就到国有企业里去当学徒,偷学"功夫";无处供原料,他们跑遍大江南北,从大企业中收点线头棉脚回来再加工。就是凭着这样一股执着的创业精神,大唐人终于干出了一番事业,发展成为全国最大的袜子生产、销售和出口基地。大唐袜业从手摇袜机开始,仅仅用了20年时间就在技术装备上赶上了国际先进水平,这里拥有西欧、日本等国家和地区的进口电脑袜机已达上万台,几乎所有的高级袜子都能在这里织出。产品组合也日渐丰富合理,目前已形成多个系列300余个品种的袜子产品,能够满足不同层次的市场需求。

现任中共诸暨市大唐镇党委书记郭浩良说,外来人口达三分之二的大唐人奋斗了20年,终于当上了全国冠军,但这并不是大唐的最终目标,我们还有更大的雄心壮志:抓住经济全球化和世界纺织工业结构调整的有利时机，使大唐成为亚洲乃至世界的袜业生产冠军。

为此，他们要求自己不断提高，参与强手竞争。大唐人要把国际市场的对手引到家门口来竞争，以促进自己尽快缩小与世界先进水平的差距。今年上半年，已有8个合资或独资项目落户大唐，其中与日本前田纤维工业株式会社合资700万美元的化纤项目创下了大唐引资之最。大唐袜业的产业优势，还吸引了包括一些跨国公司在内的行业巨头们的注意，名列全球500强企业之列的德国拜耳公司、巴斯夫公司和日本伊藤忠株式会社也先后派人来到大唐进行投资考察。

（吴象水、何剑光，原载《中国经济时报》，2001年6月19日）

点评：

《诸暨大唐要做袜业冠军》发表在2001年6月的《中国经济时报》，距今已有整整23年。

新闻是时代的作品。作者把握时代脉搏，以大唐袜业为中国改革开放的经纬，在行进式的报道中，串联起改革开放中大唐镇袜业的萌芽、发展、壮大等时代元素，全景呈现着大唐袜业人的奋斗历程，生动展现出充满发展生机活力的中国地方经济。

诚如记者在文中所说，大唐从无资源、无技术、无平台起步，翻身逆袭成为"袜业冠军"，成就了一个并不典型的改革故事。但正因"非典型"，这场改革走过的路、闯过的关、解过的题，对于其他地区也更具借鉴意义。

如今的大唐袜业，巧乘数字经济创新提质"一号发展工程"东风，"制造"变"智造"、"袜子"变"袜艺"，"夕阳产业"再次翻身逆袭，加快驶入数智转型的新赛道。我们有理由相信，大唐袜业"全球袜业冠军"的成色和底色会越来越足、越来越浓。

（孟幸宇　宋胜江）

义乌三期市场吸引世界目光

达到世界级水准的浙江义乌国际商贸城三期市场一阶段工程，占地524亩，总建筑面积108万平方米，是国内乃至全球最大的单体建筑。该工程设计摊位15537个，电梯188座，16组100多个天窗，停车位8000个。按照义乌市委、市政府提出的"绿色、环保、节能"的理念和"数字化、国际化、标准化、人性化"要求进行规划和建设，结构合理，功能完善，智能科学，圆满地实现了"全球采购的首选地，产品升级的原创区，功能创新的先行者"的目标，树立了世界市场的新坐标。

以义乌市国有资产投资控股公司为主体的三期市场建设办在市委、市政府的亲切关怀和国际商贸城建设指挥部的精心指导下，振奋精神，精密筹划，认真采招，科学施工，在短短386天工期内，按照市委、市政府向全市人民承诺的要求，经受了极端气候和宏观调控等剧烈变化的严峻考验，如期建成了三期市场这个义乌市有史以来最大的重点工程，工期、质量、安全都达到并超过了预期目标，再一次验证并创造了义乌速度。

众志成城做市场

三期市场建设方案，前后五易其稿，凝聚着市级领导班子的集体智慧和心血，也是全市人民万众一心、众志成城的结晶。

按照市场发展的要求，顺应市民的呼声。从规划之初，义乌市领导就对整个市场定位、规划方案、功能设置等提出了立意高远的要求。在充分吸收一、二期市场建设和其他地方的成功经验，组织专家评审论证，公示方案的基础上，市领导又分头召开各层次座谈会，倾听经营户和市民的反馈意见，进一步优化建设方案。

2007年9月25日为工程奠基开工仪式上挖下第一锹土，正式拉开了工程浩大的三期市场建设大战序幕。面对这样一个技术要求高、建设工期短而面临的困难又异乎寻常的重点工程，市委、市政府的主要领导时刻牵挂在心，随时关注工程进展。

中共义乌市委常委、副市长王清池作为国际商贸城建设指挥部总指挥，身先士卒、呕心沥血、不辞劳苦地经常下工地检查指导工作，甚至带病奋战在工程建设第一线，对工程的各个关键环节亲自把关。市级班子其他领导也都十分关心三期市场的建设，市人大、市政协等领导多次带队到三期市场督查工程进展，帮助解决存在的困难和问题。市委、市政府领导的高度重视和亲切关怀，为三期市场全体建设者提供了有力的指导和源源不断的精神动力。

团结协作奏凯歌

三期市场建设作为一项特别庞大的重点工程，没有方方面面的大力支持和帮助，要想顺利开展难乎其难。建设、国土、供电、交通、公安、安检、行政执法、采招办、创建办及稠城街道等各个部门和单位都把三期市场建设作为自己的分内事，凡牵涉到自己部门的都不遗余力、千方百计帮助解决，为工程"无障碍"施工提供了强有力的保障。

从土石方开挖到工程土建开工，平均每天有12000吨建筑材料进场和大量的废土外运，运输上的巨大压力给建设现场周边的交通、管理和环境整治带来了巨大困难。创建执法、交通、交警等相关部门主动参战，通力合作，优化运输线路方案，为工程顺利开展创造了良好环境。

三期市场共有86个招投标项目，除了少部分由三期市场建设办自行采招外，绝大多数都由采招监管办集中采招。招投标项目数量相当于整个采招中心全年一半的工作量，而且采购金额巨大、门类繁多、专业性强、时间要求紧。任何一项招标项目不能按时完成，都会极大地影响工程整体建设进度。为此，义乌采招中心紧密配合三期市场建设进程，统筹安排，精心组织，确保了各重大采招项目的顺利完成。

2008年春节恰逢百年不遇的冰雪灾害天气，奋战在三期市场工地的近万名外来建设者因买不到返乡车票而忧心忡忡。义乌火车站闻悉后，千方百计为他们购买返乡车票，体现了对这些投身三期市场建设者的特殊关爱。工人们被义乌各级领导和部门的关心关爱所感动，春节后纷纷自觉回到义乌继续参加三期市场建设。

受国际油价影响，柴油供应曾经一度紧张。而三期市场大量的施工机械每天需要"喝掉"30吨的柴油，万一柴油"断供"，许多机械无法工作，工程将陷入停滞状态。中石化义乌分公司急三期市场所急，在柴油紧缺时期确保三期市场建设的每天用油需要。

各单位、各部门的大力支持和帮助，破解了三期市场建设中的重重困难，为三期市场顺利施工打开了方便之门和绿色通道，保证了鸡毛上天的"义乌速度"完美实现。

迎难而上创佳绩

在建设三期市场的一年多时间里，各种极端恶劣天气和物价上涨周期的巨大压力接而来。面对严峻考验，三期市场建设办与各施工单位的建设者们同舟共济，迎难而上，以超常的艰辛努力克服了各种难以想象的困难。

三期市场建设办与成龙建设、浙江国泰等4家中标参建三期市场工程的建筑公司，在开工之前就立下誓言：三期市场是义乌新一代市场的标杆，有幸参建这个全国最大单体工程的建设是企业的荣耀。就是啃，也要啃下这块硬骨头！

在工程施工过程中，先后遭遇了强台风、风雪冰冻等灾害天气和梅雨、暴雨等多种极端恶劣天气的袭击。面对种种不利因素影响，三期市场建设办与各参建单位千方百计抢抓工期，科学组织施工，努力把被拖延的工期追回来，使得市场主体提前半个月顺利结顶。尤其是在工程进入百日倒计时的攻坚阶段，建设办提出了"奋战百日，建好三期"的奋斗目标，建设办全体同志与施工人员一起发扬"五加二"和"白加黑"的顽强拼搏精神，放弃所有节假日，日夜加班加点奋战在工地。

正是有了市领导和建设、施工单位强烈的责任感、荣誉感，在遭遇原材料涨价的困难关头，几个参建单位识大体、顾大局，宁可自己受损失，也严格按合同施工，千方百计克服物价上涨带来的压力，保质保量组织好各种材料和人力，没有出现怠工或故意拖延工期的现象。

在三期市场建设中，还涌现了不少"拼命三郎"：工地上专门成立了4支青年突击队，哪里最困难，哪里就有他们的身影；建设办副主任杨剑锋积劳成疾，多次病倒，但他每次打完点滴顾不上休息就马上赶回工地；建设办工程部经理吴秀斌在工程高峰期，几乎每天加班到深夜；3月份市场主体结项后进入各项安装工程程序，其间安装部经理徐江卉没请过一天假，日夜奔波忙碌在工地一线，在工程建设的后期，平均每天要完成投资1000万元的工程量，相当于每天完成一个重大工程。

目前，三期市场一阶段工程已经如期顺利建成，并在日趋严格的生产安全和消防安全背景下，顺利通过验收并交付使用，证明了市场过硬的质量和安全性能。

随着近万名建设大军的退场和宏观调控政策背景的转变，三期市场波澜壮阔的建设场面已成为历史，但建设者们还是深切地感受到，要做好类似的大型、超大型工程，还是有一些规律，值得去深思、去总结。

在义乌市委、市政府的高度重视和正确领导下，在全市人民的热情支持下，经过广大建设者们夜以继日的奋战，克服种种困难，国际商贸城三期市场一阶段工程建设不但创下了很多个全国第一，而且以义乌速度，创造了自己的建筑奇迹。如今，呈"S"形长条状分布的国际商贸城一期市场和二期市场，犹如矫健的龙身，而三期市场一阶段工程恰似高昂的龙头：巨龙腾飞，世界一流的现代化市场气势雄伟，蔚为壮观，已经成为义乌的标志性建筑。在"解放思想、创业创新"和义乌建设国际商贸名城的大行动中，义乌跨出了坚实的步伐，写下了浓墨重彩的一笔。

（原载《中国商报》，2009年1月13日）

让"清廉市场"成为义乌"金字招牌"

浙江义乌小商品市场六易其址、十次扩建，现经营总面积达550余万平方米，商位7.5万个，经营180多万种类商品。35年来，一个原本落后的农业小县发展到世界最大、无奇不有的小商品集散中心和中等城市，这些都源于市场。恰逢国内国际贸易综合改革试点的重大历史机遇期，义乌如何维持市场持续繁荣发展，如何保持全球市场竞争力，是摆在义乌市委市政府面前的重大课题和重点工作。

人无信则不立，市无信则不盛。如何保持市场繁荣，核心要素之一就是"廉洁诚信"。为此，近年来义乌市领导把"廉洁市场"建设作为"廉洁商城"建设的重中之重，深入调研后摸索出了一条以市场管理者市场经营户为主要对象、以制度建设为基本保证的义乌特色工作思路。义乌还将再接再厉，努力将全球最大的小商品市场打造成为廉洁市场，有力地促进市场的繁荣发展。

编织一张"诚信经营网"

7月21日上午10点，科特迪瓦商人赫梅尼来到义乌国际小商品市场区，径直来到经营户王景福的店铺，一口气定下了好多商品。让她不挑三拣四采购的原因，就是王景福店铺是义乌市场中最高的四星级信用店铺。

开展市场信用分类监管是义乌"廉洁市场"建设的一个缩影和建设五星级市场的基础。为了提升经营户诚信意识，依托信息化技术，根据市场经营者的信用状况，义乌将市场经营户信用等级分为六个级别，对不同信用等级的经营者实行不同的监管方式，在商位显眼位置悬挂信用等级，并实行动态监管，约束经营户更加注重诚信、遵纪守法经营。

"销售国家明令禁止商品的，扣6~12分；涉嫌非法经营的，扣6~12

分……"为了让商户守法自律,义乌还推出了诚信文明经营积分管理制度,商户扣分达到一定额度,将通过提高商位租赁价格、取消市场招商资格、限制外出参展机会等手段,提高失信经营成本。同时,义乌还在各大市场全面启用新型触摸屏,向市场采购商及社会公众全面公开展示市场经营者的信用廉洁信息。

经过分类监管、积分制度的洗涤,义乌市场商户的素质明显提高,据抽样调查显示,目前各地客商对义乌市场的诚信满意度超过97%。

为进一步增强市场经营户诚信守法意识,义乌还启动了"廉洁文化进市场"活动,利用国际商贸城一二期市场连廊的空地,设计构建了"廉洁长廊",展示、弘扬、传播廉洁文化,教育中外客商,努力营造"廉洁诚信、廉荣贪耻"的社会风尚。

来自伊朗的外商哈米因工作需要时常要路过"廉廊"。每次,他都会停下来喝杯咖啡,顺便看看"廉廊"里定期更新的图片展示。他说图片是没有语言和国界的,廉洁诚信一样没有国界,我们每一个人都要诚信做人、廉洁经商做事。

"廉洁管理铁军"

日前,国际商贸城管理部门商城集团的中层管理人员和全体党员都收到了一本特殊的"口袋书"。书中,唐僧师徒四人悉数出现,内容却非西天取经,而是对纪律问题的答疑解释。

为推动市场管理人员知纪懂纪遵纪,商城集团创新工作方法,制定《商城集团防腐锦囊36计》,有针对性地对36个关注度高并且容易产生疑问的纪律问题答疑释惑,较好地起到预防、提醒和警示作用。

此外,义乌市针对组织职能和岗位职责,各个市场管理部门重点围绕"重大事项决策、干部任免、市场收费、商位管理、中介机构的介入、党员发展"等市场经营户关注的热点敏感问题进行常规监督,健全完善决策机制和管理制度。如商城集团制定下发了《"三重一大"项集体决策痕迹管理实施细则》《中层人员个人重要事项公示制度》,强化了制度对公司经营班子及中层管理人员的约束;工商部门出台了《执法办案工作制度》、《举报投诉工作制度》、《经检执法工作重大事宜汇报制度》、廉政告知卡制度等，严格规定处罚额度，缩小自由裁量权。

一些地方招商怕客商不上门，而在义乌，招商是卖方市场。一个面积仅为9平方米的摊位就意味着一年有几十万元的财富。所以，义乌的每次市场招商工作就成了全市上下普遍关注的大事要事。为了防止管理者暗箱操作从中牟利，商城集团实施了廉洁招商，明确招商工作纪律。对市场招商工作中的违规违纪举报反映，中共义乌市纪委书记楼国康带领一班人与相关部门第一时间调查核实，严肃查处，确保市场招商公正透明。

义乌的发展离不开金山银山，更离不开政治生态的绿水青山。在今年7月份的"清廉市场"建设评价调查中，94%的市场经营户对市场管理部门廉洁状况评价良好，表明义乌"清廉市场"建设已取得了显著成效。随着"清廉市场"在各大市场的深入推进，义乌正在努力构建可借鉴、可推广的"清廉市场"体系。在全面深化改革、推进国贸改革试点的新形势下，义乌人也更加珍惜廉洁诚信这块市场的"金字招牌"。

（陈兴弟、吴象水，原载《中国商报》，2016年8月3日）

点评：

习近平总书记十多次调研的义乌"小商品、大市场"发展奇迹，得益于"以经济建设为中心""改革开放""大力发展社会主义市场经济"等重大路线、方针、政策的确立；得益于一届届义乌市委市政府敢创敢试、善领善引，得益于义乌市人民群众扎实拼搏、创业创新；得益于一批有情怀、有远见、有担当、有正气的媒体人长期关心关注、不遗余力地为义乌市场发展鼓与呼。他们是义乌市场健康、快速、高质量发展的强大推动力，吴象水同志就是这些媒体人中特别突出优秀的代表。

吴象水同志是最早、最深、最全面关注报道和命名义乌小商品市场建设发展的媒体人。可以说，义乌市场40多年发展历程中每一次提档改造、转型升级、突破创新，都留下了吴象水同志理性却不失激情的观察思考和热烈不失鞭策的真言良策。

2015年，中共义乌市委为加快建设"小商品市场"，做出建设"清廉商城"的决定，对标香港、新加坡等世界发达国家和地区，打造接轨国际的一流营商环境，为义乌社会经济发展提供"廉洁、高效、法治、信用"的一流政务服务。吴象水同志作为中共义乌市纪委特邀监督员，紧紧盯住义乌小商品市场这一清廉商城建设的最主要战场，最早在国家媒体报道了此项工作。这不但从时代新视角进一步宣传了义乌和义乌小商品市场，更发挥了新闻人在"清廉商城"建设从义乌走向浙江全省的特殊推动作用。2017年，中共浙江省委做出建设"清廉浙江"的重大决定，更见意义所在。

（中共义乌市时任纪委书记楼国康）

永康"五金"呈五大趋势

浙江省永康市有"中国五金之乡"的美誉。记者日前在这里了解到，永康五金产业呈现出五个新的发展趋势。

一是五金市场日趋国际化。去年有100多家企业将产品销往西欧、北美及东南亚等地区，出口额逾60亿。四方牌手扶拖拉机的出口量已居全国同行业之首。

二是五金生产日趋规模化。五金机械产业把生产、加工、销售紧密结合起来，形成一体化的利益体系，产业优势日趋明显，规模经济初露峥嵘。全市现已初步形成电动工具、铜铝冶炼等9大支柱行业。年产品销售收入在5000万元以上的五金企业有30家，销售收入占国有及500万元以上工业企业的80%。

三是五金企业质量品牌意识日益增强。目前，全市有22家企业的73个产品通过长城标志安全认证，有28家企业通过ISO9000国际质量体系论证，有20家企业125个产品取得了国外认证。注册商标已有405个，"飞鹰""永江""王力""群升"等品牌效应日趋明显。

四是五金企业技术创新能力日益提高。去年以来，全市五金机械企业50项技改项目完成投资15.1亿元；新批技改项目15项，计划投资8219万元；上报省批技改项目16项，计划投资4.9亿元。星月公司研制的摩托车汽缸头获中国高新技术博览会金奖；恒丰公司投入4000万元组建的计算机辅助设计中心，开创了电动工具的新局面；群升集团开发的铝塑复合管产业化生产工艺与技术，列入国家级推广计划的科学项目；铁牛公司投入3000万元研制成功汽车高顶棚模具，改变了我国同类模具长期依赖进口的被动局面。

五是五金产品种类齐全日趋精细高档。日用五金功能越来越齐全，分工更加精细，外形更加美观，小小一把瑞士军刀就有20种功能。一件小五金，就是一件工艺品，既实用，又富有新意。

（原载《中国经济时报》，2001年1月8日）

永康五金　走向世界

历经10年的开拓摸索与发展建设，特别是连续6届中国五金博览会的成功举办，浙江省永康中国科技五金城的知名度日渐提高，各种五金产品旺销不衰，进出市场的客流、物流日趋增多。据不完全统计，目前五金城日客流量最高时达2万人次，日货流量突破1800吨。

永康五金产品不但辐射全国各地，而且源源销往俄罗斯、巴基斯坦、巴西、美国、意大利、澳大利亚等30多个国家和地区。其中，最闹猛的当属永康的拳头产品——电动工具。

刚到永康五金城时，外商们尚存戒心，购货量并不大。随着沟通了解和永康五金信誉度的不断增强，如今一次购货几十万甚至上百万元已成平常事。

巴基斯坦玛典娜贸易公司经理阿布多·日和曼，每次来五金城购货都是10多万元。今年1月的一天，阿布多就为五金南路一经营户一次带来了5万多元的销售额。来自沙特阿拉伯的外商，拿着飞鹰保温瓶连翘大拇指，并用不太标准的中文说，在他们国家根本找不到制作这样精致、性能这样优良的真空瓶，而且相信国际市场也是少有的。来五金城参观考察的南非金·威廉姆斯说，在南非有许多从永康"开"过来的"四方"小铁牛，他真诚地希望四方集团能在南非设立生产或组装机构。美国、瑞典、日本、德国等发达国家的外商，看中的则是高科技产品，如郑泰集团生产的"金星牌"SMD30高品质人造金刚石、"超人"剃须刀、"金龙牌"电动工具，以及高档的园林工具、不锈钢制品等。

（吴象水、张海燕，原载《中国经济时报》，2002年6月20日）

义乌加快国际贸易综合改革创新升级

义乌，从"鸡毛换糖"到综试区，从街头市场到跨境电商，这个位于浙江中部的小城不断创造着市场奇迹。而今年2月27日义乌国际贸易综合改革试验区管委会正式挂牌成立，意味着义乌在新时代又承担起了全新的使命。

探索国际贸易新机制

"升级"为国际贸易综合改革试验区的义乌，被赋予与设区市同等的经济社会权限、省级权限范围内改革开放最大自主权。而它所面对的，外有贸易摩擦背景下全球贸易的新变局，内有供给侧结构改革和经济高质量发展的要求。"买全球"和"卖全球"的动因聚集在义乌，意味着义乌必须承担起探索符合小商品特征的贸易便利化体制机制，践行中小微企业走向国际市场新通道的使命，在更大范围、更深领域进行现代商贸流通体系和国际贸易机制的改革探索与突破。

此前，在作为国际贸易综合改革试点的8年里，义乌扮演着无愧于市场经济弄潮儿的角色。8年来，义乌外贸额增长了10倍，2018年实现进出口总额2560亿元。作为"一带一路"节点城市，2018年义乌对"一带一路"沿线国家和地区的出口额占全市出口额的50%以上。线上线下融合发展模式日臻成熟，物流成本比全国平均低一半，2018年快递业务量突破28亿件，占全国总量的约1/20。包括市场采购在内，义乌共有14项重要制度创新成果在全国被复制推广。

现在，义乌必须回答的一个时代命题是："义乌市场往哪里去？"国际贸易综合改革试验区的建立为义乌在更高水平上走向国际市场提供了新思路。

《义乌国际贸易综合改革试验区框架方案》提出，义乌国际贸易综合改革试验区将重点聚焦"一个核心、四大板块、五大创新、八大突破"，即围绕大众贸易自由化、便利化这一核心，出口、进口转口、科创、产业共建四大板块，实施空间区域、管理体制和开发模式、规划布局、资源要素配置、政策等五大创新，重点推进创新发展进口出口转口，探索数字贸易发展、高端制造发展、跨境金融贸易发展、区域合作发展等八大领域的突破。

充分的授权、允许先行先试的政策空间，使义乌成为改革创新的系统集成地。通过深化国际贸易便利化改革、投资便利化改革、贸易金融改革等一系列重大体制机制创新，加强改革集成、优化政策组合，试验区将成为营商环境最优之地，为浙江全省乃至全国深化改革探索新路、积累经验、做出示范。

义乌是"市场之城"，也是"云端之市"，现有各类互联网企业581家、电商账户31万、网民200多万，各类网络新媒体、网络公益组织、电子竞技游戏等互联网新业态、新产业如雨后春笋般涌现，这对政府职能转换和城市管理、公共服务提出了新的要求。

义乌国际贸易综合改革试验区管委会挂牌后，紧接着召开了义乌国际贸易综合改革试验区领导小组第一次会议。会议强调，要以"最多跑一次"改革为牵引，对照国际一流标准，率先争当领跑者，打造稳定、可预期、法治化的最佳营商环境。目前，义乌正在推进政府数字化转型，抓好繁荣市场、稳定企业、人才科技、创新基层社会治理和平安建设等方面的具体工作。

4月23日，中共义乌市互联网行业委员会在义乌陆港国际电商小镇挂牌成立，互联网行业党建综合服务平台"e路初心"同步上线。"e路初心"集宣传展示、教育学习、交流互动、政策解读、智能服务、积分管理等多功能于一体，是"智慧党建"的重要组成部分。

"不等不靠，先干起来"

义乌发展到今天，向来不是单纯地靠政策指引，更是靠人的智慧、勤奋与敢闯敢试的精神。在综试区的更广阔天地里，义乌以时不我待的精神状态，奋进在抓改革、抓落实的新时代征程中。

就在义乌国际贸易综合改革试验区管委会挂牌的第二天——2月28日，深国际义乌智慧综合物流港项目、爱旭二期项目、青口物流中心项目、陆港保税仓项目等8个重大项目集中开工，总投资达180.17亿元。

也是在这一天，阿里巴巴向义乌投来橄榄枝，希望共建eWTP试点城市、推动资产处置平台建设等。义乌市领导表示："开局就是决战，起跑就要冲刺，要干就干第一。"

在综试区的蓝图里，更多的建设思路正在展开：开拓自主品牌，以"创新设计、品牌、质量、标准"来实施创新设计进市场行动，建立"浙江制造"品牌中心；与多家银行合作，加强市场信用体系建设，推出实施普惠金融进市场项目；加快市场信息化建设，实现市场区域5G全覆盖，争做全国智能化程度最高的专业市场；线上线下融合，建立智慧型市场体系；在陆港物流上有所突破，建立国外物流站点，例如在捷克、非洲、迪拜等建立物流站点，在物流及通关方面为客户提供便利。

按照《义乌国际贸易综合改革试验区框架方案》，到2020年，全面完成义乌国际贸易综合改革试点的目标任务。到2035年，建成完善的现代商贸流通体系和国际贸易机制，建立公平开放透明的市场规则和法治化营商环境，高水平建成世界"小商品之都"，基本建成现代化金义都市区。

"试点是国际贸易综合改革的1.0版，试验区是2.0版，未来要向自贸区的3.0版演化，向自由贸易港的4.0版进军，成为国际贸易领域中国竞争力的重要组成部分。"义乌市委相关负责人表示，通过改革的不断深化，要让各类经营主体把小商品贸易和投资做到极致，必须不断谋求新的更大突破，加快国际贸易改革升级步伐，创造义乌改革开放新奇迹。

（原载《中国商报》，2019年10月9日）

搭建特色无形市场，义乌助推电子商务产业

日前，随着浙江省义乌市国际贸易综合改革试点工作的正式启动，发展电子商务、强化管理机制、服务全球客商项目也在该市江东街道落实运行。

作为电子商务发源地的江东街道，为了更好地服务与引导电子商务产业，近年来投入近千万元，启动"电子商务推进工程"，形成了一条长达10公里、服务于电子商务的服务产业链，构筑了信用、交易、支付、登记、安全认证等方面的管理通道，满足了义乌市场6万多个商位、20多万经营户、100多个国家的1.2万名常驻外商在国内外商品贸易中信息沟通、货物成交和资金周转的实际需要。

据江东街道党工委书记骆西良介绍，根据义乌市委、市政府"十二五"规划中关于电子商务发展的要求，江东街道率先在"解放思想、先行先试"中助推义乌电子商务国际贸易改革试点，尤其是助推传统企业拓宽网上销售而搭建第三方服务支撑平台。在现代国际贸易中，它是一种创新国际贸易方式、探索政府服务功能的有效尝试。

5月23日，金华市副市长、义乌市市长一行在江东街道领导的陪同下，到江东淘源电子商务科技园进行了实地考察。占地面积6000多平方米，地上七层、地下一层，功能俱全的现代化电子商务科技园已悄然形成，这标志着电子商务已趋于正规化。该园负责人万钧向记者透露，目前已免费入驻国内外商务企业20余家，200多人已投入贸易创新的工作服务平台，它是江东街道年投资数百万元、能带动10个亿国内外义乌市场商品贸易的现实大舞台。义乌市市长强调，义乌要充分发挥有形市场的优势，打造平台，强化服务，全力推进有形市场与无形市场的有机融合，走出一条具有义乌特色的无形市场发展新路子来。

据了解，淘源电子商务经营的总体目标是打造义乌电子商务产业示范基地、人才培训基地、电子商务服务外包基地，力争三至五年内输出5000名以上电子商务人才，培训万名合格的电子商务人才，争取公司上市，并与全国各大产业基地在义乌举办各类产品展销会、订货会、博览会等展会，初步建立义乌市场与特色产业集群良好的合作机制，并为此搭建商务平台。

有识之士建言，阿里巴巴一年要从义乌市场赚走数亿元的电子商务费，这是因为义乌未能做好"知识产权保护"而导致资源白白流失，义乌人要紧抓国际贸易综合改革试点的契机，利用好自己的市场资源。

（原载《中国商报》，2011年6月10日）

第二部分
促区域经济发展

【象水手记】
　　区域板块经济的独特发展，确实离不开地方政府的努力。采写地方政府领导的访谈录，需要一定的新闻采访艺术技巧，要既能为地方争取上扶政策，又能替平民百姓争取福利，还得获得中央、国家领导的高度关注。马洪、隆国强、温铁军、余斌、周天勇等几十位全国顶尖经济学者邀我陪同他们在浙江各地调研与做时事报告，使我在南大学过的知识切实地在社会上得到使用。

抓机遇建设商贸特区　促义乌走向国际市场
——中共义乌市委书记黄志平谈国际贸易综合改革先行先试

吴象水与黄志平

浙中崛起千亿投资工程——义乌市"三百亿助推国贸改革"系列项目暨国际生产资料市场一期、浙商回归总部等开工仪式日前举行，这一系列项目的启动，表明浙江义乌市抓住国际贸易综合改革试点新机遇，扎实先行先试，建设"商贸特区"，精心培育市场并走向世界的决心。

对此，中共浙江省委书记赵洪祝在贺信中指出，扩大有效投资是目前稳增长、促转型、惠民生的重要举措。中共义乌市委书记黄志平也表示，义乌将以此次项目集中开工奠基为契机，以更务实高效的作风，认真做好项目的协调和服务，为项目顺利建设提供保障。对此，他着重谈了此次国际贸易综合改革中的先行先试工作。

全面打造六大特色城市

黄志平首先介绍说，以小商品闻名世界的义乌去年实现地区生产总值7261亿元，完成财政收入90.19亿元，同比增长105%和17.2%；年末金融机构存款余额1809.6亿元，贷款余额1283.6亿元；今年第18届义博会实现成交额163亿元。

去年国务院批复同意义乌开展国际贸易综合改革试点。今年初，中共义乌市第十三次代表大会提出了建设"两区六城"的战略目标。义乌市委书记黄志平谈道，义乌将利用争创商贸体制机制之特、商贸发展平台之特、商贸服务环境之特，全力建设"商贸特区"；按照市场发展理念新、形态新、业态新、功能新的要求，加快推进市场转型升级，努力建设多产业联动、多业态融合的"市场新区"；将义乌全面打造成国际陆港城市、金融生态城市、制造业洼地城市、旅游目的地城市、文明信用城市、幸福和谐城市等"六大特色城市"。

黄志平特别指出，国际生产资料市场一期等6个集中开工、奠基的项目，涵盖了市场、物流、总部经济、工业等多个领域，既有重大产业平台，又有新兴产业项目；既有现代服务业项目，又有先进制造业项目。百亿元大项目的集中开工掀起了义乌新一轮项目建设、招商引资、产业崛起的高潮，为义乌市场转型升级和跨越发展增强了动力。

试行市场采购贸易新模式

黄志平认为，当前国际经济形势错综复杂，全球金融危机阴霾未散，但全球买家对义乌小商品的热情不减。今年头8个月义乌市自营出口额增速位列全省第一，9月28日义乌海关接受出口报关单达2165票，创下单日业务量的历史新高。对此，义乌市委作出了关于试行"市场采购"贸易方式的决定，先行先试"市场采购"贸易方式，力求做到贸易便利化、管理规范化与促进市场持续繁荣的有机统一。

为推动改革试点新突破，义乌提出建立信息化综合管理平台，把采购、外贸代理、拼箱组货、报检报关和仓储运输等环节纳入管理"六大工作体系"建设。

黄志平说，创新服务是义乌试点的"试金石"。为此义乌市检验检疫局创新检验模式，对普通非监装的市场采购商品实施入库申报、预先检验、联网核销、报检、出证等新举措，使检验各环节更加紧凑，效率比原来提高了一半。义乌海关实施联网监管、分类通关等多项与"市场采购"新型贸易方式相适应的监管措施。

打造一个完整的商贸管理服务平台是义乌一直探索的内容。黄志平说："电子商务是'市场新区'建设的重要内容。要努力打造千亿级产业，坚持电子商务与实体市场、物流平台、支付平台、信用平台建设紧密结合，积极探索发展适应义乌实际的新型电子商务模式。"

"三百亿助推国贸改革"除了集项目展示、交易、仓储、信息发布、技术交易、综合服务于一体的义乌国际生产资料市场外，还包括中国汽车零部件基地项目、年产10万吨锦纶差别化长丝项目、电控高压喷射系统等项目。一期入园企业项目计划于2015年建成运营，实现汽车及零部件产业总产值100亿元。

黄志平指出，义乌还将创造条件推动金融机构升级，强化金融服务，优化资源配置，使义乌成为独具特色的金融机构集聚地；大力发展跨境贸易人民币结算业务，做大做强本外币兑换公司，提高跨境贸易和投融资便利化；强化外汇管理创新，切实为企业提供出口退税一条龙服务。

让大市场大物流直达五洲

物流一直是商贸城市绕不过的一道坎儿。黄志平说，作为不临海、不沿边的内陆城市，义乌要充分发挥已经形成的巨大物流优势，加快建设义乌港，努力成为连接全国、辐射全球的国际陆港城市，无缝对接上海、杭州、宁波、舟山等海空港，提升义乌物流业话语权。

"义乌港"项目一期工程占地394亩，总建筑面积约为43万平方米，包括大型仓库、停车场、配套服务大楼等相关设施；总投资14.5亿元，设计年集装箱出口50万标箱。

"义乌港"二期占地656亩，总建筑面积43万平方米，概算投资16.83亿元，包括监管区和仓库，全部建成后，可满足110万标箱的出口量。

义乌抓住国际贸易综合改革试点的新机遇，先行先试建设"商贸特区"。黄志平强调说："只有充分发挥改革试点'第一推力'的作用，坚定不移地在国际贸易重点领域和关键环节深化改革，才能不断突破管理瓶颈和体制制约。"

他最后强调，义乌必须坚持"四个先行先试"，包括对国家一些重大改革开放政策措施先行先试；对国际贸易领域有关专项改革先行先试；对符合国际惯例和通行规则，试点探索的制度先行先试；对促进义乌发展有重要影响，为全国做出示范的体制创新先行先试，让义乌市场持续走向世界。

（原载《中国商报》，2012年11月9日）

何德兴：把为百姓致富写进共产党员的信念里

浙江省义乌市城西街道七一村除了家家住上别墅外，目前村级集体资产已达到9000万元左右，去年人均收入更是达到4万元。七一村村民每每谈到他们的幸福，都无不自豪地伸起大拇指称赞他们的带头人何德兴。

七一村位于原东河乡政府所在地，南靠城西街道开发区，北邻杭金衢高速公路，紧贴浙赣铁路新货站。全村共有农户500户，常住人口1200人。新农村建设前七一村是一个典型的空心村，村内房屋新旧穿插，参差不齐，以一二层砖木结构坡顶房为主，年久失修，结构、消防安全隐患严重，垃圾成堆，河道污浊，居住环境差。

何德兴原本是一名在职的乡干部，1993年下海经商，生意越做越红火，运营的物流网络遍布全国。自己是富裕了，但当他回到村里时，看到大多数乡亲还是面朝黄土背朝天，就有了一种带领乡亲们创业致富的冲动。1997年何德兴当起了七一村党支部副书记，并凭着自己一心为公、脚踏实地、热心为群众办实事的责任心和工作态度，赢得了广大党员和群众的信任。自1998年开始，他以全票当选七一村党支部书记。

只有和谐才有科学发展

何德兴觉得:"人活着不单单是为了赚钱,要学会感恩,在推动社会进一步的过程中最大限度地实现人生价值。个人富了不算富,带领大家集体富了才算富。我作为先富起来的共产党员,有责任带领群众一起奔小康。"

何德兴认为,科学发展,归根结底要靠人的全面发展。近年来,七一村投入巨资建起了义乌市一流的党队、农民合唱团、腰鼓队、秧歌队和锣鼓班,村民文化生活不断丰富。在何德兴的带领下,村里不但新建了老人院,还每年给每位老人发放1500元分红。同时,为村民交纳了每人4000元的养老金和大病医疗保险。何德兴还把自己多年的误工补贴全交给了村老年协会,累计捐助达20多万元。

让家家户户住别墅

2001年,随着义乌市城乡一体化的不断推进,七一村两委抓住机遇,决定采用低层垂直房和多层水平公寓相结合的模式进行新农村建设。何德兴的父母身体不好,一直住着两间"赤膊屋",老屋前后间距小,被前后高楼挡住了阳光。因此在七一村旧村改造启动后,他们一直盼望着何德兴能让他们实现住别墅的梦,在有生之年享受新农村建设的成果。而第一批村民搬进别墅新房时,他的老父亲却住进了医院。在医院的老父亲每当听到住进新房的农户放起了爆竹,就含泪问何德兴:"别人都已经住进新房了,什么时候轮到我们?"为了安慰老人家,何德兴编造了一个谎言:"快了,就要住上了,现在正在装修呢。你就好好在医院养病,等病好了,出院后也就可以住到新房里去了。"可是,直到2005年正月,何德兴的父亲撒手西去,一直心愿未了,没能看到自家人搬进新房。

中央电视台《面对面》主持人采访何德兴时曾问了两个问题:"一是,亏不亏,自己在做这项工作,却不能住上新房;二是,孝不孝,当别人都住进了新房,而你却让两位老人住着两间旧房,而且最终让自己的父亲冷冷清清住进了公墓。"此时此刻，何德兴的眼泪情不自禁地流了下来，其实他是多么想让父亲生前能够住上一天新房，可是他依然认为："没有大家就没有小家，要顾全大局，只有90%村民住上新房以后，自己再建新房，这是自己承诺的，就必须做到。"

何德兴的父亲在有生之年一直盼望能住上新房，可是，何德兴为了当年的一句承诺，先后两次把盖房指标让给了住房困难户。七一村党员的"让利"却得到了"大义"。高层领导在看了何德兴的事迹材料后给予高度评价："党员让'小利'，获'大义'，这是新时期共产党员应有的模范品德。"

村民富裕是最大的心愿

村民能够过上富裕的生活是何德兴最大的乐事与要务。七一村70%的村民在外经商，10%的村民是种植大户。为了让在外经商的农民安心，村里统一进行了土地流转，实现农田规模经营。兴建了占地500亩集科研生产、生态休闲、游览观光于一体的七一村农业生态园，种植的番茄、西瓜、黄瓜等一直都是畅销农产品，农业生态园成了引客进村、引项目进村、引人才进村的聚宝盆。

发展是第一要务。在第一期旧村改造区位招投标过程中产生了260万元。随之而来的问题是这笔巨款该如何分配，这在当时的七一村老百姓中引起了很大争论。有相当一部分老百姓主张把这260万元钱平分掉，但何德兴和村两委干部讨论后不同意把这笔钱简单地分给农户。何德兴打算要"借鸡生蛋"，这只"鸡"就是利用这260万元钱在村子周边造一个农贸市场。这样不仅大大方便了村民的生活，也给七一村村民产生了源源不断的经济效益，不断壮大集体经济，使村级集体资产从少到多，从多到富。目前村级集体资产已达到9000万元左右，每年村级集体经济收入大约在400万元，村民人均年收入也从1997年的3700元猛增到了2014年的40000元。两项举措为七一村新农村建设打下了坚实的经济基础。如今，七一生态园又投资1000余万元建起了集农业观光、休闲、娱乐为一体的农业生态园。

依法治村推进平安村建设

何德兴认为:"要领导好一个村,既要讲情,还要依法。所以,当干部的千万不能脑袋一热就拍板蛮干。"为了保障村民当家做主的权利不受侵犯,自何德兴履任以来,七一村形成了一整套村民自治管理的措施。每月15日被定为党员活动日和村民代表例会日,每周五被定为村民咨询日。坚持每月公开村务、财务,并在村班子及党员村民代表会议上进行通报。同时,何德兴与村干部还约法三章:所有村级班子成员都不允许参与村里重大建设项目的招投标。

在七一村流传着一句话:这里没有外乡人。七一村的外来建设者在这个村子里不仅有说话权,还享有和当地村民一样的待遇。村里花100万元建了一个100多平方米的中心广场,投资设立电子阅览室免费向外来人员开放。自2007年6月起,七一村在义乌市率先建立了外来建设者联合党支部,目前已发展外来建设者党员8名,确定入党积极分子23名。每年年终,村里还开展"我为第二故乡添光彩"先进个人及荣誉村民评选活动,与外来建设者共同营造和谐氛围。

(原载《中国商报》,2015年12月18日)

义乌小商品市场托起大都市
——访义乌市委书记楼国华

义乌这个既不临海也不沿边的半山区县级城市，却有80多个国家和地区的6000多名商客长期驻扎，他们日均采购800多只国际标准集装箱的商品，发往全球206个国家和地区。近日，记者就这些问题采访了浙江省义乌市委书记楼国华。

记者： 义乌素有经贸领域的小联合国之称，请您就此为我们介绍一下义乌的基本情况。

楼国华： 义乌地处长三角南翼，浙江省中部。总面积1105平方公里，全市人口150万，其中外来创业人员70余万，来自40个民族。义乌是一座具有悠久历史、深厚文化底蕴的城市，建县已有2220多年历史。我们针对义乌市场特色和国际化特征，提出"三步走、翻三番、争十强、建设国际化商贸城市"发展目标，全面推进经济国际化。如今义乌已经是一个充满生机和活力的国际化商贸城市。现在，义乌金融机构存贷款余额已超500亿元和316亿元，城市综合发展水平名列全国百强县市第17位，城市竞争力列浙江省县级市第一位。目前，经批准在义乌设立的境外企业代表处500余家，总数占浙江省的1/3；境外客商已在义乌银行开设账户7500多个，2004年1~12月涉外收入金额30.8亿美元。如今全市有宾馆700多家，拥有4.6万个标准床位，其中四星级以上宾馆9家，涉外宾馆25家，海关、商检、金融、保险、出入境管理等配套组织齐全。2004年市场成交额280亿元，共有18万名境外客商前来义乌采购商品或旅游，义乌在"2004年度海内外公众最喜爱的中国城市"评选中列全国县级城市排名第一位。

记者： 在经济全球化的大背景下，世界各地的商人纷纷汇聚义乌，对此义乌有何应对方略？

楼国华： 我们的措施叫四管齐下：第一是努力引进和汇集全球的著

名、知名品牌商品来义乌销售，设立商品展览馆，谋求世界小商品集散地稳健发展。第二是讲诚信、重质量。打击假冒伪劣产品，发现一个就坚决地打掉一个，切实保护好知识产权，让外商能在义乌安心经营。第三是建好市场。目前，义乌市场面积260万平方米，经营商位5万个，经营人员29万人。市场内汇集了34个行业生产的1502个大类、32万种商品（据联合国统计全球的现有商品是50万种），由市场贸易带动制造企业2万多家。我们近期还要扩建市场50万平方米，做大市场为的是做大生意，要做好市场现代化的配套工程，使物流顺畅，让海关、托运、网上购物、信息中心发挥先进生产力的作用。第四是提高经营者的经营本领。强化外语培训。义乌市场60%以上的经营户从事着外贸交易，市场随处可见与"老外"用外语洽谈业务的场面，近年来在义乌的外语培训班办得非常红火，培训人员已过万，另有700余名外商参加学习中文的培训班。

记者：在市场建设和管理方面，义乌走在了前头。要保持这种核心竞争力，义乌近期的发展着眼点在哪里？

楼国华：会展业是义乌新的经济增长点，特别是国家商务部和浙江省政府主办的"义博会"，已获"中国十大新兴展会"荣誉。目前，义乌有4.65万平方米展馆，室内展位1500个，室外展位1500个。去年"义博会"就来了12312名外商，商务团72个，跨国零售集团15家，境外企业参展比例20%，已达到了国际展会的各项指标，参展企业1700家，实现展会成交额74.3亿元。有专家认为：一个地方要称得上会展城市，一年至少要举行50个展会，平均每个展会的面积在1万平方米，展览直接收入1亿元以上。义乌要成为会展之都，我们要争取一年办100个展会。办展会的目的是提升市场的整体品位，提升义乌市场的国际化程度。总而言之，我们要让更多的客商走向义乌，面向世界、服务全国、服务世界。

（原载《市场报》，2005年3月22日）

小商品市场如何保住第一
——访浙江义乌市委书记赵金勇

浙江省义乌市的中国小商品城四次易址，七度扩建，一跃成为全国最大的小商品批发市场，自1992年以来，连续6年名列全国十大集贸市场榜首，义乌市也成为全国综合经济实力百强县（市），被中国经济界称为"中国市场经济的一面旗帜"。义乌人该满足了！然而义乌市委书记赵金勇说这仅是"好梦初圆"。记者到义乌采访时，市里正邀集国内商界的有关专家，研讨义乌市场"下一步该怎么走"。

成为全国"综合批发中心"是我们的目标

记者： "卖全国货、买全国货"是中国小商品城的特点，如今小商品城已有2.6万个摊位、13个交易区，汇集20大类3万余种小商品，市场商品辐射全国30个省、市，一跃而为全国最大的小商品流通中心，您认为义乌市场下一步该怎样发展？

赵金勇： 义乌市场要成为全国"综合的批发中心"，这是我们的长远目标。从目前看，我们还不具备条件。但我们有基础，因为我们有10余万人的经商队伍，有遍布全国的购销和信息网络优势，还有十几年来积累的雄厚的民间资本。

效益靠的是规模

记者： 有人说义乌市场如今已相对饱和，但也有人提出义乌市场还须扩大规模，您怎么看这个问题？

赵金勇： 义乌小商品市场原先以直销为主，现在已有一定规模，但离大规模还有很大距离，离连锁经营差距更大。义乌小商品市场现在真正的优势是规模优势，我们的效益也是靠规模经营取得的。

保住"第一" 要解决三个问题

记者：市场建设如逆水行舟，如果满足于现状而不考虑进一步繁荣，市场势必要走向衰退，如今全国各地小商品市场如雨后春笋般成长壮大，这对义乌小商品市场是个挑战，义乌市场怎样保持长盛不衰？

赵金勇：我考虑先着手解决三个问题：一是如何提高市场的经营档次问题。光有低档商品肯定不行，还要有中、高档商品，做到高、中、低三档协调发展。二是市场辐射问题。义乌市场光占领农村市场不够，还要面向全国市场，特别是要占领一些中西部地区的城市市场，同时我们还要进一步向国外市场拓展。三是市场的内部环境问题，要进一步改善。

形象比赚钱更重要

记者：听说义乌市最近搞了义乌商城形象设计征文等活动，商城准备导入CI设计法。这是出于怎样的考虑？

赵金勇：义乌市场的繁荣不应仅仅着眼于如何挣钱，更重要的是创中国小商品城的新形象。因此我们考虑搞一些活动，搞义乌整体形象的设计。

我分析主要有以下几大块：一是要打义乌牌，如何打响义乌牌？二是城市的品位、形象怎么提高？义乌城市的定位是商城，如何按照商城的形象要求来设计建设管理城市，树立义乌良好的对外形象？三是博览会如何办得更大更好？博览会不光要推销义乌现有的商品，全国各地的各类商品都可以拿到义乌来推销。要通过举办博览会引进更多的商品，还要利用博览会开展"招商引资"，不光义乌人参与，外地来参展的工商企业也可以来"招商引资"。

（王延春、吴象水、应元亮，原载《中国经济时报》，1997年10月21日）

借助试点开启宏图　义乌打造"二区六城"
——访中共义乌市委书记黄志平

以小商品批发闻名世界的浙江省义乌市去年实现地区生产总值710亿元，完成财政一般预算收入90.2亿元，年均分别增长11.7%和15%；实现金融机构存款余额1809亿元，贷款余额1284亿元。在国务院批复义乌开展国际贸易综合改革试点后，浙江省委省政府确定了义乌商贸服务业集聚区为全省4个产业集聚区之一，此举开启了义乌历史发展新的宏图。日前，记者就此采访了中共义乌市委书记黄志平。

抓住国际贸易综合改革试点新机遇

借助此次成为国际贸易综合改革试点的新机遇，义乌先行先试全力建设"商贸特区"。黄志平说："只有充分发挥改革试点'第一推力'的作用，坚定不移地在国际贸易重点领域和关键环节深化改革才能不断突破管理瓶颈和体制制约，所以必须坚持'四个先行先试'：对国家推出的一些重大改革开放政策措施先行先试；对涉及国际贸易领域有关专项改革先行先试；对符合国际惯例和通行规则，需要试点探索的制度设计先行先试；对促进义乌经济社会发展有重要影响，为全国作出示范的体制创新先行先试。通过改革试点的不断推进，争创商贸体制机制之特、商贸发展平台之特、商贸服务环境之特，全力建设商贸特区。"

改革开放30多年来，义乌顺时应势地多次转型提升，成就了今天的繁荣。当前市场正发生着生产性市场与消费性市场、有形市场与无形市场、出口贸易与进口转口贸易、会展业与商贸服务业融合发展的趋势。义乌顺应"四个融合"的新趋势，按市场发展理念新、形态新、业态新、功能新的要求，加快推进市场转型升级，努力建设多产业联动、多业态融合的市场新区。

"二区六城"是适应新变化的有机整体

黄志平告诉记者："二区六城"是顺应新形势、适应新变化提出的有机统一整体，"二区"是核心是关键，"六城"是特色是优势。"二区六城"的提出提升了"三中心两高地"的目标，赋予了"兴商建市"发展战略新的内涵，体现了国际性商贸城市、国际商贸名城的传承与创新，是新时期、新阶段义乌科学发展的内在要求。

黄志平说，义乌正全力营造的"二区六城"包括，争创商贸体制机制之特、商贸发展平台之特、商贸服务环境之特，全力建设"商贸特区"；按照市场发展理念新、形态新、业态新、功能新的要求，加快推进市场转型升级，努力建设多产业联动、多业态融合的"市场新区"；全面打造国际陆港城市、金融生态城市、制造业洼地城市、旅游目的地城市、文明信用城市、幸福和谐城市等"六大特城市"。

义乌将以市场采购贸易方式为突破口，力争在国际贸易体制机制创新上取得重大突破。适应小商品采购出口、进口和转口贸易"管得住、通得快"的要求，加快设立市场采购贸易方式，制定相应的海关、税务、工商、检验检疫、外汇等配套政策和监管制度。探索建立国际贸易互信机制，健全贸易摩擦应对机制，提高中小企业应对国际贸易摩擦和壁垒的话语权。

力争在产业平台建设上取得重大突破

以商贸服务业集聚区为总抓手，义乌力争在产业平台建设上取得重大突破。黄志平说："义乌是全省唯一以商贸业为主导产业的集聚区，我们要树立全球眼光和战略思维，充分发挥好集聚区的功能和作用，提升义乌在全球范围配置资源的能力，形成经济全球化条件下参与国际经济合作和竞争新优势。要着力在打造先进展示交易平台上取得突破，推进生产性消费资料市场、国家级小商品国际贸易区、义乌综合保税区等功能区建设，形成在全球范围组织进口、出口和转口贸易的新渠道。着力在构筑便捷国际贸易通道上取得突破，加快义乌港、航空口岸等重大基础设施建设，促进物流、资金流、客流和信息流等贸易要素顺畅流动。着力在带动产业转型升级上取得突破，推进国家级经济技术开发区、义乌工业园区和总部经济区建设，培育和集聚制造业领军企业，创建一批区域产业集群品牌，形成制造业与现代服务业双轮驱动、联动发展的格局。"

建设国际生产资料市场，是抓住制造业转型升级机遇，抢占制造业微笑曲线两端的重要举措。通过国际生产资料市场建设，义乌市场将实现从终端销售领域向原材料供应、技术技能培训等上游领域延伸，不仅为中小企业解决产品销路，还为中小企业提供机器设备和原辅材料，真正成为流通成本最低的中小企业乐园。要坚持高起点、高标准，完善国际生产资料市场区块规划，力争引进一批行业领军企业，确保国际生产资料市场繁荣兴旺。

黄志平说："电子商务是义乌市场重要组成部分，是市场新区建设的重要内容。积极引进和培育一批专业化经营性的电子商务公司和电子商务服务商，努力打造千亿级产业。坚持电子商务与实体市场、物流平台、支付平台、信用平台的建设紧密结合，积极探索发展适应义乌实际的新型电子商务模式。加快建设国际电子商务城，努力打造全国网商集聚中心、海量信息处理中心和第三方服务平台。加快与电子商务配套的仓储场地建设，鼓励发展快递行业，优化配置公共资源，特别是闲置或利用率不高的场地、厂房资源，要优先提供给电子商务企业和快递企业，努力建设全球网货配送中心、区域快递分拨中心。"

加快"买全球卖全球"市场化进程

黄志平强调，要充分利用国家扩大进口的机遇，大力培育进口、转口市场，加快义乌市场"买全球、卖全球"进程，进一步提升在全球范围集散商品的能力。加大扶持力度，积极引进更多优质境外商人商品，做大做强"非洲产品展销中心、东盟产品展销区"等进口商品展贸专区，打造国内规模最大、最富知名度的进口商品集散地。加快市场"走出去"的步伐，稳步推进国内分市场建设，抓好中国义乌（坦桑尼亚）经贸合作区建设，在全球稳妥布局分销展示中心和配送网络。大力推广小商品编码，提升"义乌指数"应用水平，鼓励经营主体向公司化方向发展，推动小商品市场由单纯的商品供应者向具有综合服务功能的供应商转变。

义乌将围绕打造国家级会展平台的目标，根据市场化、专业化、国际化和品牌化办展思路，不断提升展会规模和办展水平，做强做大义博会、文博会、旅博会和森博会，完善会展业扶持政策，集聚和培育一批国内外知名办展主体，做精做专各专业展会。切实加强与国际展览局、国际展览业联盟和国际知名展览公司等机构合作，推动会展"走出去"，深化"以展促贸"，不断创新展贸联动机制，积极引进一批适合义乌市场行业发展的专业展会，为市场引进具有发展潜力的新行业，力争通过引进一批专业展会，带动一批制造业，繁荣一批市场。探索建立适应义乌市场商品周期短、款式多、更新快等特点的知识产权保护机制，提高市场美誉度。积极引进高层次体育赛事和商业演出活动，加强文化对外交流，丰富群众文化生活。提升文博会办展水平，引领文化产业转型升级。

突出特色全力打造新型旅游城市

目前义乌旅游产业已初具规模，年接待游客超过950万人次。义乌将进一步提升旅游业的战略地位，突出特色，不断增强城市的吸引力和承载力，努力营造良好的旅游环境，实现从旅游过境地向旅游目的地的转变。

黄志平表示，义乌将大手笔规划一批特色旅游项目，高起点、大投入进行开发建设，打响义乌旅游品牌。还将大力发展购物旅游、商务会展旅游，做大做强旅博会，努力争创国家5A购物旅游景区。同时加快重大旅游项目开发建设，深入挖掘赤岸、江东等镇街丰富的人文历史资源，积极推进佛堂古镇、双林风景区、华溪森林公园、望道森林公园等建设，不断提升开发建设水平。积极培育"十里桃花坞"等特色乡村旅游，大力发展文化旅游、休闲旅游、森林旅游和红色旅游。加快建设大型现代化商业综合体，努力形成若干功能完善、富有特色的都市商业中心。稳步推进城市更新改造，发展休闲街区、购物街区、文化娱乐中心，繁荣城市"夜间经济"。同时大力推进城市信息化，积极发展互联网、物联网和3G通信，建设"智慧城市"。

积极对接提升义乌物流业话语权

黄志平说，作为不临海、不沿边的内陆城市，义乌要充分发挥已经形成的巨大物流优势，加快建设义乌港，努力成为连接全国、辐射全球的国际陆港城市。无缝对接上海、杭州、宁波—舟山等海空港，积极推动订舱、提箱等口岸港口功能延伸至义乌，争取实现跨关区和跨检区的"一次申报、一次查验、一次放行"。积极推广"义乌道路货物运输价格指数"，提升义乌物流业话语权。

立足于义乌的产业和经济特征，采取差异化、特色化、专业化的金融发展模式，努力打造具有义乌特色的中小企业融资创新示范区、人民币跨境业务创新示范区、外汇管理改革创新示范区和民间财富管理规范创新示范区。创造条件推动金融机构升格，强化金融服务，优化资源配置，使义乌成为独具特色的多元化金融机构集聚地。大力发展跨境贸易人民币结算业务，做大做强本外币兑换公司，提高跨境贸易和投融资便利化。强化外汇管理创新，切实为企业提供出口退税一条龙服务。要发挥"贸工联动"独特优势，构筑流通成本低、配套服务好的发展环境，形成资金、人才、信息和生产资料等高端要素集聚的洼地，推动制造业优化升级，提升制造业核心竞争力。

提升经济开发区、义乌工业园区等制造业平台开发建设水平，积极争创国家级经济技术开发区。大力发展新材料、新能源、汽车零部件、生物医药、特色装备制造等战略性新兴产业，打造一批新兴产业发展示范园区。积极运用先进适用技术改造提升传统制造业，推动饰品、无缝织造等优势产业加速向产业链两端延伸，创建一批附加值高、竞争力强的区域产业集群品牌。依托小商品市场商品信息和采购需求高度集聚的优势，发挥国际生产资料市场作用，探索发展以装配制造、集成制造为主的敏捷制造业。

打造"义商"文明信用金名片

黄志平说:"要把提升自主创新能力摆到更加重要的位置,加强科技公共服务平台和支撑体系建设,做大做强国家日用小商品质量监督检验中心、浙大义乌创业育成中心等平台,加快建设工业设计中心,积极培育创新型企业,鼓励企业开展产学研合作,努力争创国家级企业技术中心。鼓励企业争创国家级品牌,引导企业参与国际标准、国家标准和行业标准的制定,全力争创国家知识产权示范市、国家商标战略实施示范市。在更大范围引进资金、人才和技术,不断为义乌经济社会发展注入新的活力。"

义乌将全力打造文明信用城市。义乌素有义利并重、诚信经营的优良传统。要大力推进政务诚信、商务诚信和社会诚信建设,在全社会广泛形成守信光荣、失信可耻的氛围,使文明信用成为义乌的特色文化。信用是义乌市场的立身之本。要深入挖掘以拨浪鼓精神为特色的商业文明,弘扬诚信为本、义利并重等商业道德,牢固树立文明经商、以德兴商、诚信立市的商业行为规范和价值观念。加强市场主体教育,加大现代商业文明品牌培育力度,打造"义商"金名片。

(原载《中国商报》,2012年3月23日)

精致露营"热出圈"杜村拓宽共富路

冬日暖阳，位于浙江省义乌市苏溪镇杜村的露营基地内，不少市民游客正在游玩。在平整的草坪上搭一顶帐篷、摆几把折叠椅和一张桌子，烧烤、聊天，自在地享受美景与美味。

杜村是苏溪漫养龙祈精品线上的一个节点，近年来，该村依托丰富的自然资源，建起趣玩谷、露营谷等旅游项目。"这里离城里不远，周末带孩子来玩很方便。"市民吴先生说。

自实施乡村振兴战略以来，苏溪镇根据美丽城镇建设环境美、生活美、产业美、人文美、治理美标准，持续推进"五水共治""三改一拆""农村有机更新"，已先后完成杜村旧村改造、欢乐杜村及趣玩谷景区打造、三星级文化礼堂及乡村会客厅和长廊建设、居家养老中心及村内小公园构建、饮用水提升、美丽河湖建设等项目。

杜村露营基地位于山谷，毗邻伏虎水库，今年8月正式营业。杜村党支部书记傅肃弟介绍，如今，露营逐渐大众化，环境优美、设施齐全的露营基地很受游客欢迎。

"我是一个露营爱好者，在游玩过程中发现杜村环境好，四面傍山，边上还有一个水库。过去这里是荒地，常有游客乱扔垃圾，我决定承包下来，进行规范化管理。"露营基地负责人朱冠琦说。年轻人想法多、主意新，说做就做，与各单位协调对接后，朱冠琦以租赁的形式租下水库旁的2亩地。这个山谷里的一草一物都在悄然蜕变。"目前，这里的周末日均客流量最高峰能达200多人。"朱冠琦介绍。

远离城市，回归乡村享受宁静，露营基地丰富了杜村的旅游产品，增加了当地的旅游人气和知名度。每到节假日，杜村的几家农家乐座无虚席。陈梨花经营着杜村水库旁的梨花餐厅，2017年，她在村里租了几间

房，和家人开起农家乐。"这两年，来村里的游客越来越多，我们的生意一年比一年好，节假日20多张桌子全坐满，一天有4万多元的收入。"陈梨花介绍。

从"树比房高"的小山村变成道路整洁、游人如织的美丽乡村，杜村探索了不少新模式，一步一个脚印，走出共富路。

五古山自然村的趣玩谷里，山、水、林、田等自然景观搭配各类游乐设施，吸引不少带孩子的游客。"趣玩谷占地300亩，总投资3000万元，从2021年试运营至今，深受游客欢迎。今年国庆假期第一天游玩人数达7000人次。"趣玩谷工作人员介绍，员工招聘优先考虑当地村民。乡村旅游的发展，带动了当地村民的再就业，也推动着乡村振兴。

"如今，我们村越变越好，来玩的人越来越多。节假日，村口车都停不下。"杜村村民楼正武说。楼正武家中的蜡梅正处盛放期，散发出淡淡清香。"过阵子瑞香和法国香水也将进入开花期。"说起美丽庭院中的数十种植物，楼正武如数家珍。每天早上起床后，他都要在院子里摆弄这些花花草草。自从村里启动美丽庭院工程，村民的居住环境明显改善，村里的租客越来越多，经常有游客走进楼正武家的美丽庭院"打卡"拍照。楼正武觉得，自己的日子过得就像"芝麻开花节节高"。

"如今，村里的农旅项目相继开放，我们希望顺势搭上发展快车，进一步发展村里的民宿产业。"傅肃弟说，目前，村里的农旅项目每年可为村集体带来20余万元的纯租金收入，让60余名村民实现在家门口创业和就业。发展民宿项目可以重塑乡村面貌，预计每年可为村集体带来50万元的经济收入，带动100名村民就业。

  杜村只是苏溪镇探索共富乡村的一个缩影，苏溪镇正全力打造和美乡村，谋划13个未来乡村建设，启动12个村的新时代美丽乡村创建工作。

（王林、吴象水、龚茜茜，原载《人民日报·海外版》，2022年12月28日）

点评：

  杜村，是浙江义乌五古山下的一个小山村，她乘着我国乡村振兴的东风，以独特的地域文化和优美山水田园风光，着力发展了乡村"文旅"产业的经济效益。

  义乌市苏溪镇将杜村"未来乡村"建设作为引领美丽乡村迭代升级和"千万工程"持续深化的重要抓手，以人本化、生态化、数字化为建设方向，不断优化空间布局，让村民的"衣食住行"有获得感。

  现在该村融合创意元素，推进公共服务优质共享，逐步形成"网红打卡村"，获评省级未来乡村、省生态文化基地，是"绿水青山就是金山银山"理念的新典范！

（中共苏溪镇党委委员 何琦俊）

兴旅游　富村民

冬日时节，走进浙江省首批传统古村落、省级历史文化名村象山县墙头镇溪里方村，连片的古建筑曲折幽深，农家房前屋后绿树环绕。

"通过'村民说事'，村里沉睡的古建筑文化资源'活'了起来，吸引更多的人来溪里方寻找乡愁，促进美丽乡村向'美丽经济'嬗变，从而实现共同富裕。"溪里方村党支部书记娄善成说。

近年来，象山县不断擦亮"村民说事"金字招牌，推广新农人说事、乡贤参事、代表督事等乡村治理模式，小乡村善治走出大变化，兴了旅游，富了村民，书写了绿色共富美好故事。

走进象山县涂茨镇旭拱岙村，农家小院遍布花草，文化礼堂歌声袅袅。这个国家级乡村治理示范村，10年前却是一个"说话没人听、办事没人跟"的落后村。

管用的制度是乡村振兴的保障。干部党员义务劳动制度等一批极具旭拱岙村特色的"八项制度"相继出台。

"这些制度，都是我们'村民说事'时，按照村民需求与村庄实际情况逐步形成的。"该村党支部书记葛聪敏说，伴随着"村民说事"制度的推广，村里的大事小事变得公开透明，村民对村里的发展也充满信心，干劲更足了。

从最初的说纠纷抱怨，到现在的说发展建设，"村民说事"说出了旭拱岙的红火发展。

走进贤庠镇青莱村，俨然一幅秀丽的乡村画卷。民居错落有致，树木挺立两旁，柏油路穿村而过，露营、民宿、书店、渔船、海钓，看潮起潮落、赏跨海大桥、观风车公路……这个滨海小渔村独有的颜值，成为外地游客向往的"诗和远方"。

近年来，青莱村坚持党建引领，积极推行农村宅基地"三权分置"改革，汇聚乡贤力量，盘活乡村资源，走出了一条具有青莱特色的乡村振兴之路。

听说湖州莫干山的民宿产业干得有声有色，青莱村党支部书记樊开英和村干部去湖州不下20次。终于，2018年，投资2500万元的"西坡象山"高端精品民宿项目落户青莱。

西坡民宿项目就像一支强心针，为青莱村发展按下了快进键。十步一景、四季皆美的青莱蓝图正一步步变成现实。

来到象山茅洋乡白岩下村，走上村里"初代网红"玻璃栈道，仿佛在空中漫步，既可俯瞰割稻的田园风光，又可远眺蟹钳港的迷人风姿。

"'村民说事'说出来的玻璃栈道给了我们村第二次生命。"该村党支部书记胡凯感慨地说。这里原先是远近闻名的养猪村，为了改善村庄环境，村里陆续关停了养猪场。

此时，周边几个村乡村旅游正搞得如火如荼，胡凯看在眼里，急在心里。如何开发属于白岩下村的乡村游拳头产品，成了摆在村干部面前的一道难题。

通过多次"说事"后，村里决定尝试建设宁波市第一条海景玻璃栈道，以村民入股，年底分红的模式，让全体村民共建项目、共治景区、共享受益。

为了运营管理好这条栈道，白岩下村成立了象山县白岩下旅游开发有限公司，与200多家旅行社达成战略合作。当年6月开业的玻璃栈道，到年底接待游客18万人次，门票收入460万元。

"除了让村民成为股东，我更希望他们能在家门口实现就业。这也是唱好下一篇共富曲的关键所在。"胡凯描绘着白岩下村的发展蓝图。

如今，行走在象山县的一个个村落，犹如置身风情各异的山水画中，既有小桥流水人家、翠竹亭台篱笆、古井菜园黛瓦，又有碧海银滩、渔歌唱晚、港畔帆影。在这条神奇的北纬30度最美海岸线上，以乡村善治为橡笔的"万象山海"画卷正在徐徐展开。

（陈光曙、吴象水、张美芳，原载《人民日报·海外版》，2022年12月21日）

点评：

浙江象山兴旅游富村民，亮点突出，得到人民日报的专题报道。

强化基层治理，加快乡村振兴。象山坚持"绿水青山就是金山银山"理念，在"村民说事"基础上，不断创新基层治理新模式，先后提出"清廉指数""诚信指数"及"以德治村"新模式。原先脏乱差、赌博风气盛行的的涂茨镇旭拱岙村，已经获得中国民主法治示范村。

深化文旅融合，创新赋能乡村振兴。象山县依托中国渔村、象山影视城，特别是亚帆中心、亚运会沙地排球场馆等重要载体，深度发掘海洋旅游资源，先后建成中国渔文化博物馆等系列场馆，大力发展滨海乡村旅游，先后形成黄金海岸、碧海银滩、渔歌唱晚、港伴帆影等系列品牌，特别是滨海养生美食、康养旅游、发明研学和深度体验等新型业态，促进美丽经济和体验经济突飞猛进。

象山滨海旅游的创新发展经验值得研究总结和全面推广。

（浙外重要窗口研究所所长张跃西）

大市场大物流大通道　义乌交投大显身手

"十二五"期间,浙江省义乌市谋划的"两环两横一纵七辐射"交通大蓝图已初步显现,"十三五"开局之年,800亿元交通投资拉开序幕。

"两环"即一环41公里辐射面积103平方公里,二环64公里辐射面积300平方公里;"两横"是机场路和商城大道;"一纵"为义乌国贸大道;"七辐射"是义乌通往金东、武义、永康、东阳、诸暨、浦江与兰溪的7个县市区的交通出口全覆盖。

"义乌交通建设纳入浙江高速通道,这将使义乌的大市场、大物流、大通道焕然一新。"义乌交通投资建设集团总经理王建伟告诉记者。

疏港高速引人瞩目

2016年,义乌疏港高速公路、铁路客运枢纽、东河至萧皇塘公路等11个续建工程计划投资29.9亿元。今年义乌交投集团修建的疏港高速公路,截至目前,已完成有效投资88546万元,占全年计划的62%。

疏港高速公路是义乌市自行筹资建设的第一条高速公路,也是浙江交通行业最大的BT项目。疏港高速公路工程于2014年9月底顺利开工建设,项目从提出规划到完成工程BT招标,仅用时17个月,打造了浙江省交通建设史上的"义乌速度"。2015年5月,疏港高速公路被列为浙江省美丽公路示范项目;2015年8月,疏港高速公路获评2015年上半年浙江省高速公路建设施工标准化和项目部信用管理考核"双优"项目;2015年12月,疏港高速公路获下半年浙江省执法大检查第二名;2016年1月,疏港高速公路获评2015年度浙江省公路水运工程"平安工地"省级示范施工合同段;2016年6月,浙江省公路建设管理暨施工标准化现场会在义乌疏港高速召开,来自浙江省交通相关部门人员观摩了义乌疏港高速公路建设。

质量安全常抓不懈

义乌交投集团始终把争创"阳光工程、安全工程、优质工程"三创工程作为推动企业可持续发展的核心动力，严把工程廉政、质量安全关，不断提升工程管理水平。

一是开展质量巡查。今年上半年，集团共开展工程质量巡查6次，发现存在质量隐患部位16处，其中要求返工处理12处，要求整改4处。对检查中存在的质量问题，提出整改要求和合理化建议，组织相关单位现场落实，并根据工程存在的问题情况，给项目办下发工作联系单，重点督促整改，确保工程质量安全。

二是完善网格化制度。2016年上半年集团安全生产形势总体稳定可控，未发生安全生产事故。自年初以来，集团共开展专项整治活动4次，各类安全检查29次，发放通报3份、发放巡查意见通知书6份、事故隐患通知书19份，并开展了"公司全员安全培训教育活动"和隧道安全施工九条专项整治活动。

三是加强教育培训。集团每月开展"交投大讲堂"，邀请专家授课，加强学习交流，提高管理人员的业务水平。与此同时，对改建存在质量隐患的项目请专家会诊，进行现场指导、重点督办。

标准化建设走在前列

义乌交投集团紧抓标准化工地建设，其总体目标是通过将标准化工地建设和当前在建交通工程项目结合起来，争先创优，强化工程质量安全，规范公路建设标准，改善项目施工环境，为美丽公路建设奠定基础。引入央企、国有企业，保障标准化建设。去年，该集团邀请了31家央企和省属国有企业参加义乌市重点交通建设项目推介会，创新项目推广模式，把项目推向市场，把国内一流的先进技术和管理经验引入义乌，为工程标准化建设提供了强有力的保障。

义乌交投集团在工程招投标阶段，对工程标准化建设、驻地建设等列入工程预算，做好工程资金保障，确保工程按照相关部门的要求进行工地标准化、施工标准化和管理标准化建设与安全、文明施工。并结合工程实际，制定了相应的制度和奖罚措施，指导各监理施工单位的标准化建设管理工作。同时加强对监理单位、施工单位的监督管理。开展标准化工地大评比活动，交投集团常态化开展"学标化、比标化"活动，组织人员对在建项目标准化工地建设情况进行评比打分，有效促进了各参建单位标准化工地建设积极性及在建项目的标准化工地建设水平。

推广改进方法，开展绿色文明工地建设，义乌交投集团要求各项目办严格按要求进行环境影响评估报告，把五水共治、扬尘治理作为标准化文明施工的重点内容列入项目考核。要求各在建单位围绕临建标准化、班组标准化、人员设备管理标准化等开展美丽公路创建，勤练内功，在标准化建设上干在实处，争取走在前列，从而树立起公路建设行业新标杆，进一步推动义乌市美丽公路建设。

固本强基更添活力

今年初，义乌交投集团与浙江工业大学战略研究院合作，签订了义乌交通投资建设集团"十三五"战略规划技术资讯合同，主要包括传统业务与创新业务模块设计与规划、业务提升与转型发展的策略设计与规划、公司的战略支撑与组织设计与规划等内容。按照"预防为主、过程控制"的要求，以"整体筹划、全面实施、注重效能"为原则，明确权责，确保各项工作的有效管控。

按照"预防为主、过程控制"的要求，以"整体筹划、全面实施，科学规范、标准管理，求真务实、注重效能"为原则，义乌交投集团建立起了符合ISO9001-2015新版《质量管理体系要求》标准的公路投资建设质量管理体系，将公司运转、工程建设环节细化，明确权责，确保各项工作过程有效识别、管理和控制。

义乌交投集团本着投资、融资两条主线并进的工作思路，在抓投资建设的同时，不放松融资工作的开展，2016年上半年项目累计授信156.5亿元，有力地支持了项目的建设。一是积极开展政策性银行中长期项目贷款。经过与国家开发银行、中国农业发展银行的洽谈沟通，公司已就5个在建项目达成了合作意向。二是积极争取国开基金支持。公司在义乌市相关部门的支持下,在铁路客运枢纽项目上共获得了国开发展基金有限公司2亿元的投资。三是探索开展投、融资规划工作。为拓展融资渠道,采取多种方式融资,合理筹划融资收入与还款,保障公司的投资建设及正常运转。集团通过与几家专业单位的接触与洽谈,拟委托中国投资咨询有限责任公司开展投融资规划服务,主要包含编制投资融资规划,出具交投集团下属公司管控方案,编制PPP项目相关文件范本,实施投、融资规划工作等内容。

(原载《中国商报·品牌导报》,2016年8月3日)

义乌环保局创新带动转变

完成污染减排任务，推进产业转型升级，加快生态文明建设，浙江义乌市环保局以总量控制为重要抓手，有序有力地推进总量激励、刷卡排污、排污权有偿使用、排污许可证管理等一系列总量制度创新，通过实现五大转变，建立起科学、完善、成熟的总量控制体系切实发挥应有的先锋示范作用。

无偿使用向有偿使用转变

近些年来，印染、电镀、造纸等行业企业快速发展，为义乌经济社会快速发展做出了重要贡献，同时也带来了严重的环境污染问题。2012年，义乌市政府适时出台了《义乌市主要污染物排污权有偿使用和交易管理办法》，对义乌市229家重点排污企业的化学需氧量和二氧化硫初始排污量进行核定、分配，收缴初始排污有偿使用费2925万元，并将全部资金统筹用于污染防治、治污工程、减排设施建设。义乌环境资源要素正式进入有偿使用时代。

2014年9月，环保部门牵头对义乌市208家重点排污企业的氨氮、氮氧化物实行了有偿使用，率先在浙江省实现"四项指标"全覆盖，并着手对重金属、VOC有机废气等环境污染因子指标进行基础调研，进一步扩大有偿使用范围和指标。

行政审批向市场主导转变

义乌市环保局积极推动排污权交易，2012年3月成立义乌市排污权储备交易中心，力推一级交易，两年来相继开展了排污权指标出让、企业间排污权交易业务、排污权质押贷款等多项业务，累计交易化学需氧量183.19吨，二氧化硫289.29吨，金额6578万元，参与交易企业66家；质押贷款34笔，抵押贷款金额8435万元。

随着《义乌市重污染行业排污权交易实施办法》的出台，义乌市环保局建立了以吨排污权税收贡献、环保行为、亩产效益综合评价和结果等为评价因子的综合评价体系，将印染、电镀等重污染行业分为Ⅰ、Ⅱ类企业，实行差异化排污权交易。对行业内排名连续两年末位的企业实行末位淘汰，由政府收回其排污权指标；对现有富余排污权指标通过公开拍卖、电子竞价方式，盘活资源存量逐步发挥二级市场在排污权交易中的作用。

终身使用向优胜劣汰转变

义乌市环保局还制定了《义乌市工业企业差别化环境资源配置实施方案》，对列入亩产效益评价体系的1800多家工业企业划为A、B、C、D四类，B类企业再细化为B1、B2、B3三类，规定在排污权指标有偿使用和交易、减排任务、环保专项资金补助、绿色企业及环境友好企业评选等方面实行差别化的政策激励，优先支持上市企业、重大招商引资项目及A类企业发展，加强落后企业淘汰，促进产业转型升级。明确D类企业不得新增污染物排污权指标，上市、拟上市公司除外的印染、电镀、化工等重污染项目不列入配置范围。

目前，已有25吨COD排污权指标通过激励方式分配至真爱集团，同时引导30家印染企业整合壮大，新增产值2亿多元。

被动治污向主动减排转变

义乌市环保局加大总量控制基础设施建设的投入，运用政府购买服务、第三方建设运维、全程跟踪督促等方式，对义乌市重点排污企业实行刷卡排污，进一步强化企业减排主体责任，实现浓度、总量双控制，同时为总量执法提供数据支撑。

2014年已投资150万元开展第一批刷卡排污系统建设，所有12家省控以上重点排污企业和10家金华市控重点排污企业已全部通过企业端验收并投入试运行，联网率100%。实行排污许可证核定差别化管理，将年检与专项检查相结合，重点核查企业实际产污设备、生产工艺、排污量等内容，确保排污许可证申领和延续的合法规范。2014年重点对纳入2013年环统范围企业持证情况进行了专项检查，对于核查结果与许可证核定内容有出入或存在环境违法行为的，要求企业进行整改，目前169家环统范围企业全部持证排污。

项目优先向总量替代转变

按照"以减量定增量"的原则，结合义乌市生态环境功能规划要求，义乌市环保局对工业企业新、改、扩建项目新增排污权指标实行总量削减替代，涉及排污总量的新增项目均通过排污权交易方式获得，2012年3月以来累计28个项目新增总量二氧化硫70.3吨，削减替代总量80.86吨；化学需氧量27吨，削减替代总量28.7吨。

此外，该局还积极筹备建立排污权指标基本账户，通过做好初始排污权核定、排污权交易、排污许可证管理等基础工作，实现对排污权指标基数、收入、支出和结余的网上量化管理。

（原载《中国商报·品牌导报》，2014年12月23日）

书记市长包专机带队南下

11月18日，辽宁省大石桥市书记、市委在东北航空公司，包下一架麦道82飞机，带领142名东北商人由大连机场起飞到义乌机场降落，在中国最大的义乌小商品市场进行为期四天的采购后，将乘专机回到大石桥市天富市场销售。

据大石桥市长介绍：该市人口72万，面积1600平方公里，是东北地区的交通枢纽和商家必争之地。现在由民营企业家张德甄投资2.4亿元的天富广场占地近6万平方米，有3000多个经商店门，是目前东北地区最好的跨世纪一流市场，这个"东北小商品交易中心"不仅是大石桥市建设"文化商城"的重大举措，也为义乌小商品进军东北市场开辟了阵地。

11月18日中午12时许，载着142名东北商人的飞机着陆下客后，140多名义乌小商品市场经营者登机前往大石桥市天富广场等进行为期4天的免费考察，架起了两地经营者的桥梁。

这种政府牵头、个人投资沟通两地市场买卖的新鲜事在我国尚属首次。

（原载《中国经济时报》，1999年11月20日）

加速义乌市场国际化
——访浙江省林业厅厅长楼国华

就在浙江义乌成为国务院国际贸易综合改革试点之际，规模已达37平方公里的中国义乌福田市场现已居世界贸易市场之首，2002年5月至2007年5月底，时任中共义乌市委书记的楼国华曾在此勤政5年，自建成这座规模宏大的义乌国际商贸城至今，每每提起，当地百姓仍是赞声一片。

曾任诸暨次坞乡村生产队队长的楼国华，历经东阳市市长、金华县委书记、永康市委书记、义乌市委书记等职的历练，被认为主政义乌时的贡献特大。他以辛勤著称，曾在充分调研的基础上大胆果断地把福田市场的一期、二期工程同时上马建设，抓住了机遇，加快了义乌发展的速度，5年间他带班子通过和民众共同努力缔造了今天的福田市场——国际商贸城，被誉为义乌史无前例的经济社会发展历程中的大功臣。10月底，记者专程赴杭州采访了现任浙江省林业厅厅长楼国华。

中国商报：你在义乌为什么要号召建设国际商贸城？

楼国华：根据当时义乌市场发展的特点：一是交易结算已从人民币逐渐过渡到世界各种货币；二是商贸趋向已从内贸转向内外贸并重；三是我国"入关"后，来市场采购的外商日趋增多。我在永康时就不断号召并提出要打造"国际五金城"，在东阳的时候组织考察了迪拜国际贸易市场，所以走国际化道路是义乌市场发展的必由之路。

中国商报：福田市场当时已扩为37平方公里，你还要规划112平方公里控制用地配套市场建设，是出于什么考虑？

楼国华：我去义乌前，义乌市场已五易其址，每搬迁一次就折腾一次，每次都要付出巨大的成本代价。市场是义乌的命根子，我们从市场发展的角度出发，力求一步到位，我们下狠心扩大市场发展规划与国际贸易接轨，把福田市场的名称改为"国际商贸城"就是要吸引外商，为现在义乌常驻外商达13000多人奠定了基础。

当看到外国人不断来义乌时，我们从多方面考虑专门成立了外国人365服务中心，号召市场经营户学外语，掌握做好外贸生意的本领；我们花大力气成立了全国首个县级市义乌海关和商检单位，申请争取设立义乌出入境管理局，为义乌商人、义乌商品走出国门创造了条件，顺利完成了"走出去、请进来"的商贸战略的最关键几步。

中国商报：大家都说你对义乌市场建设忠诚勤政、居功至伟，自己却两袖清风，在义乌人心里留下了美好的形象，对此你怎么看？

楼国华：义乌市场是义乌人民的伟大创造，我仅仅是起到了带头人的作用，感到欣慰的是，作为曾经在义乌工作过的人，能得到义乌人民的认可我感到很荣幸。

中国商报：在义乌工作5年多，什么事情使你最难忘？

楼国华：忘不了市场"诚信体制"的建设。古人云，诚信是生意之本。"勤耕好学、刚正勇为、诚信包容"是义乌精神所在，是义乌生意人的灵魂，更是30年来市场繁荣兴旺的法宝。

（原载《中国商报》，2012年11月9日）

看"风水"造就福田市场
——访浙江省人大常委会副主任厉志海

今日已走向世界、闻名世界的义乌国际商贸城——福田市场,是2000年6月时任中共义乌市委书记的厉志海为义乌人看中的风水宝地,且亲自选址定址并筹划启动建造的。日前,记者专程赶到杭州,在省政府大楼对现任浙江省人大常委会副主任厉志海进行了采访。

时任浙江省人大常委会副主任、省总工会主席的厉志海至今对当初选址福田地块造市场的情况记忆犹新:"为了选址福田兴建市场,我与分管市场的副市长陈秀仙等同志专门调研了一个多月,考察了全国各地10多个小商品市场,召集市场经营户开了20多次座谈会,还3次登上'商检大楼'看福田乡地区的'风水',有一次和黄分田等同志还是晚上去的。"

他回忆道,当时有人倾向选址在江东河边一带造市场,我们经过反复研究,决定对此召开常委扩大会议,由参加会议的20多人逐个表态,最后以少数服从多数的原则敲定了在福田建市场。

在回答记者有关"如今的福田市场繁荣兴旺果真有'风水'因素吗?"的问题时,厉志海回答说:"有。这里说的'风'就是通透,'水'就是质量。当时我们从四个方面考虑:一是福田周边有30多平方公里的发展空间,四面通透;二是离火车站、飞机场、高速路口近,交通优势十分明显;三是靠近廿三里、苏溪、大陈等小商品经营人数多的区域,有经商氛围优势,水质好;四是建在江东的话,配套工程造桥的成本较高。"

厉志海特别强调,办市场一定要留有足够的发展空间,这个空间也可以说是"风水"。拿当时浙江省省委书记张德江同志的话说就是"义乌要发展多快有多快,要发展多大有多大",此话有效地激励了义乌人的创业斗志,义乌由此提出了"建设50万人口、50平方公里大城市的规划"。

厉志海还指出，建设新农村，搞城乡一体化，义乌要求做到美化、绿化、亮化、洁化、硬化的"义乌小五化建设"。城市建设好了、经济发展了、生活富裕了，义乌的老百姓才能高兴。

当记者谈到"有人说要饮水思源，感谢你为义乌买水"时，厉志海深情地说："我到义乌后，为解决城市用水困难的问题，专门花了一个星期调研，最后决定向东阳买水，当时谈好的价格是1.8亿元，我说再加2千万元，但前提条件是要加上'永久'两个字，开创了我国水权交易的先河，并得到了时任水利部部长汪恕诚批示的肯定。"

（原载《中国商报》，2012年11月9日）

吴象水采访厉志海

打响义乌城改第一炮
——访浙江省旅游局局长赵金勇

为求市场扩张，推进城市化，1999年10月15日9时55分，时任中共义乌市委书记的赵金勇按下了浙江历史上单项高层建筑爆破的第一炮。在震耳的轰响声中，原义乌市府一招、百货大楼、二轻办公楼等随即依次倒地，义乌老城838亩地域的旧城改造工程宣告启动。

如今每当幸福的义乌人漫步在绣湖广场，总会不时赞誉一个造福城市、造福市民的名字——赵金勇，日前，记者在西湖断桥采访了这位现任的浙江省旅游局局长，1997年6月至2000年3月时任义乌市委书记的赵金勇。

当时，自磐安县委书记调任义乌市委书记的赵金勇，新官上任三把火：要消除干部讲享受的倾向；要改变城市脏乱差的面貌；要整治机关办事门难进、脸难看、事难办的歪风。同时针对义乌市场发展现状，他提出了"再发展、再创业、再提高"的"三再"大讨论活动，以凝聚共识，提振精神。

规模宏大、面广量巨的义乌市旧城改造暨市民广场建设工程如何顺利实施？领导班子组建后即于1999年初下达了市委一号文件，确定拆迁建筑占地总面积23.5万平方米、建筑总面积54万平方米，涉及37个主管部门、98个单位、5000多住户、2万多人口；规划"一个中心、两条轴线"，集绣湖休闲购物、地下防空、广场聚会等功能，工程总投资30多亿元。

在义乌发展史中，仿佛是一夜间，市府门前老绣湖周边那旧房林立、污水横流、漆黑坑洼、茅檐低矮的恶劣房舍统统消失了，取而代之的是宽阔的喷泉园林休闲广场、鳞次栉比的现代化建筑，充满现代气息的高楼建筑群。赵金勇书记真正开启了义乌中等城市发展的大门，对义乌城市化建设、市场向外扩张来说具有里程碑意义。特别值得一提的是，10万平方米的地下商城，光店铺就从起初的20万元一个涨到现在的200万元一个，"战时防空、平时商业、冬暖夏凉、百姓享受"，得到了中央军委和南京军区的嘉奖。

赵金勇还对记者说，其实义乌旧城拆迁还留下了黄大宗祠，永康拆迁还打通了东永一线公路。赵金勇还回忆道："当年童四鹤公开投标地下工程很了不起，是个有胆识、有智谋、敢吃螃蟹的人物。"他时刻不忘那些做出贡献的人。

在义乌旧城改造暨市民广场建设过程中，决策者和建设者终于在排除诸多障碍后，顺利实施了这项跨世纪的民心工程，使城市环境得以美化，让城市品位得以提升，广大群众切身得到实惠，百姓在衷心感谢党的改革开放好政策的同时，对实实在在干事的官员更是赞不绝口。2000年11月6日，时任省委书记张德江视察义乌旧城改造暨市民广场建设工程后，充分肯定了义乌市高起点、大手笔实施旧城改造，大力推进城市化进程的做法。

（朱国荣、吴象水，原载《中国商报》，2012年11月9日）

店口：工业化推进乡镇城市化

初秋的细雨打在暨阳水乡池塘的荷叶上，也打在池塘边马路上疾驶的摩托车上那一张张充满朝气的脸上。你已经分不清哪些是农民，哪些是工人，他们匆忙的身影与城市"朝九晚五"的上班族没什么两样。从店口工业区幢幢巨大厂房里不时传来机器的轰鸣声，你仿佛置身热闹的都市，但周围田野间散落的村庄分明提醒你这里是乡村。

"于越流风远，坤中在暨阳"说的就是具有悠久历史的浙江诸暨，而店口是诸暨的一个镇，坤中即指店口的白塔湖与紫岩山一带。历史上曾记载："杭坞者，勾践杭也。"杭坞即指店口的杭坞山，这表明古越国曾在这里建都，是古越文化的发祥地之一。

浦阳江畔的店口镇由原来的湄池镇和店口镇合并而成，位于诸暨、绍兴、萧山三县交汇处，总面积105.7平方公里，人口6.1万，是诸暨市的一个大镇。

记者在采访中了解到，这里的农民平均年收入9523元，是浙江省平均水平的两倍多。2000年全镇实现工农业总产值89.4亿元，上缴国家税收5812万元。农业在店口经济中只占5%左右，经济的支柱主要是工业。这里有一个以大企业为龙头、中小企业为骨干、千家万户为基础的强大的企业群。有一批在全省乃至全国有一定影响的大企业群，还培育了一批优势"苗子"企业。镇中心以五金城为依托，集聚了3300多家小型企业，这里是全国主要的五金产品集散地之一。在整个诸暨市的35个乡镇中，店口综合实力排名第一。

看到今天的店口，你很难想象30年前她的样子。

农民用肩膀扛起的五金业

在20世纪70年代以前，店口主要是以农业为主。在那个特殊的年代，多种一点自留地都要被割资本主义尾巴，更别谈工业了。到了1971年，店口镇新一村一位农民听在外地工作的老乡说，"搞五金能赚钱"，该村村支书陈伯生便领着一帮农民，冒着被割资本主义尾巴的危险，上山砍了十多万斤柴，卖了8500元，借了5000元钱，在原来农机厂的基础上，办起了店口第一家五金企业。

当时店口的交通条件非常差，除了浦阳江的水运航道，连一条像样的马路都没有。没有路就没有车，甚至连一辆三轮车都没有。第一台机器是农民用砍柴卖的钱买的，并且是靠十几个农民的肩膀扛回来的。第一家企业办起来之后，五金企业便以星火燎原之势发展起来。到了70年代末，原店口小乡21个行政村，村村都办起了五金个体企业，并辐射到了周围其他的乡镇，为五金业的发展奠定了技术、人才、市场基础。

在70年代特殊的历史背景下，店口的五金企业何以能发展起来？据了解，主要原因有四点：一是店口地处绍兴、萧山、诸暨三县交界处，人多地少，店口人敢冒风险办厂，目的很简单，就是为吃饱饭。二是相对闭塞的外部环境条件帮助了店口五金企业的发展，当时从诸暨县城到店口只有依靠火车，没有公路，"会稽（诸暨）不管，山阴（绍兴）不收"，这句流行语形象地说明了店口当时一方面穷，另一方面环境条件恶劣。三是当时的党委政府全力支持群众办企业，他们顶住了来自各方面的压力。据说当时的乡党委书记因参加广交会而乘飞机，回来之后，凡是诸暨县委县政府开大会都要对其进行批评，因为"乡镇党委书记乘飞机，县委书记坐吉普车"。四是70年代后期国家政策的放宽。店口人说，没有改革开放，店口五金业也不会有今天。

到了80年代，是店口的发展阶段。80年代初期，随着改革开放政策的到位，当时的诸暨县政府对店口经济的发展提出了"四个轮子（国有、集体、个体、联户）一起转，千家万户促翻番"。店口的五金个私经济如雨后春笋般冒出来，几年的时间，办起了上千家五金企业，出现了拥有上千个门市部的"五金一条街"。这些五金个体企业主，主要是来自村办集体企业的办厂能人、技术骨干、供销能手，并且带亲帮友，带出了一个私营经济发展的局面，为90年代的腾飞奠定了原始资金积累、技术和市场基础。

这个时期，农民的温饱问题几乎已经解决了，农民房屋改造的第一个浪潮也是这个时期开始的。

90年代以后，特别是小平同志南方谈话以后，店口经济的发展更快了，店口人称这一时期是腾飞阶段。大量的私营企业发展壮大起来，特别是投资1.4亿建起的占地1.5平方公里的南方五金城，使五金产业的优势转化为市场优势，产业与市场互为依托，相互联动发展，更促进了企业的发展。

这一时期政府开始采取扶优扶强的政策，从土地征用、融资等方面进行全方位服务，全力支持企业做大做强，出现了中国海亮集团、浙江盾安集团、浙江万安集团、虹绢集团等一批规模企业。

在许多企业内部，"科技是第一生产力"的观念深入人心，技术改造的势头一年比一年猛，尤其是近几年，每年的投入都在2个亿以上，企业的科技含量越来越高。

由于店口的五金企业大部分是个私企业，家族式管理是必然的，但随着企业规模的不断扩大，家族式管理的制约也越来越大，盾安、海亮等家族式企业率先突破家族式管理，建立现代企业制度，带动了许多企业管理水平的提高。

农民富裕以后，农村开始改造了，村庄的建设开始有规划地进行，环境、道路、布局、管理，都向城市的社区化发展。

在谈到店口五金业的发家史时，镇党委书记孙桂林这样概括说，店口经济能有今天，主要靠三个优势：一是先发优势，店口的企业不是先走一步，就是先进一步；二是人文优势，经过30年的发展，店口人已经清醒地认识到，只有发展，才能进步；三是政策优势，从70年代初期到现在，历届政府都十分重视支持经济发展，不论是国有企业还是个私企业，只要能发展壮大就支持。当别人还在为发展个私经济大争议时，店口已在支持个私经济发展壮大。20世纪90年代末，当人们还在考虑如何转制时，店口的企业已经在1997年基本完成转制。

记者了解到，到目前为止，企业有亿元以上资产的已经有8家，拥有千万元以上资产的有46家,有百万元资产的很多,一般的农民有几十万元家产是很普遍的。"我们这里私营经济的发展,充分证明了私营企业存在的合理性。发展私营企业,使老百姓富裕起来,而且,我们讲的现代化首先应该是工业化,工业化会带来城市化,发展工业,城市的发展才有所依托。"孙桂林书记说。

现在店口经济的发展已经不能用五金一个产业来概括,而是呈现出多元化的发展格局。

产业多元化,地方经济风险降低

为了避免单一经济结构给地方经济带来风险,在城市化建设中,店口的经济结构也走向多元化。龙头企业的发展,带动块状经济的发展,同时带动千家万户生产技术水平的提升。

在店口有这样几大类产业:第一类是铜加工,以中国海亮集团为龙头企业。海亮集团现在在世界同行业排名第五,在我国铜加工行业是龙头老大。记者在店口采访海亮集团总裁冯海良时,他说:"虽然我们是私营企业,但企业做到固定资产有6亿~7亿这种程度,企业已经不属于我个人,是属于社会的。没有我周围的父老乡亲,也不会有海亮集团的今日。我只不过是一个法人代表,我要依法经营、依法管理。我已经把企业当作事业来做,而不是为自己赚家产。"据了解,海亮集团今年向国家上缴税收将达到7000万元,他创办的小学、中学在当地很有名气,他无偿资助的贫困大学生已经有30多位。在海亮集团有个不成文的规矩:每年要拿出300万元用于社会公益事业。

第二类是制冷产品。制冷配件是店口比较传统的产品,龙头企业是盾安集团,盾安集团现在在全国私营企业五百强中排第18位,在浙江省是第四位。去年它的销售额是13个亿。这个集团有一半以上的企业在外省市。它的产品有三个方面:第一是阀门;第二是食品;第三是空调,包括空调配件和整机空调。盾安集团的发展,不但为本地,而且为外省市企业所在地区提供了大量就业岗位。

第三类是汽车配件。汽车配件的龙头企业是万安集团,其主要产品是汽车制动系统的配件。万安集团董事长陈利祥对记者说:"汽车产业说到底还是个零部件的产业。如果汽车配件零部件的生产水平和技术水平达到或接近国际先进水平,那么市场前景是很宽广的。现在的万安集团产品已经与国际上知名的汽车厂家相配套了,已经达到了国际先进水平。国外的大众、奔驰、通用等大企业都来考察过,他们感到很惊奇,中国还有这么一个企业有如此质量高的产品,并且管理又那么有特色,还是一个在乡镇的私营企业。"说到入世对汽车行业的冲击,他显得很有信心,"搞好了,汽车对我们国家来说应该是朝阳产业"。

据了解,万安集团已经成为国家级科技示范企业,诸暨市提出企业"管理学万安","管理提高一分,成本就降低一分,效益就提高一分"。

第四类是新型管材。新型管材的龙头企业是枫叶集团。枫叶集团董事长傅志权向记者介绍,管件和管材是企业的主要产品,管材主要有铝塑复合管、钢塑管、铜塑管等等,主要用于气、水和油的输送,比如,"西气东输""南水北调"等都可以用到这样的管材。这种新型管材比原来的水泥管道或铸铁管有无法比拟的优越性。我国是个严重缺水的国家,而据了解,我国城市的水利用率只有52%,48%的水都以跑冒滴漏的形式流走了,而且自来水在运送过程中还造成二次污染。新型管材采取铝塑材料,这种管材具有高度密封性,有足够的强度和弹性。

第五类是丝绸纺织。丝绸纺织是以虹绢集团为代表的。虹绢集团现在生产的绢丝占全国绢丝的55%,在我国的绢丝行业里是龙头老大。企业的技术也是国内最先进的。虹绢集团董事长黄水根在接受记者采访时说,现在企业也在扩大生产规模,要在原来100台丝织机的基础上再增加40台,进口一台丝织机就要50万元,40台就是2000万元。机械化的程度越高,就越能提高劳动效率。绢丝产品主要是出口,加入世贸组织以后,欧美市场的打开,对企业将更加有利。市场的扩大意味着对丝绸的需求量将大量增加,也可以带动蚕桑业的发展,推动农业产业化经营。

这几个龙头企业的人员规模少则1000人多则3000人,一个3000人的企业能够提供3000个就业岗位,以一个小家庭为单位来计算,就可以使一万人左右进到城里来,如果像这样的企业有几家,再加上其他企业的发展,一个十几万人口的城市就可以建立起来，依托工业的发展，农村的劳动力就可以大量地转移到城市。这些龙头企业的当家人在二十几年前还都是农民，今天他们不但把自己的企业做大，而且还带动一方经济的发展。在店口，他们被称为"真正的英雄"。

经济"热土"变生活"乐土"

由于历史的因素，我国大量的农村剩余劳动力仍滞留在农村，有专家说，解决农村剩余劳动力的出路问题，是中国现代化进程中一个世纪难题。的确，农村劳动力的转移关系到农村及整个国民经济的发展，也关系到人力资源能否得到有效配置，影响到社会稳定。

农村劳动力的一个主要流向就是乡镇企业，店口镇工业经济的发展不但为本地农村劳动力的转移提供了大量机会，也为周围几个省的农村劳动力提供了就业岗位。目前店口镇来自江西、安徽、贵州、河南等几个省的外来人口已经有两万人，随着企业规模的不断扩大，还将有大量的外来人口来到店口安家立业。人口的聚集为城市第三产业的发展带来条件，但同时流动人口的增加也为城市的社会治安、劳动管理、计划生育等各方面管理带来压力。

面对难题，今年初，店口镇提出了以"教育、服务、维权、管理"为主要方法的综合管理模式。强调"教育、服务和维权"，而把"管理"放在最后。教育主要是指，建立流动人员培训基地，定期开展法制、技能、文化知识和劳动安全方面的教育活动；营造平等和谐的人际关系使外来人员与本地人融为一体。服务是指证件的办理。一本"流动人员管理服务证"取代了外来人员的暂住证、计生证和劳动就业证。店口镇公安、劳动、计生等部门联合成立了流动人员综合管理办公室，外来人员只要提供一份有效的身份证明，就可以在综合管理办公室一次性办成"流动人员服务管理证"。维权是指维护外来人员的合法权益。在外来人员中劳资纠纷比较多，而不少纠纷中，外来人员的合法权益受到侵害。为此，店口镇流动人员管理办公室专门成立了一支以解决劳资纠纷为重点的"稽查执法队"，维护外来人员的合法权益。今年3月，一家企业在招收江西籍民工时，未签订劳动合同，稽查执法队指令厂方与民工限期签订劳动合同。两天后厂方送来已签订的合同，稽查队发现，合同中只写到厂方有权安排工人加班，却没有写明应发加班工资，随即要求厂方补上这一条款。管理是指对外来人员居住地的集中管理。综合管理办法实施几个月来基本解决了外来人员的漏管现象，刑事案件从原来的每月50起左右，下降到目前的每月10起，效果显著。

镇党委书记孙桂林说，实行这样的管理模式是基于这样几点考虑。首先，店口的发展已经成为一方经济热土，要使"热土"变"乐土"。要建设"经济繁荣、环境优美、社会文明、生活祥和"的现代化城市，就既要抓经济又要保障社会安全。在店口，流动人口作案已占刑事案件的80%以上。其次，过去由于体制的原因对流动人员的管理各部门各自为战、重复劳动、无效劳动，造成效率不高。再次，社会管理要既治标又治本，尤其是"治本"更为重要。加强对流动人员的教育、服务和维权就是治本，营造和睦平等的人际关系也是治本。外来劳动力是店口经济和社会发展不可缺少的重要力量，流动人员应该成为店口这个社会大家庭中不可分割的成员，我们的任务就是要把他们教育好，引导好，切实提高他们的素质，把店口真正建设成为人与人之间平等相待、和睦相处，其乐融融的生活乐园。

据悉，店口的这一对流动人口的综合管埋方式已经被浙江省委书记张德江批示向全省推广，"店口经验"将是继"枫桥经验"之后又一个引人瞩目的亮点。

30年来，店口人以自己的实践创造了"创强争先、吃苦耐劳、勇于创新"的店口精神，形成了他们自己的发展理念："精取古今中外，使热土变乐土，变宝地为福地，建设世内桃源。"

（王彧、吴象水、金立耿，原载《中国经济时报》，2001年9月19日）

点评

2001年，中国正式加入世界贸易组织，中国在快速地融入世界，每一个地方，每一个企业都想追波逐浪。

《店口：工业化推进乡镇城市化》就这样应孕而生了。讲好一个小镇走向世界的故事不容易，这篇报道打了一个好的样板。报道从纵向历史维度的推演到横向产业的剖析，最后产业发展的土壤做结，把缘何一个面积100多平方公里的小镇走出了这么多500强企业的道理说得通透，把一个小镇的成长，分析得淋漓尽致。

店口镇的经济起步很难，记者生动的笔触再次带我们回到20世纪70年代那个悄悄搞经济的年代，我们从村支书冒着危险带头砍了十万多斤柴，换了8500多元搞起镇上第一家五金企业，乡党委书记会因为坐飞机去广交会而被举报的故事中，感知到民营经济种子在这个小镇蓬勃发展的强大动能。

如果说，讲历史容易，对现状分析更需要对小镇有着深入的调查和观察。记者不仅深入了解店口的几大产业，并和当地龙头企业创始人深入攀谈，通过数据和企业家的讲述，道出了乡镇企业的活力和务实。报道的最后立足在店口镇如何实现人口集聚、产业、城市管理的全面提升上，让大家更清醒地认识到店口全面发展的动力来源。彼时的店口正处于经济社会全面发展的一个转折点，该报道把店口作为一个乡镇样板推向全国，为全国的城镇化转型提供了启示。

21世纪以来，店口经济飞速发展。海亮、盾安、露笑、万安等企业先后成功上市，23000多家市场主体，构成了现在的店口。店口镇作为浙江省首批小城市培育试点镇，成就了全国的城镇化"店口样本"。小镇已形成铜材精密制造、制冷配件、汽车配件、水暖管业、纺织服装、农产品加工等六大产业与数字经济相结合的"6+1"特色产业集群，被誉为浙江"资本市场"第一镇，店口的新兴产业、数字经济，不断释放出新的动能，日益成为经济高质量发展的重要引擎，为共同富裕打下了坚实的基础。而这个背后离不开媒体人长期的关注和助力。

（韩兢　傅焐斌）

潮州官员为百姓做生意
——访中共广东省潮州市委书记

6月6日,广东省潮州市委书记陈冰、市长率该市240家知名企业的600余名商品经营者包四架次专机飞到浙江省义乌市场摆出6000余种企业产品,开展"潮州市名优产品展销暨经贸洽谈会",当日就签订18个购销合同,金额达4.7亿元之多,至10日共计签订合同成交额15.3亿元。前来参展的潮州市东联陶瓷厂长蔡友钦和义乌龙发公司董事长何维良等企业主们纷纷称赞:这一举措开了潮州市"当官的"替企业出门做生意的先河,老百姓很高兴。

展馆中,面对琳琅满目的潮州商品现出一道亮丽的风景线,书记、市长亲临市场替百姓做生意,促地方经济发展,在国内实属罕见。为此,记者专访了中共潮州市委书记陈冰。

记者:请问陈书记,您为什么要亲自出马,同企业主们一起到义乌来做生意?

陈冰:因为义乌是我国小商品流通最大的集散地,潮州有600多人已在义乌经商,去年潮州在义乌的商品成交额达8亿多元,从今年起我们要进一步拓展潮州产品在国内的销路,把义乌作为一个重要的销售窗口,依托义乌市场,推进开拓国内市场,为企业办实事。

记者:潮州市经济的现状如何?

陈冰:潮州地处广东省东部,辖两县两区,陆域面积3080平方公里,海域533平方公里,人口242万多,经济状况处全省中下水平;潮州素以农业精耕细作,高产稳产闻名,改革开放以来,水果、茶叶、水产品的生产基地建设及农副产品深加工快速发展。工业以陶瓷、服装、食品和电子四大行业为支柱,去年全市国内生产总值198亿元,工业总产值322亿元,农业总产值72.2亿元。主要出口产品是陶瓷和服装,出口100多个国家和地区。城市建成区面积已扩大到30平方公里，初步形成既有古城风采，又有现代气息的中等城市，全市公路通车达1860公里。

记者：要大力发展潮州经济，请您谈谈潮州的发展趋势如何？

陈冰：发展潮州经济，我们下一步的工作思路是：形成一个基础，打好四个拳头。这个基础就是依靠科技进步，实现体制创新，改善投资环境；在实践中不断提高人的素质，提高企业产品档次，强化商品质量。打好陶瓷、服装、食品和电子四大产品的拳头作用，带动其他产品的健康有序发展，今后要切实进行政府搭台，企业唱戏，为民办事，增加市民经济收益的工作方针。政府各部门要进一步转变作风，提高工作效率，既要依法加强企业管理，又要强化服务意识；简化办事手续，多为企业、为老百姓办实事，构筑发展经济的良好氛围。

（原载《中国经济时报》，2001年6月14日）

义乌：放"虎"出笼

改革开放使义乌的财政收入、农民人均纯收入、国内生产总值分别比1979年翻了几番；综合经济实力从20世纪80年代初期的浙江后进县跃入全国百强行列。随着市场发展，义乌的城区面积由1984年的2.4平方公里扩展现在的15平方公里；城镇化水平已达40%。

充电补血

"义乌人富了"，不少人守着几十万元、几百万元家当认为一辈子吃、穿、用不愁的时候，义乌市委书记赵金勇去年12月9日发出《再创业、再发展、再提高》长篇报告，使全市人民开展起一场轰轰烈烈的解放思想大讨论，各阶层人士纷纷提出了建设义乌得民心、顺民意的为政根本与具体方案。

义乌市领导新班子上任三个月，至今年初就将"脏、乱、差"的商城义乌，创建成为省文明卫生城市。经商户方世龙夫妇说："这一任县官是最实干的。"义乌打响的跨世纪第一炮，深得人心。

在义乌打工的外来劳动力约有20万人，当地有一支庞大的经商办厂人才队伍，如何营造一支数量充足、结构合理的创业队伍，现在一些快速发展中的企业厂长、经理普遍反映：管理起来很累。对于成本管理、质量管理、职工队伍管理，对外交往谈判、跟国际惯例接轨等等，感到不大适应。因为企业快速发展，还来不及充实和改变自己。

义乌针对这一对企业发展的不利因素，对企业家，党委、政府不仅奖牌慰问，还组织培训他们，通过充电补血给他们以新的知识、新的技术、新的信息，实实在在地提高他们各方面素质。于去年底创办了"义乌商贸职业学院"。为外来打工者创造安全、公正、舒适、开放的就业环境，"兴商建市，依法治市"，保障他们的合法利益，培养一个成熟的劳动力市场。

放"虎"出笼

产权改革非常重要,虎年如何做?打个比方:"我们义乌的国有、城镇集体及企业像是圈养的老虎,到了时间就有肉吃,吃不饱就哇哇叫,向政府提意见,国有、集体资产越做越少,没有活力。而义乌的民营企业则像野生的动物,自己找市场,自己去拼搏,资产越办越大。过去有句话说黄牛吃老虎,因为黄牛放在外面,老虎关在笼子里,老虎看到黄牛就怕了,不敢跟黄牛竞争;企业改革,就是要把老虎放出去,恢复它的本性,让它把虎威发出来,把国有、集体资产盘活,把干部、职工、技术人员的积极性充分调动起来,要放虎出笼,这样我们的经济才有活力。"

根据十五大精神,义乌放手发展民营经济,释放非公有制经济发展潜能,进一步打破成分论的残余观念,他们提出今后在市内,每年评选一次义乌十大精品,为争创世界名牌打基础。扶持民营骨干企业再上规模、档次、水平,拓宽经济领域再上台阶,把经济建设试卷交给人民打分。

五破五立

1982年,义乌小商品市场有130个摊位,现在已达2.6万个,增长二百倍。可目前设摊位收费14种,年达5000元以上,经商人员很有意见。义乌市场已经有大户化、垄断化发展的趋势,市领导号召全市人民为市场繁荣献计献策,营造一个繁荣市场的良好气氛。为此制定了五破五立的政策:破除放任自流、无为而治的思想,树立加快民营经济发展紧迫感;在政策鼓励、产业导向、基础服务、建立宽松的发展环境等方面取得大突破。破除担心国有资产流失和失权失利思想,加快推进国有、集体企业改革的观念;破除自卑自弃、甘于落后的思想,树立不甘落后、加快致富的观念;破除轻文化发展、轻城市形象的思想,树立经济和社会相互促进、协调发展观念;破除贪图安逸,无所作为的思想,树立振奋精神、实干兴业的观念。

(原载《中国经济时报》,1998年3月24日)

义乌市场"第一号通告"签发人
——稠城镇原党委书记杨守信的回忆

1982年8月25日,浙江义乌县稠城镇颁布了《关于加强小商品市场管理的通告》(第一号),这是开放义乌小商品市场的关键一步,该"通告"宣布了稠城镇小商品市场的开业。回忆当年亲身经历的一些鲜为人知的事,能让人们追溯到旧时情景,了解市场的过去,我仍感到意味悠长、心绪难平。

两个老货郎与第一个小市场

当年对两个老货郎的特殊照顾曾与义乌有史以来的第一个小百货自由市场——县前街小百货自由市场的形成密切相关。

1977年5月,我任中共义乌县稠城镇委书记兼革委会主任。为搞好镇容镇貌,我们一行来到县前街,发现义乌第四旅馆对面的县五金公司在为建造10间店面房而拆除旧房后出现的大墟场上,停放着两副破旧的货郎担。大家走了过去,两位老人恳求道:"趁着农闲出来做点小生意,看到有空地就停一下,请大家照顾。"当时有人对老人说:"农民是不能弃农经商的,你弃农经商,他弃农经商,农业生产怎么搞得好?在这里做生意是影响镇容镇貌的,请快一点搬走。"当时我想了想说:"旧房屋拆得差不多了,很快要开工建营业大楼了,看你们年纪这么大,身体又不好,就照顾你们在这里摆几天吧,但你们可不要把货郎担摆到街道上去。"两位老人说:"我们就摆在这里,不会摆到街道上去的。"由于旧房拆除遇到麻烦,营业大楼开工时间一拖再拖。别的货郎发现这里做生意平安无事,就一个接着一个地进来了,最多时有十多副货郎担,从而自发形成了县前街小百货自由市场的雏形。

义乌县城北门街,南接县前街,北连车站路,长300米,是县城到火车站的重要通道。县前街一部分货常在城区转来转去，寻找最佳场地，他们发现北门街有一些人在提篮小卖，街上来来往往的人又多，是个理想的经营场地，就加进来时隐时现地做生意，有关部门管理得紧的时候他们就到其他地方转，管得松的时候就卷土重来，如此反反复复，"货郎族"渐渐壮大了起来，于1979年自发形成了北门街小百货自由市场。到了1981年，北门街小百货自由市场的经商者已有200多人。但集市时常出现道路不畅、卫生环境不好、市容市貌不佳，且治安纠纷不少等问题，导致许多干部群众不满而议论纷纷。

1982年9月5日，义乌县稠城镇小商品市场（第一代义乌小商品市场）开业了，北门街小百货自由市场里的大多数经营者到设在湖清门的办公室办理了有关手续。1982年9月15日我签发了稠城镇市场整顿领导小组《关于开展市场整顿的通告》（第二号），对原北门街小百货自由市场进行了清理，北门街小商品市场从此迁到了湖清门。

3人会议与8件具体事

1982年7月初，我邀请孙樟宝（城阳工商所长）、叶荣贵（县工商局副局长）到镇里商讨北门街小商品市场的问题，3人经研究分析得出的结论是，应该在这里创办小商品市场。

当时我们商定了8件具体事宜：选定市场场址——湖清门，主要是场地比较开阔，四周有房屋利于避风躲雨，进出方便，湖清门南接县前街，北连新马路，还有3条弄巷，对交通市容市貌影响不大；落实建场资金，镇政府是行政单位，没有资金可投资，建场资金由工商局和工商所解决；确定市场名称叫"稠城镇小商品市场"；确定建立市场管理站；确定市场规模，经过对场地、北门街小商品市场经商人数及今后发展等情况分析后，拟设定摊位300至400个；确定市场筹建的领导单位，商定以稠城镇政府的名义开展工作；明确分工，各部门的协调工作由我负责，硬件建设和具体工作由叶荣贵、孙樟宝负责；确定完成市场筹建时间，定在9月。

1982年9月稠城镇小商品市场开业了，400多个摊位摆得满满的。参加市场开业的人员有稠城镇市场整顿领导小组成员、城阳工商所、城阳税务所、稠城镇派出所的同志,还有3位市场协管员和2位治安员。

义乌小商品市场开放后发展非常迅速,生意日渐兴隆,不断繁荣壮大。摊位摆满后又向新马路延伸,到1982年底,摊位已有700多个,商品种类已有2000多种,营业额高达392万元,税金38000元,市场管理费26000元,比建场投资10000元超出一倍多。

（原载《中国商报》,2012年3月23日）

"江南第一社"助力个私经济
——记浙江省义乌市稠州城市信用社

日前,素有"江南第一社"美称的浙江省义乌市稠州城市信用社,获得各项存款余额超10亿元的好成绩。这引起了记者的采访兴趣。

据稠州城市信用社有关负责人介绍,他们之所以取得这样好的成绩,是因为他们根据义乌的实际、选准了服务对象的结果。义乌的经济发展有一个鲜明的特点,即个私经济总量中占90%以上。根据这一特点,稠州城市信用社从1987年建社开始,就坚持从当地的实际情况出发,以支持个体工商户和私营企业发展为己任,做到"立足于市场,服务于市场,发展于市场",帮助市场经营户解决"开户难、结算难、贷款难"等问题。该社抓住义乌小商品市场"四易其址,七次扩建"的机会,按照"营业网点设置随着市场走"的原则,在小商品市场中间以及周围的专业街、商业街上设置了营业网点,并根据实际情况,推出了电话银行、延时服务等措施,极大地方便了市场经营户的存取款。针对"结算难"的问题,该信用社早在1991年便率先开办了通汇业务,至今已与全国近百家商业银行、城市信用社建立了通汇关系,每月来往资金达2亿多元,并保证24小时到账,真正做到了"安全、快捷、方便",从而极大地满足了客户高效率的需求。

他们针对当时一些个体私营业主抱怨"贷款难"的问题,根据个体户资金使用期限短、需求面广、金额不大等特点,逐步摸索出了一套以"存贷积数挂钩"为中心的小额信贷办法,大胆对一些信誉好、经营得当、有发展潜力的"两小"企业和个体工商户发放贷款,支持经商户发展壮大,对义乌小商品市场的发展起到了积极的作用。信用社通过这些举措,使得其在小商品市场中的影响越来越大,各项业务也因小商品市场的壮大而随之水涨船高,得到了不断的发展。

早在1991年,稠州城市信用社的各项存款已超过1亿元,成为长江以南第一家存款超亿元的城市信用社。20世纪90年代末,在义乌小商品市场当中,已有3万多名业主曾在该信用社的各个网点开户;迄今为止,该社已为成千上万的个体私营业主累计发放贷款70多亿元,极大地支持了义乌经济的发展。

十五大的召开,确立了个私经济的地位。随着市场经济的进一步发展,义乌的经济也发展得愈来愈快,小商品市场的规模得了空前的发展。有许多原来的经商户,纷纷转向办厂,成为"前店后厂""前摊后厂"的实业家。根据这一变化,结合国内外发展趋势,为进一步增强小商品市场发展的后劲,义乌市委、市政府及时推出了"引商转工"的发展战略。该社结合义乌实际,也及时调整了自身的资产结构,确定了信贷支持重点:一方面利用点多面广的优势,保证支持原有经商户的信贷需求;另一方面拿出大块资金,投向国家和地方政府确定的重点项目和重点企业,投向经济效益好、科技含量高,有较好发展前途的行业,帮助他们上规模、上档次,使之成为明星企业。现在该社已投入资金1.4亿元,涉及服装、花边、袜子、制线等十几个重点行业。

义乌稠州城市信用社为更好地服务市场,近几年来还狠抓了内部管理,积极疏通结算渠道,加大科技转化为生产力的力度。近几年共投入600余万元,基本实现了会计核算和内部管理电脑化、安全防范设施现代化等;同时狠抓内控制度建设和全员素质的提高,按照商业银行的运行模式建立健全了一整套较为规范的内控制度,并按照制度规定严格实行奖罚。信用社集体和个人已连续几年在全浙江省、义乌市的金融系统技术比武中名列前茅。

(吴象水、张凤德,原载《中国经济时报》,1999年5月19日)

义乌城市有机更新敢打硬仗

义乌，地处浙江中部，从20世纪80年代的"鸡毛换糖"起步，这里创造了一个无奇不有、享誉全球的全球最大小商品集散地。这片土地，从一个偏安一隅的小县城发展成为令世界瞩目的"小商品之都"，靠的是敢想敢做的勇气与敢闯敢拼的韧劲。如今，这种为世人所称道的义乌精神，再一次因为一件事而被众人称赞，这就是正在如火如荼开展的城市有机更新，一场城市建设的硬仗。

作为义乌主城区，这里见证了义乌现代城市建设从起步、发展到繁荣的历程，却也在岁月的侵蚀中显露破损斑驳的痕迹——危旧房林立，低小散集中，基础设施落后，脏乱差现象严重，人居生活设施已经无法满足市民的需求。2016年5月，义乌市委、市政府高屋建瓴，审时度势，把城市有机更新作为治危拆违的治本之策、提升城市能级和发展后劲的有效路径，打破以往旧城改造破旧村建新村的固有模式，启动了5.78平方公里城市有机更新政策，实现了人居环境、城市提质、空间拓展等多方共赢。

政策引领 科学规划

在有机更新的主战场上，稠城街道党委书记王庆明率领稠城"铁军"以舍我其谁的使命担当，力破层层难关，克服重重阻力，打响了有机更新"第一枪"，仅用了7个月的时间，便圆满完成了仓后区块、向阳上片两个区块共1734户房屋的征收，签约率达100%。目前，仓后区块已全部拆平，向阳上片100%腾空，正在拆除，两个区块事后无一人上访。2017年3月23日，涉及征收户2500余户、被征收人10000余人的向阳下片征收红线公布。5天后，该区块征询同意率达91.48%，突破了90%的征收标准线，意味着这个区块可以正式启动征收，这也意味着该城市最核心、为几代市场发祥地的黄金地块即将一改"脏乱破旧"的面貌。初战告捷，开创了义乌市货币化补偿安置的先河，创下了义乌市乃至浙中城市国有土地房屋征收的新纪录。

干有方向，这个方向来自鲜明的政策导向。经过前期向社会各界广泛征询意见，充分考量被征收户的利益诉求，义乌酝酿出台了《义乌市国有土地上房屋征收与补偿办法》，创新推出了货币化安置模式，改变过去"土地安置"和"1:X实物安置"的拆迁模式，按照"以市场为准绳进行等价补偿，辅以补助和奖励"的原则，推行货币化安置，制定房产评估产权置换、安置房定位等一系列配套政策，最大限度地让利于民。

这个方向，来自"让城市更美好"的使命担当。城市有机更新，是义乌现代化都市区建设的一次革命，治危拆违的政策创新也是改善民生的必然要求，是稠城必须承担好的一份重要职责。稠城人怀揣着同一个愿望，就是要以业态提升、文态挖掘、生态修复、形态再造为主线，系统规划老城区更新改造；以大拆大整，拆出空间、拆出发展、拆出格局，焕发城市新颜；以城市整体转型提升，留住客商人才、告别低小散乱、清除污泥浊水、再造城市风景。正是这种"让城市变得更美""让城市因我而变"的认识和愿景，凝聚了强大的力量，坚定了工作的决心，激发了更新的动力。

这个方向，来自科学的规划引领。城市有机更新工作牵一发而动全身，必须要科学规划，通盘考虑。有机更新总体规划出台以后，义乌立足于城市发展实际，在全市通盘谋划的同时对主城区进行"二次细化"，布局城市生态、交通、生活网络，明确都市建设方案。工作人员依照规划指引，逐户上门各个击破，确保征收工作顺利推进。仓后、向阳上片区块的顺利征收，真切地验证了"征收新政"的科学性、精准性、实操性和惠民性。

干在实处　干到极致

干到极致，义乌领导率先垂范，下沉一线带头干。义乌市主要领导一线出思路、解难题，分管领导全程一线办公，白天工作晚上会商，谈策略，解难题，谋对策，重大问题亲力亲为。街道班子自我加压敢担当，立下攻坚"军令状"，冲锋在一线攻城拔寨。退居二线的老干部重新披挂上阵，闯关夺隘不遗余力。工作推进过程中，强化要素资源保障，最大限度地支持攻坚一线。

义乌市全员集中攻坚，铆足劲头拼命干；部门勠力同心，风雨同舟一起干。征收工作一启动，义乌市各部门八方来援，抽调精干力量组成攻坚团队；强化信息整合共享，健全会商研判机制，多方联动、密切协作，汇聚合力强势推进。市工作组、征收办等抓紧做好疑难问题认定，出台处置意见。法院、公证等部门驻地办公，协调解决具体问题，全程做好跟踪服务，为群众提供办事便利。

正是因为严守政策刚性、做足服务柔性，征收工作才真正征得了群众的信任与支持，征得了民心，征出了"鱼水之情"。一些原本坚决阻碍征收的拆迁户，在心结打开后，不仅主动签订了征收协议，还帮助工作组做邻居的思想工作。

城市有机更新，已然成为义乌市人民的思想共识。肩负锻造美丽都市区的光荣使命，身经仓后、向阳上片烈火淬炼的稠城铁军，正翻篇归零再出发，吹响有机更新集结号，朝着向阳下片2500户，全年完成5000户的目标任务，朝着提升义乌城市发展新境界、全面建设世界"小商品之都"的伟大征程奋勇进发！

（原载《中国商报》，2017年6月6日）

三步到位　满盘皆活
——访浙江省浦江县委书记杜世禄

地处浙江中部的浦江县过去是个贫穷小县，八山一水一分田，面积900平方公里，人口38万。个体私营企业却已达一万多家，年产值破百亿元大关，财政总收入达1.1亿，居国内县市前茅。

书画引线

书画文化积淀厚实是浦江的一大优势，据史料记载，自宋至今书画人才达250多人，历代的画风余韵沉积于浦江民间，形成了民间工艺的独特风格，雕刻、泥塑、刺绣、挑花、剪纸等众多工艺被融进被单、枕巾、鞋子、肚兜等日常用品中，成为独具风格的浦江工艺品。

近年来，县委、县政府充分利用这一民间优势，扶持全县千家万户亦工亦农奔小康，创办个体、私营的家庭工业，出现了西安、拉萨、黑河等浦江小商品购销团体，产生了全国最大的绗缝加工出口基地和目前全国最大的水晶玻璃加工基地，筑出了一个一户带一村、一村带一片的千家万户工程，产品漂洋过海，立足于国际市场。

旅游搭台

素为浙中名岫的浦江仙华山，自古为佛家胜地，风景美不胜收。近年浦江县从旅游搭台发展个私经济的目标出发已为仙华山投资两千多万。

杜世禄说，我们要进一步开发仙华山景区，使自然景观和人文景观有机结合，进而促进经济的再飞跃。同时，我们将把浦阳江绿化成一条江南亮丽的旅游风景线，将浦江建成一个生态平衡的绿化城市，使更多的投资者在浦江开厂办企业。

个私唱戏

依托义乌市场的流通优势，利用"千家万户"的战略，浦江农村已经出现了向基础条件较好的村镇聚集的趋势，松散的结成团，零星的连成块，全县形成5个经济重镇和10多个工业区。浦江农村已涌现出个私经济唱主角的数十个工业产值超亿元的个私企业。

浦江千家万户"闭块型经济"的发展，优化了市场经济结构，促进了企业上档次、上规模、上效益。在谈到千家万户亦工亦农、实施实业强县战略时，杜世禄强调，要利用好义乌市场、义乌机场、柯桥市场等一小时经济圈内的优势，在浦江打出品牌来，形成义乌、柯桥市场商品的后方生产加工基地，利用仙华山等自然景观和浦江书画文化大观园来做这两个市场的后花园，下活书画、旅游、个私经济齐头并进这盘棋。

（原载《中国经济时报》，1998年5月12日）

浙江省首个强镇合并　诸暨建设店口新城市

日前，经浙江省人民政府批准同意，诸暨市店口镇、湄池镇两个经济强镇被撤销建制，合并设立新的店口镇，去年该两镇工业年产值共计已超100亿元。2月5日，该市隆重举行了新店口镇授牌授印仪式，两镇强强合并的顺利实施，标志着诸暨市域北部建设10万人口的小城市工作启动。

原店口和湄池两镇分别是诸暨市域北部的经济强镇，其中湄池镇的经济综合实力居全市前列，店口镇连续8年居全市第一，两镇同为绍兴市经济综合实力强镇。2000年，店口、湄池两镇国内生产总值分别达到13.92亿元和12.23亿元，农民人均纯收入分别达到9626元和9436元。两镇面积分别为54和51.7平方公里，分别辖31和38个行政村，人口分别为2.8万和3.3万人。而且，两镇地理相邻，人缘相近，产业相仿，共同形成了以五金铜业为特色产业，以纺织、建材、机械等为主导行业的工业体系；通过这几年的建设，两镇的基础设施日臻完善，建成区面积分别达到2.6和1.4平方公里。基于这样的基础，诸暨市提出了强强相联、优势互补的思路。去年，在浙江省第一个获省政府批准的《诸暨市市域城镇体系规划》中，该市把店口镇和湄池镇一同列为建设中的六大城镇组群中心之一。

据悉，合并后设立的新店口镇将依托现有的经济社会发展基础，将规划建设成一个10万人口的现代化小城市，成为诸暨市域的次中心和市域北部的经济、金融、信息和文化中心。新店口镇党委书记孙桂林表示，两镇合并设立新店口镇，符合店口、湄池经济社会发展的需要，是推进城镇化进程中的一个创新之举，起码给两镇人民带来用水、筑路、办厂用地等等好处，避免了不少重复建设；今后一个时期，我们确定新店口镇的基本发展战略是人文与经济协调发展，工业携旅游比翼齐飞，大集团带动块状经济升级，工业化推进城市化进程；社区理念是：精取古今中外，使热土成乐土，变宝地为福地，建设美丽社区。

（吴象水、楼敏俊，原载《中国经济时报》，2001年2月8日）

磐安走出生态致富路

原浙江省的头号贫困县——磐安，1983年复县之初，农民"开山开到尖、种田种到天"，人均年收入不过200元；近年来，磐安县注重生态绿化和经济效益并重，走出了一条"山上盖被子，农民进票子"的生态致富之路，目前人均收入达2158元，甩掉了贫困县帽子。

地处浙江中部的磐安县，仅有20多万人口，区域面积却有1000多平方公里，素有"群山之祖，诸水之源"美称，是个"九山半水半分田"的纯山区县，全县森林覆盖率为74.6%，林木蓄积量为204.8立方米，生态体系完备。中共磐安县委书记刘树枝说："生态资源丰富是磐安县21世纪潜在的最大优势，通过发展生态经济的有效实践，20余万山乡人民生活水平连年提高，一座山清水秀的山水之城规模初具。"

9月16日，记者深入该县尚湖镇栗树山村采访，该村148户有133户种植大棚"天麻"药材，今年预计经济收入170万多元，人均超过3000元。49岁的村民吴公民把家里半间原计划养猪的7平方米空屋上也种了天麻，去年仅此收获100多斤天麻，收益1500多元，今年他说收入有2000多元。村民吴新民今年种植天麻等药材，预计可收6万至7万元。他们说，天麻是不要阳光的经济作物，最先在防空洞里试种成功，现在正逐步发展到家中屋里种植，这在国内是一大创举。

（原载《中国经济时报》，2000年9月22日）

义乌电力：全力营造"民心"工程

今天的义乌已经是在全国有着相当地位的商品流通中心。在义乌从小县城到国际性商贸城市的发展过程中，浙江省义乌市供电局以人为本，全力营造"民心"工程，他们用一流的理念、一流的电网、一流的管理，创造出了一流的业绩、一流的形象。在义乌建设现代化商贸城市的历程中，义乌电力功不可没，堪称当地百姓"民心工程"的服务员。

20年前，义乌还只是一个小县城。经过20年的发展，这里已经成为年商品市场成交额288亿、年经济总量188亿、年财政总收入23亿，位居我国综合经济实力百强县市第17位的现代化城市。近年，义乌中心城区以年均5平方公里、5万人口的速度拓展。是什么力量推动了义乌经济社会的发展？用金华市人大代表陈普昌等当地老百姓的话来回答：是义乌电力充当了地方经济发展的服务员！担负着义乌市电力供应和服务的义乌市供电局，是浙江省电力公司代管企业，自1999年实行代管以来，在省公司和金华电业局的统一部署和领导下，坚持以达标创一流为载体，突出重点，真抓实干，全面加强企业管理，取得了优秀的成绩。在建设一流县级供电企业和营造电力"民心"工程中，做了大量的工作。

提供一流服务

义乌日用电最高网供负荷40万千瓦，分配给义乌市最大供电指标才21万千瓦，用电缺口将近一半，义乌全年电量缺6亿千瓦时。困难再大，义乌电力首当其冲，哪怕本企业亏损，也要停用商业、工业用电，先安排居民用电，来全力营造"民心"工程。

用电紧缺仍是事实，但如何使居民用电能得以保证呢？2003年义乌执行"开二停二"的用电方案,给工农业生产、居民用电,尤其是农村居民用电造成了极大的影响。对此,义乌市委、市政府十分关注,新春伊始,市委书记楼国华就来到供电局,提出电力供应一定要以人为本,保证城乡居民生活用电。

根据楼国华书记发展经济就是为了人民生活的指示精神,义乌市供电局在新年上班的第一天就召开紧急会议,制订了"停机不停线"的有序用电方案。即做到停企业生产用电,不停居民生活用电;停机不停线,在拉闸的情况下,要求企业自觉执行"开二停二"和避灯峰的生产用电方案。这样势必让一些企业受利益驱动,进行暗地生产的问题。为使有序用电方案得以良好的实施,义乌市供电局成立了由用电科、调度室和供电所组成的有序用电检查小组,每天组织300多人的队伍进行巡回检查,不论刮风下雨,检查人员常常是早上8点出门,晚上10点多才收工回家。义乌供电局建立有序用电检查考核机制,对用电调荷及供电营业所两方设立了有序用电流动红旗挂牌制和流动黄旗挂牌制。

以人为本的用电方案也得到了义乌企业的理解和支持。日前,义乌市鑫挺人造革有限公司有一告示牌,上面写着的生产安排表正是按照供电部门"开二停二"的方案制订的。董事长潘公挺告诉记者:"我们企业理解这样的供电安排,这都是为了让老百姓用上电,生产也是为了生活!"

近年来,义乌工业迅猛发展,用电需求不断攀升,2003年工业用电占全市用电总量的70%,"开二停二"的用电方案给企业带来不小的损失。潘公挺给记者算了一笔账,该厂有3条生产流水线,自己发电只能上一条,产量减少近三分之二,另外还要给工人工资补贴每天2000余元,停电一次给企业造成的损失近3万元。

为了弥补拉限电给工业企业带来的经济损失,义乌市鼓励企业购买自备发电机组,政府给予资金补助。凡去年6月1日之后购置容量在30千瓦以上发电机的企业,政府每千瓦补贴300元,分3年兑现。目前,义乌全市拥有6553台企业自备发电机,仅此一项市财政须拿出1个亿的资金补贴。这些自备发电机如能全部发电,日负荷达32.5万千瓦,可保证百姓用电。

不停居民用电是一场保卫战。义乌市政府、供电部门投入大量的人力物力，企业也给予了极大的支持，面对即将来临的"双夏"用电高峰，用电紧缺形势将更为严峻，但义乌供电局一定要打赢这场战斗。

目前用电形势非常严峻，主要是电源短缺所造成的。义乌经济强劲发展的形势，义乌电力需求高速增长，以发展的战略眼光加快电网建设，这是社会发展的需要，也是适应电力体制改革增强企业发展后劲的需要。

义乌供电局在电网建设上2003年做的是过去40年的总和。他们敢于创新，敢于举债，超前规划，多方面争取项目，多渠道筹集资金，超前建设；促进企业发展，保证电网项目的合理储备，为迅速适应地方经济发展需求做好充分准备。

根据义乌近期电网规划，加快500千伏义乌变的建设，认真做好配合工作，力争2004年完成土建工程，2005年建成投运；做好220千伏西陶变的前期准备工作，争取今年开工建设；加快110千伏青口、绣湖、福田、义亭输变电工程建设，配套工程同步完成，力争今年全部建成投运。同时，城网建设要切实抓紧做好，精心安排，加强协调，督促施工，圆满完成投资总额1.65亿元的城网改造工程。

"贯标"与创建学习型企业，是义乌供电局今年的一项重要工作，意在通过"贯标"和创建学习型企业，在巩固建设一流取得的阶段性成果的基础上，进一步提升管理水平，改善企业发展内部环境，确保企业稳健发展。

"贯标"和创建学习型企业，是一项不断强化学习，不断强化培训，不断规范经营的过程，不搞形式，不走过场，注重实效。

根据今年基本建立质量、环境、安全"三标一体"的目标，精心排出计划，义乌供电局统一部署，各职能部门各负其责，加强考核与督查，一步一个脚印地做好每个阶段的工作，使企业组织框架更合理，工作流程更完善，员工素质快速提升，建立更具特色的企业文化，创造优良的企业发展内部环境，促进企业稳健发展。

在明确多经企业发展战略目标的基础上，完善体制，制定多经资产重组方案，包括组织结构、激励机制、人力资源开发等，并按计划方案逐步付诸实施，实现组织重构、流程再造和资本结构与管理模式变革，推进多经企业再上一个新台阶。

抓住机遇求发展，在现有资产的基础上，充分发挥融资和资源优势，利用暂可依靠的主业优势，积极介入资本运作，确保资产快速增值。做大做强核心产业，不断寻求新的经济增长点，多元发展。做好做细非电力相关企业的经营，努力提高市场竞争力，提高企业整体抗风险能力，壮大企业实力。

安全生产是一切工作的前提，也是企业头等重要的大事，事关经济发展和社会稳定。以保人身、保电网、保设备为重点，全面落实安全生产思想保证和技术保证体系。结合今年开展的"贯标"工作，进一步完善安全生产管理工作流程，特别要以民为本，抓好基层班组建设，强化班组安全管理与培训，扭转安全管理薄弱的局面，提高班组安全管理水平。

以安全性评价缺陷整改为契机，全面如期完成缺陷整改任务，按安全性评价复查；进一步落实安全生产现任制，加大现场安全稽查力度，规范现场工程施工。同时，要进一步加强交通和消防安全管理，使安全生产工作切实做好做实，实现安全生产目标。

及时向客户通报用电形势，争取客户对有序用电工作的理解和支持；在市政府、乡镇、公安等多方的配合和支持下，做好内部职能部门之间的协调与配合，全面落实"以人为本"的精神，做好今年的有序用电工作。

建立规范有序的农村电力市场，减轻农民电费负担，是落实"三个代表"重要思想的重要举措，也是"人民电业为人民"的具体体现。在完成农村电网改造的基础上，进一步理顺农电管理体制，是农村电力客户和整修社会对电力行业的客观要求，也是电力企业自身发展的需要。义乌供电局将根据上级统一部署，结合义乌实际，适时稳妥地推进农电体制改革。

建设一流企业

义乌供电局原是地方所属电力企业，由于历史的原因，电网建设和企业管理与系统的企业有较大的差距。为了尽快缩小差距，增强企业的竞争力，实行代管后，该局把达标创一流作为企业中心工作，围绕"供电可靠率、电压合格率、线损率和电费回收率"加强治理，确保指标的先进性，有效缓解了由于义乌经济高速增长带来的电力瓶颈制约。去年500千伏变电所落户义乌，是市委、市政府和供电部门奋发图强、创新思维、齐心拓展电网建设新途径，为促进义乌经济发展和社会进步做出了应有的贡献。

为打造"义乌电力"品牌，义乌供电局以塑造企业良好形象、提高企业整体管理水平、增强企业凝聚力为目标，以形象工程、精神工程、员工工程、企业工程为载体，努力培育独具义乌电力特色、适合企业实际的企业文化。

义乌供电局积极探索现代企业制度在供电企业的实现形式，认真实践以人为本、以质取胜的管理思想，培养高素质的人才队伍，建立与社会主义市场经济体制和现代企业制度相适应的科学管理体系。加强计划管理，全面推进目标管理，实施企业战略管理，制订企业发展战略规划；调整机构设置，全面制定企业管理标准、工作标准，进一步规范各单位责、权、利的统一；加强专业管理，建立专业管理工作体系，加强激励和约束，使各项工作可控在控；以"职工小家"和"定级升级"为载体，突出抓好科室和班组建设两个重点，积极开展全面质量管理活动；强化成本管理，同时制定招投标制度，强化审计工作。义乌供电局以市场经济为导向、优质服务为主线、安全生产为基础、经济效益为中心、建设国家一流供电企业为载体，加快电网建设和营业网点建设，积极稳妥地推进农电体制改革，从而确保了义乌电力的快速持续发展，并使企业经营业绩达到了历史最好水平。按照"壮大多经，多元发展"的战略思路，进一步理顺主业与多经的关系，整顿多经企业经营行为，加快建立现代化企业制度，进一步提高企业管理水平、服务质量和社会信誉度。他们积极探索多经发展新路子，寻找新的经济增长点，多经企业多元化发展，整体抗风险能力明显提高。义乌供电局两个文明建设协调发展，去年被浙江省委省政府授予"浙江省文明单位"。

面对今年的新形势，义乌供电局2004年的工作总体要求是：以党的十六大精神为指针，认真贯彻落实全省电力工作会议精神，坚持以大发展为中心，按照义乌市委"新市场、新义乌、新视野、新发展"的要求，以全面、协调、可持续发展为主题，以安全生产和有序用电为重点，着力推进技术、管理、环境三大平台建设，以人为本全面完成企业改革、电网建设、经营效益、多经发展、优质服务、党风廉政六大任务，难中求进，进中求好，好中求快，全力推进义乌电力全面、协调、可持续发展。

（原载《市场报》，2004年3月26日）

金华电业局为地方发展提供动力

经历了今年双夏高温期最高负荷117万千瓦的冲击后，常规负荷在70万千瓦的浙江金华电网依然稳如泰山，没有出现一例拉闸限电。应该说，经过二十多年的建设，一个以500千伏为依托、220千伏为主网架、110千伏和35千伏相配套的现代化电网构架已经在金华大地上形成。不仅为金华经济的腾飞打下了坚实的基础，也为提升金华9个市县区的投资环境起到了重要作用。

刚搬入新调度大楼的国家一流供电企业——浙江省金华电业局，目前已拥有35千伏以上变电所72座，主变总容量达到581.16万千伏安，35千伏以上输电线路2530.3公里。今年前十个月，金华全社会用电量近50亿千瓦时，同比增长超过全省平均水平。配电系统供电可靠率和电压合格率分别达到99.9%和99.5%。

今年，金华电业局干部职工以"三个代表"重要思想统揽各项工作，按照当地电力发展战略构想和部署，抓住机遇，创新发展，做到以改革和科技进步为动力、发展为目的、创新为追求、创一流为主线、优质服务为宗旨，解放思想，扎实工作，使全局各项工作取得了新的成绩。目前，企业生产经营规模的主要指标实现了四个突破：企业资产总额突破30亿元，变电总容量突破500万千伏安，最高用电负荷突破100万千瓦，日用电量突破2000万千瓦时。各项供售电量指标继续呈现出强劲的增长态势，也体现了地方经济发展的良好势头。

由于金华电网抓住了国家双加工程、500千伏双龙变电所和城农网改造这几个重大的机遇，金华的电力建设突飞猛进。金华电网目前的供电能力，不仅已经完全结束了影响金华经济发展的瓶颈制约，还满足了全市经济发展的供电需求。

今年金华电网的各项建设令人瞩目，总投资6473万元、被列为浙江省电力系统超高压"四五六"抢建工程之一的500千伏双龙变电所二期扩建工程于5月27日顺利启动投运，新增主变容量75万千伏安。双龙变电所的主变容量由此达到了150万千伏安，不仅能够满足金华市今后几年的电力增长需求，还可为温州、丽水、衢州输送强大的电力。总投资2.97亿元、长度达200多公里的金华至温州500千伏输电线路也已投入运行。这条线路投产以后，我国最大火力发电的北仑电厂、正在扩建的温州电厂和新建的沿海现代化电厂将成为金华电网的直接供电电源，金华电网从此将拥有可靠的供电电源。已列为国家电力公司全国联网重要政治任务的福州北至金华双龙300多公里500千伏输电线路及相应的变电所出线间隔，11月5日投入运行。由此华东电网实现与福建电网的联网，双龙变电所也成为华东电网重要的电力枢纽。

今年前9个月共完成电网建设改造投资4.16亿元，建成投运了110千伏兰溪龚塘、永康芝英、浦江月泉、金华罗店输变电工程的横安线路工程等，新增主变容量20.15万千伏安，新建、改造线路49.74公里，另有6个输变电工程目前正在抓紧建设之中，年内将全部建成投运。作为浙江首批5个试点之一的金华婺城区农网建设改造工程已于去年4月完工，当年11月1日起在全省率先实现城乡电网居民生活用电同价。兰溪、永康、淳安农网建设改造工程已通过验收，今年10月份实现同网同价；磐安、义乌、建德农网建设改造工程也通过验收，11月实现同网同价；浦江、武义、东阳农网建设改造工程将于2002年初通过竣工验收，实现同网同价。

金华电业局管理跃上新台阶，带动了电网内县级供电企业管理水平的提高。兰溪市供电局于9月份通过了国家电力公司一流县级供电企业正式验收，跻身省电力公司首批通过"国一流"验收的县级供电企业行列，成为金华电网县级供电企业中第一家通过"国一流"验收的单位。目前已有六个县（市）供电局按照创一流工作计划，向更高管理水平迈进。今年，金华电业局提出了争取"十五"期间力争2003年提前达到国际一流供电企业考核要求，把金华电业局建成国际一流的供电企业。

金华电业局管理跃上新台阶，带动了电网内县级供电企业管理水平的提高。兰溪市供电局于9月份通过了国家电力公司一流县级供电企业正式验收，跻身省电力公司首批通过"国一流"验收的县级供电企业行列，成为金华电网县级供电企业中第一家通过"国一流"验收的单位。目前已有六个县（市）供电局按照创一流工作计划，向更高管理水平迈进。

电网的快速建设和企业管理水平的提高，为金华经济的强劲发展奠定了坚实的基础。今年前9个月新增电力客户6.52万户，比去年同期增长68.45%，新增容量46.25万千瓦，同比增长60%。目前金华用电管理所和兰溪市供电局的电力营销管理系统已建成投运，另有4个县（市）供电局的电力营销管理系统也已投入双轨制试运行；已建成规范化的乡镇供电营业窗口20多个。

金华电业局从完善供电服务监督约束机制、深化供电服务承诺入手、加大了行风建设和优质服务工作力度；向社会公开推出2001年供电服务承诺，并制定了《金华电业局社会服务承诺违诺处罚规定》《2001年行风建设和优质服务工作意见》《金华电业局行风建设和优质服务若干规定》等，明确提出了全网供电企业干部职工在电网改造、业扩工程和客户代施工中的"十个不准"；设立了总额为10万元人民币的行风建设专项奖励基金，实行行业作风建设举报奖励；出台的《金华电力110报修中心管理办法》，对受到客户投诉的报修中心工作人员做出了详细的处罚规定；并在互联网上开辟了金华电力客户服务系统，使广大电力客户能够及时、全面地了解供电业务指南、收费标准、用电常识和电力法规。具有全方位信息处理功能并与电力营销客户系统紧密关联的金华电业局电力客户呼叫中心，向全市范围内的电力客户提供用户咨询、故障报修、电费查询、用户投诉等方便和周到的无偿服务。一个全方位、立体化的多媒体客户服务体系，使金华电业局的电力营销服务正向着现代化方向大踏步发展。日前，一些新闻单位开展了"明察暗访说服务"活动，对金华电业局的管理和服务进行了全方位的检验，参与活动的新闻单位充分肯定了金华电业局。

据悉，明年金华电业局将在完成第二批农网工程低压电网改造项目1.5亿元的同时，完成110千伏及以上输变电工程建设投资2.7亿元；力争基本完成220千伏义乌大元工程建设，完成220千伏兰溪市曹家工程土建工作；

建成投运5座110千伏变电所的扩建、增容工程，新增主变容量31.15万千伏安，同时完成技改、业扩工程投资3000万元。全社会用电量争取达到74亿千瓦时，比今年增长9.5%。

电力企业面临千家万户，特别是两网改造和实行城乡居民生活用电同网同价后，点多、线长、面广的行业特点将更加突出，工作难度将进一步加大。电力体制改革也是势所必然，广大用户对服务行业的需求也随着社会的进步而提出更高的要求。所以，不管是在电网建设还是在内部管理与服务上，电业局都面临着更大的考验。

（原载《中国经济时报》，2001年11月27日）

现代农业高质量可持续发展的带头人
——记全国劳模义乌市义亭镇大楼村村主任楼国三

楼国三27岁成为金华市级人大代表,作为浙江义乌市义亭镇大楼村村主任、种粮大户、大专文化的农民高级技师,楼国三今年牵头流转了8个村的5000多亩稻田,并开始向观光农业发展,最多的一天观光客达2万多人。

成立合作社互助会

楼国三2006年5月牵头成立了义乌市健源水稻专业合作社,注册资金100万元,从事水稻生产、加工、销售全程服务,提供相关技术培训和咨询服务,开展农业项目和农业观光旅游等开发服务。如今,水稻种植面积已达5000余亩,年产值约1000万元。围绕粮食主导产业,合作社组建了专业技术服务团队,积极引进新品种、新技术,购买新机具,开展统一育秧、统一机插、统一植保、统一技术培训与服务、统一销售等"五统一"服务。

2015年6月楼国三又牵头成立了义乌市义粮资金互助会,并担任会长。互助会成员有33名,股金达540万元,主要作用是调剂会员间的资金余缺，解决会员从事粮食生产经营资金紧张的问题。运作采用"会员集资再服务会员"的办法，为会员提供生产资金帮助。发展农民资金互助会是义乌市农合联践行"三位一体"国家级农村改革，推动"生产合作、供销合作、信用合作"融合发展的重要内容。他们除了开展会员间的短期资金融通服务外，还为会员提供农商行贷款担保服务，满足会员的长期资金需求，通过资金互助会和银行贷款的杠杆撬动数千万元资金支持粮食生产发展。资金互助会实施会员大会、理事会、监事会的组织制度，坚持"组织封闭、对象封锁"原则，不吸纳非粮食生产从业人员入会；坚持内部资金互助，不向互助会会员以外的人员吸纳或借出资金；实行独立的财务管理制度。创建4年以来，帮助解决会员资金短缺问题共105次，累计帮扶互助金达2000多万元。

探索一二三产融合发展

2018年，在水稻规模化生产经营取得一定效益的同时，楼国三积极探索一二三产融合发展的新路子。在金华和义乌市政府的支持下，投资兴建了义乌市第一个以水稻为主导产业，集生态、观光、游玩、体验于一体的休闲观光农业园——西田稻香园。在保留传统农业种植方式的稻田里，增加了一些工艺简单、形象生动、创意独特的乡村特色景观。

西田稻香园占地222亩，园区道路等基础设施已初步建成，水稻新品种新技术等得到有效推广应用，休闲观光农业旅游已初具产业集聚效应。

日前，楼国三还组建成立了浙江万田农业开发有限公司，为进一步提升农业产业化水平、保障粮食生产安全、推动农业高质量发展，按照全面实施乡村振兴战略总体要求和义乌市委全会"对标自贸区、干实试验区"工作部署，开展农村土地整治工作，建成配套设施齐备、集中高产、具有较强抗灾能力、与农业经营方式相适应的基本农田。在土地流转的基础上，通过招商引进项目发展现代农业，实现农业现代化发展综合水平明显提升。

义乌市在全国率先开展农业"标准地"改革，分类管控和发展利用耕地，有效地推动现代农业高质量可持续发展。万田公司作为首家签约义乌标准地项目企业,体会到了"标准地"带来的好处。以前,土地流转要到百姓家里挨家挨户去签协议,需花一个月甚至几个月时间,而且土地也不够集中。现在,只要跟佛堂镇政府签约,只需用一个星期即可完成,而且土地还能集中连片。

农业的根本出路在于机械化生产。以前,由于土地分散,导致大型机械很难操作,现在土地集中连片,大型拖拉机、收割机都能操作,特别是植保无人机工作效率很高,实现了水稻种植的全程机械化操作。"以前土地分散时很难管理,现在土地集中起来,我们进行测土配方施肥和精细化管理,大大提高了水稻的产量。以前农药使用容易出现安全问题,现在是标准化、规模化、机械化、无公害生产,农药投入得到科学的管理及合理的使用,使农产品安全得到了很好保障。另外,村集体收入增加后,农户土地抛荒的问题也得到解决,增加了农户收入。"楼国三说。

楼国三始终严格要求自己,团结全村党员群众,积极投身各项农村改革发展事业,推动乡村振兴战略落地落实。自他担任大楼村村主任以来,大楼村的村容村貌发生了很大变化,获得了浙江省卫生村、浙江省A级景观村庄、义乌市一星级样板村等荣誉。

楼国三还被选为金华市第四届人民代表,并获得金华市青年星火带头人、浙江省售粮状元、金华市劳动模范、义乌市劳动模范等荣誉,2023年被评为全国劳模。他领导的合作社荣获"浙江省信用AAA级农民专业合作社""浙江省工商企业AA级守合同重信用单位""浙江省现代农业科技示范基地""浙江省示范性合作社""金华市一星级合作社""金华市知名商号""义乌市农业龙头企业"等荣誉。

(吴象水、陈新宇,原载《中国商报》,2019年10月9日)

义乌进博会跻身全球商品贸易舞台

作为义乌加快构建全面开放新格局的重要平台，于 5 月 26 日在浙江义乌市落幕的 2019 中国义乌进口商品博览会，专业采购商同比增长 48.41%。为期四天的活动共吸引参观者 11.96 万人次，其中专业采购商 4.88 万人次，较去年上升48.41%，分别来自 81 个国家及地区。

中国义乌进口商品博览会的前身为中国义乌国际小商品博览会进口展，创办于 2012 年，迄今为止已连续成功举办了八届。可以说，义乌进博会的历史就是义乌进口贸易的世界产品引进史，被载入了国际贸易史册。

世界商品聚义乌

自2008年以来，浙江义乌就以建设进口商品馆（现更名为义乌中国进口商品城）为载体，大力培育进口市场。2011 年，国际贸易综合改革试点落户义乌，进口贸易迎来了全新的发展机遇和一个新的平台。2012 年，为进一步提升义乌市场进口商品的价格竞争力，加快发展进口市场，首届义乌进口商品展应运而生，不过当时这届展会是与义乌消费品交易会同期举行的，作为展中展的形式出现。

时隔八年，义乌进博会的面貌已大不相同。在 2018 年义乌进博会以国家区域为划分的亚洲Ⅰ馆、亚洲Ⅱ馆、欧洲馆、美大非和跨境贸易馆等四个展馆基础上，今年又增设了一个馆，形成了亚洲Ⅰ、亚洲Ⅱ、欧洲、美大非 & 跨境贸易 & 浙江省国际友城交流、进口糖酒的新展示格局，参展规模进一步扩大，有来自俄罗斯、波兰、捷克、越南、马来西亚、印度、斯里兰卡等 85 个国家和地区的展商参展。

在展会扩充规模的同时，义乌的进出口额也在不断增长。据义乌海关最新统计数据显示，今年上半年，义乌市外贸进出口总值达 1331.7 亿元，同比增长7.4%。其中出口1291.1亿元，同比增长5.3%；进口40.6亿元，同比增长200.1%。

窗口的吸引力

作为义乌对外开放的重要窗口，义乌进博会为其进出口贸易的繁荣起到了重要的推动作用。

义乌市进口商会理事、欧美亚国际总经理罗丽是历史的见证者。罗丽是西班牙多个品牌葡萄酒、橄榄油的中国运营商，已进驻义乌中国进口商品城多年。对于在家门口举办的进博会，罗丽早已是"资深"的参展者。"这些年，义乌进博会始终围绕参展商、采购商等参展主体的需求不断做出改进，变化很大。"罗丽说，比如展会主办方会根据他们的需求设置一些专业对接会、采洽会等，今年就有商贸采购洽谈会暨西班牙产品采购对接会、大型连锁零售企业采购洽谈会、长三角客商义乌万人行等活动。

今年，罗丽所运营的品牌商品在西班牙馆亮相，西班牙也是本届义乌进博会的主宾国。据悉，2017年，博览会开始引进主宾国的概念。首届大会的主宾国为印度，去年为捷克，今年则是西班牙。

"博览会越来越强化主宾国的概念，会围绕主宾国的文化、产品等开展一系列推广活动，对于来自这个国家的参展商来说，他们的产品以及文化等资源能更好地在中国落地，真正看得到效果；而对我国的采购商来说，也能引进国外的元素，对接资源，开拓全新的领域。"罗丽说。

对于"一带一路"沿线国家和地区而言，义乌进博会的吸引力更大

作为阿拉伯联盟展区负责人，阿拉伯人卡尔观察到，从去年开始，"出口到中国的阿拉伯产品数量几乎翻了两倍"。卡尔把这一转变的原因归结为中国国内的政策引导和市场需求，其中最主要的就是义乌进博会的推动。这场全球化的国际盛会，正在释放出越来越多的溢出效应。

"义乌进博会已经成为国外日用消费品进入中国市场的首选展贸平台之一，很多国家的源头供货商，尤其是来自'一带一路'沿线国家和地区的客户，他们对来参展很积极。"义乌易镭电子商务园区开发有限公司负

责人王芳茂说，公司从2015年起就连续参展，可以说，义乌进博会见证了易镭的建立和转型进程，他们也见证了展会的成熟和壮大。

跨境电商催生新业态

近几年，跨境电商发展步伐加快，进口贸易也催生了新业态。随着义乌跨境电商综合试验区的落地，义乌跨境电商的进口体量也在快速增长。据义乌海关最新统计数据显示，今年上半年，义乌跨境电子商务进出口额为3.5亿元，其中保税电商进出口额突破3亿元。

与义乌进口贸易相伴相生的义乌进博会也在不断突破自我，逐年增设跨境电商相关展区，参展商的贸易形态亦更加丰富，其提供的服务也更为多元化。据展会执委会工作人员介绍，今年的展会设有跨境电商物流保税展区，拥有近110个展位。其中，金义综合保税区在去年首次试水进口展后，今年又邀请了保税区内的企业共同参展。

在今年展会期间，2019义乌进口贸易环境推介会、2019中国进口电商供应链峰会、2019中国零售业进口商品采购（义乌）峰会、"一带一路"海外新品首发会、采购贸易洽谈等活动陆续举办，均以经贸成效为导向，有效提升了展会的实际效果。

可以说，随着义乌进博会从"无中生有"到"无所不有"，如今的义乌已真正成为全球商品齐聚的贸易舞台。

（高宇立、吴象水，原载《中国商报》，2019年10月9日）

金华要做中心城市

"要加快把金华建设成浙江中西部的中心城市是金华今后一段时期工作的目标。"浙江省金华市委书记汤黎路认为，实现这一目标的关键是大力提升该市的工业化，积极探索城乡一体化发展道路，加速推进城市化。

汤黎路说，在加快推进现代化建设的过程中，要十分注意把握好工业化与城市化的关系。没有工业化就没有城市化的基础，没有城市化就没有高质量的工业化。从金华目前情况看，"两化"的重要结合点就是工业园区，要把加快工业园区建设作为当前工作的重中之重来抓。各级党委、政府要狠抓投入，狠抓环境优化，降低企业发展成本，提高服务效率，为企业创造一个低成本、高效益的创业环境。同时，要高起点、分层次做好规划的编制工作。汤黎路说，21世纪是城市的世纪，各级党委、政府要站在时代的高度，认真及时编制好城市总规划和各相关专项规划。今天编制的规划要包容今后发展的需要，要经得起历史的检验，要为今后长远发展预留空间。城市建设要舍得花钱投入，要坚持不懈地抓好旧城改造和新区拓展工作，努力改善人民的生活环境和居住质量，提高城市品位，增强城市的吸纳力和承载力，为工业化的发展提供更好的发展空间和载体，实现工业化与城市化协调发展。

汤黎路说，努力实现城乡一体化发展，要高度重视"三农"问题。近几年，金华把城乡一体化这个问题放到至关重要的战略地位上来研究。因为只有城乡一体发展了，工业化与城市化才有坚实的基础，这是一个更长远的战略问题。

在今后，金华一是要按城乡一体化的要求合理布局县（市）域范围内道路框架，让城市文明梯度推向农村。二是重点做好中心镇和中心村的发展规划，以规划指导建设。争取经过3年至5年的努力，率先在中心镇、中心村形成若干城乡一体化发展的先进典型。三是大力发展效益农业,实现农业产业化,实现农业增效、农民增收。四是要积极探索农村贫困户建立稳固的经济来源的途径和办法,加快山区开发步伐,积极引导农民劳务输出,移民下山,易地开发,走出一条发展的新路子。

(方宪文、吴象水,原载《中国经济时报》,2002年3月28日)

加快发展"浙中城市群"

中共浙江金华市委书记、市人大常委会主任汤黎路日前在接受中国经济时报记者采访时表示，金华要顺应潮流，加快发展浙中城市群经济。

汤黎路说，当前，以上海为龙头的长江三角洲经济圈发展越来越快，金华要加快发展，必须认清并顺应发展潮流，主动接轨上海。他认为，把金华建设成浙江中西部中心城市、加快发展浙中城市群是融入"长三角"最有效的途径。

汤黎路分析，接轨上海，不是简单地靠上去接受上海的辐射，而应是主动积极地双向互动的过程。要扬长补短，做到优势更优，短腿不短。当前，从金华实际出发，要建设浙江中西部中心城市，首先要在基础设施上形成一体化。他介绍，金华争取用8年时间构筑6条高速公路、6条城市快速主干线、12条快速公路网三个层面的交通基础设施建设。在产业上要和"长三角"城市实行错位竞争，充分发挥金华特色优势，重点是加快培育六大产业群，逐步缩小与"长三角"的产业层次差距。同时要大力发展外向型经济这一"短腿"，加入招商引资度。加大工业园区基础设施建设力度，提高园区建设档次，为大规模招商引资搭建平台。此外，还要加大创新力度，真正在体制、机制上融入"长三角"。

汤黎路还表示，在新的历史条件下，政府应积极发挥作用，找准位置，明确定位。要选择正确的发展战略，制定发展规划的基础上，重点搞好服务，努力为社会提供更多的"公共产品"；要加强宏观调控，努力创造更多的就业机会；要进一步建立健全社会保障体系，努力营造良好的发展环境。金华在建设浙江中西部中心城市过程中，要进一步解放思想，奋起直追，特别是经济较发达的义乌市，要努力在加快发展中当好"排头兵"和突击队。

（付关福、吴象水，原载《中国经济时报》，2003年4月21日）

百名博士汇一市，千位教授同故乡
——院士博士东阳行

近日，从世界各地赶来的200多名浙江东阳籍院士、博士齐聚家乡，参加以"学子爱家乡、科技兴东阳"为主题的博士大会。全国百强县（市）东阳历来崇尚教育，古往今来学风笃厚。"耕读传家、勤学苦教"的文化氛围，培养了大批科技精英人才，有"百名博士汇一市、千位教授同故乡"之美誉。如今，该市有院士9名，博士多名，具有副教授、副研究员等以上高级职称人才8000多名。

近年来，东阳市充分发挥"教育之乡"的人才优势，大力开发"东阳人经济"，广纳贤才，引进智力，以科技振兴东阳。先后举办了"百名东阳籍博士教授故乡行""百名厂长经理走出去"等活动。众多在外东阳籍博士积极为家乡经济发展出谋划策，运用自己的科研成果，与企业进行科技对接。目前东阳市已拥有各类企业研发中心48家，其中省级技术研发中心7家，金华市级技术研发中心6家。拥有国家重点高新技术企业9家、省级高新技术企业25家、金华市级高新技术企业24家。

此次博士大会，内容丰富多彩，有科技合作人才交流会、机械电子科技成果发布暨行业发展专题研讨会、医药化工科技成果发布暨行业发展专题研讨会、海外博士论坛、科技合作人才交流项目签约仪式、创新与知识产权保护专题报告会、引进金融投资专题报告会等。回乡的博士、教授还将走访母校，考察东阳江北新区、横店影视城等。

（吴象水、陈一点，原载《人民日报》海外版，2005年11月15日）

软硬兼施　苏溪开垦制造业洼地

浙江义乌市苏溪镇近年来工业经济不断发展壮大，随着该镇大力建设工业功能区，推出各项政策八方招商引资，更重要的是依靠特色服务赢得口碑，使得多家有实力、有潜力的企业落户苏溪，使得苏溪得以利用当地的各种优势打造制造业洼地城，为苏溪镇社会经济发展做出了重要贡献。当年该镇实现工业总产值112.49亿元，出口交货值21.51亿元。

至去年底，苏溪全镇范围内共有工业企业、个体工商户达3000家，重点行业是衬衫、无缝织造、针织纺织、饰品工艺品、彩印等。其中有十家亿元企业，分别为博尼、棒杰、超凡、友邦、沙洲、四达、绿迪、飞天、红督、罗杉；年产值2000万以上企业有38家；2011年，浙江华鼎锦纶股份有限公司和浙江棒杰数码针织品股份有限公司还成功实现了上市融资。

苏溪镇党委和镇政府十分重视工业经济发展，切实转变政府职能，提高办事效率，从资金、技术、人才、信息等方面，努力为企业发展提供优质高效的服务，做到用感情留人、用事业留人、用环境留人，使苏溪镇域成为经济投资的沃土，社会发展的平台，并为此推出了许多特色服务措施。

和国内各地一样，当前苏溪企业也面临许多困难，一方面市场疲软，销售压力大增；另一方面生产成本不断上升，尤其是资金和劳动用工紧张，导致企业融资和用工成本连年上涨，企业生存经营压力极大。在这种情况下，苏溪镇首先召开了"银企对接座谈会"，组织银行负责人和企业负责人面对面座谈，为企业向银行争取贷款提供了很大帮助。这一经验还被义乌市政府采纳，并在此后进行了推广，多次召开了全市的"银对接座谈会"，为金融系统服务生产企业起到了牵线搭桥的作用。一时间，苏溪镇为企业所做的特色服务远近闻名。

除此之外，苏溪镇为企业所做的特色服务还有很多。近几年，苏溪镇积极配合义乌市政府提出的"两创两提"要求，深入具体地做好企业服务工作。一方面，从完善硬件入手，着力建设了苏溪镇阳光大道、37省道复线、环城路等重点道路，并在主要道路安装路牌，为客商寻找企业提供方便，同时不忘逐年完善路灯、监控、交通信号灯、公共绿化等方面的建设，近年来为此累计投入上亿元的资金；另一方面，与企业加强沟通，及时为企业排忧解难，为企业发展营造良好的"软环境"。为此，除了一直坚持农历年上班第一天镇政府班子成员走访企业的制度之外，还要求分管领导和工商企业服务所工作人员，每月至少一次下到企业，并不定期召开商会会长、骨干企业负责人座谈会，主动参加商会、行业协会会议，听取企业的意见和呼声，在力所能及的范围内为企业尽快解决困难。对于当地难以解决的问题则及时向市委市政府和相关部门反映。仅去年就帮助企业解决了临时建筑审批、职工子女入学、处理遗留问题等多方面的问题，地方主动、热心和良好的服务使苏溪镇成为各类企业争相入驻的创业热土。

除了"软硬兼施"求发展，为企业营造良好发展环境外，苏溪镇还十分重视企业转型升级工作，极力引导企业从粗放型发展、从"贴牌生产"以量取胜转向自创品牌、自主研发、节能降耗、以质取胜的发展方向。在苏溪镇党委政府的大力引导和企业的积极配合下，目前苏溪镇已有市级企业研发中心6家，省级企业研发中心1家，中国驰名商标5个，省、市级名牌产品11件，省、市级著名商标18件，有15家企业通过清洁生产审核。

今后几年，苏溪镇将继续高度重视企业服务工作，坚持以科学发展观为指导，为义乌全市工业企业的长期发展壮大和工业经济的稳步提升创造良好环境，提供有力支持。

（原载《中国商报》，2012年3月23日）

东阳草席　漂洋过海

浙江省东阳市千祥镇彤弓村草席销售大户马丁灯忙着从各草席加工点收购草席，经过验收、包装，运抵宁波港出口阿根廷。据了解，在东阳像马丁灯这样从事草席外贸出口的"龙头企业"约有5家。

家庭织席是东阳农民的传统产业，已有260多年的悠久历史。进入80年代后，当地农民实现了由手工编织到机器编织的跨越，提高了功效，日产草席由原来的三四条猛增到上百条。由于利润丰厚，织席成为一门特色产业迅速在东阳农村兴起。该市目前已拥有各类草席机7000多台，草席平压、拉丝企业220多家，年产草席上亿条，约占全国同类产品的70%以上。去年，全市草席编行业销售额超10亿元。

为做大草席编业这一"蛋糕"，东阳市从调高、调薪、调大和调强四个方面入手，用新技术改造传统产业，有效提高了产品质量和档次。该市及时引导具有一定实力的草编企业运用"公司+农户"的经营方式，以龙头企业带动千家万户，解决一家一户销售难问题。积极鼓励骨干企业走出家门，冲出省门，闯出国门，做四海生意，发五洲洋财。去年10月，素有"草编大王"之称的马丁灯率先参加广交会，东阳草席赢得了外国客商的青睐，短短几天时间分别与芬兰、荷兰等客商签订了50万条外贸出口业务。继马丁灯以后，包淳海、陈益智等五家龙头企业，先后与欧美、东南亚的十多个国家签订了贸易意向书。

（原载《中国经济时报》，1999年3月20日）

政府对企业不再贴标签
——与浙江浦江县委书记杜世禄一席谈

临近商品城义乌的浙江省浦江县在过去几年中充分利用这个地理优势，大搞千家万户工程，使当地经济有了一定的发展，全县有一定积累的中小企业高达7000多家。下一步的发展之路应该怎样走?记者为此采访了浦江县委书记杜世禄。

记者：千家万户搞经济使浦江有了一定的发展，但是如果缺乏龙头企业的带动，企业数量多也没有太大优势。

杜世禄：我们已经意识到这个问题，但发展经济要一步一步来，不少人从事乡镇企业或家庭作坊式企业，为今后到市场上谋求更大的发展打下了基础。

从总体上看，浦江的企业目前还处于离、小、散的状态，主导产业、支柱产品还没有形成，吸引外资还缺乏资格，招商也有一定的困难。存在的问题概括地说有这么几条：一是家族式管理面临转型；二是产品档次低，没有形成品牌；三是大批中小企业观念上求稳怕乱，缺乏雄心壮志；四是一些想扩大规模的企业经常受融资难的困扰；五是群众的思想需进一步解放。

记者：认识到这些问题后，浦江有什么打算呢?

杜世禄：我们有这么几点想法，一是用改革激活企业主体活力，用政策引导，加大科技投入，扶优、扶强，争取工业上个新台阶。浦江工业去年增长12%，今年开局的情况也不错。但存在的问题是资产负债高，要抓紧时间进行改革，否则，越往后推，积累的问题会越多。当然，国企改革时，必然会带来下岗工人安置问题，我们会采取各种措施，比如利用资产盘活为工人就业创造机会。

二是扶持培养龙头骨干企业。这是一种战略思路。我们打算不分所有制性质，重点培养10家小型巨人企业，20家重点骨干企业，70家新兴企业，共100家形成三个梯队，梯形推进。这些企业的确定不再采用过去的做法，由政府说你是大型的，他是小型的。我们打算用一个统一的标准来衡量，具体标准定出后，各企业可自行对号入座，认为自己属于哪种类型，然后进行申报，由专门的资格评委会核准后，它就可以享受相应的扶持政策。

三是抓住重点项目，加大投入，形成生产规模。对打算新上的项目，既要瞄准有市场前景的，又要清理原来有问题的企业，使它们盘活存量。

记者： 据了解，你对于发展块状经济特别提倡。

杜世禄： 是这样，目前浦江的7000多个企业都是小企业，家庭作坊式的企业，这锻炼了农民认识市场、适应市场的能力，但是这种散、小的形式适应不了未来的激烈竞争。因此我们提出发展块状经济，其目标是：努力培养20个专业村，其标准是：30%的农业人口从事专业生产，带动一方经济发展。去年我们搞了10个行业协会，制定行规、行法，消灭小企业的无证生产，为他们能迈向正规的企业、朝大企业发展打好基础。

记者： 您认为政府在整个经济发展中应起什么样的作用呢？

杜世禄： 一句话，政策引导，激化主体，政府不要去包办，而是通过制定政策来调动市场主体的积极性，让他们自己去决定该怎么办，这样大家各司其职，发展的关系也就理顺了。

（李慧莲、吴象水，原载《中国经济时报》，1999年4月12日）

衬衫之乡转型探索绿水青山共富路

浙江义乌市大陈镇因"衬衫"而出名。20世纪90年代中后期,衬衫行业创造了义乌市工业发展史上辉煌的一页:企业数量占全国衬衫企业总数的十分之一;销售收入约占义乌市工业总产值的三分之一;大陈镇被授予"中国衬衫之乡"称号。

但是,随着市场需求、产业结构的快速变化,单一的工业经济已不足以带动整个区域的均衡发展。近年来,大陈镇依托自身山水资源优势,以全域旅游发展建设为核心,围绕产业转型示范镇和康养文旅特色镇建设目标,形成了以农业为基础、服装业为主导、旅游产业蓬勃发展的产业新格局,在绿水青山间探索出了一条共富路。

全域旅游绘画卷

在大陈镇东塘区域最偏远的红峰村,藏着一棵有1100多年树龄的古银杏,是义乌唯一的孑遗植物,直径约1.5米,树高30余米,至今枝繁叶茂,每年秋天银杏树上还会挂满果实。

随着大陈镇全域旅游的进一步开发,这棵百年来几乎无人问津的老树推进一跃成为当地知名的"网红"。每到11月中旬,游客纷至沓来,只为一睹义乌"树王"风采。微风吹来,片片黄叶簌簌落下,一把把小扇子似的银杏叶铺满了门前屋后。

红峰村主任陈泽金说,这棵古树曾经历三次火灾,至今顽强生长。久而久之,这棵树就成了村里最美的景点。随着网络的传播,红峰千年银杏已经成为当地人对深秋最美的期待。每年晚秋初冬时节,银杏由绿变黄,金黄的银杏叶随风飘落,地上铺满金黄色的落叶,极为壮观。红峰村因千年银杏热闹起来,文旅潜力也得以挖掘。

今年以来,红峰村动作不断:老屋改造、景观提升、村容整顿……靓起来的古村、壮起来的村集体经济、响起来的好评……不久的将来,这个历史悠久的传统古村落会以更完美的整体形象"出道",成为当地乡村旅游的一张新名片。

和红峰村同属东塘山区的北山村,则有着更为"传奇"的故事,全域旅游让这个"山洼洼"小村蝶变成为义乌北部最火热的周末游目的地。

北山村坐落在义乌最北端的山上,毗邻浙江诸暨市,海拔600多米。以前,因为地处偏远,四周被大山阻隔,只有一条小路可以进出,交通不便、信息不畅,北山村一直是个贫困的山坳坳。"那时,村里都是土瓦房,路也都是山路。改革开放前,我还觉得山里不错,但改革开放后不久,山里明显落后,村民太穷了。"北山村党支部书记楼劲松说。

随着全域旅游的兴盛,村子逐渐发展起来。"慢慢的,开始有三三两两的游客来北山呼吸新鲜空气。我家开了农家乐,主打面条。一盆手擀面、一个脆皮土鸡煲、一盘时蔬、一份笋炖腊肉、一笼清明粿,都已经成为经典了。"慢慢的,北山村开始把"卖毛竹"的传统经济变成"卖风景"的创新经济,游客越来越多。

春天山花烂漫、夏天竹海醉人、秋天果实累累、冬天雪景唯美。如今的北山村一年四季都是景,吸引着无数游客前往游玩。"谁也想不到北山村会发展得这么好,做梦都梦不到。"楼劲松说,村里还建了两个文化礼堂,分室内、室外开展各类活动,大家的生活富裕了,精神文明也没有落下。

如今,村民对外介绍说"我是北山人,欢迎来云端北山游玩"时,心里都无比自豪。

如今,红峰村和北山村取得跨越式发展,既得益于因地制宜搭上了乡村游的"快车",更得益于大陈镇全域旅游的统筹规划。近年来,大陈镇编制完成了全域旅游专项规划,投资1.1亿元打造浪漫八都、竹韵九都、古韵十都三条精品线,对31.2公里道路全线实施"白改黑"和"三色线"划定,建成游步道29.2公里、沿线公厕15个、停车场10处,景观绿化面积约16万平方米,成为义乌第一个"浙江省级美丽乡村示范镇",获评"两美浙江"特色体验地和浙江省3A级景区镇、国家卫生镇。全镇按照全域景区化标准开展美丽乡村建设,创建浙江省美丽乡村特色精品村2个、浙江省美丽宜居示范村2个、长三角最美乡村1个、浙江省特色旅游村1个,也培育了一批如龙山风景区、云端北山、十里樱花溪、马畈奇幻乐园等旅游景点。"五寺二院"的人文景观、卧薪尝胆的古越文化、历久弥新的茶桑产业、回报家乡的书院传承、一望无际的青翠竹海……共同绘制了至美大陈、全域旅游的美丽画卷。

产业升级创共富

大陈镇是我国衬衫单品生产基地。20世纪90年代初,大陈镇由衬衫行业带动的"繁荣"一度成为焦点,甚至被人们称为"义乌小香港"。随着国内外经济形势的变化,大陈衬衫产业进入了震荡期,呈现增长趋缓、利润下滑的态势。

2017年以来,作为浙江省服装传统产业转型升级试点单位,大陈镇积极推进衬衫产业转型升级,引导企业通过"机器换人、管理提升、品牌培育"等,提升产品品质与核心竞争力,实现高质量发展。

大陈镇累计实施"机器换人"45家,建成天驰·智能工厂、金邦服饰半自动化生产车间等试点11处,单线效益提升30%以上。疫情期间全力稳企赋能,为180家企业提供金融服务,帮助企业扛住了疫情的冲击。

同时,聚焦"发展空间受限"的问题,摸索谋划前山、镇东两大区块的空间拓展,边招商边谋划重大产业项目,整理出1200余亩的连片发展空间,用于新兴产业布局。

"中国要富,农民必须富。"早在20世纪60年代,大陈镇便因科学种田、粮食高产而闻名全国。好山好水才能孕育好农品。与义乌其他镇街相比,这些年,大陈镇生态环境保护成果显著、区位优势明显:森林覆盖率超75%,湿地保有量近100亩;八都-东塘饮用水源区成为浙江省水利厅、省生态环境厅公布的义乌境内唯一县级饮用水水源地;工业企业较为单一,工业污染小而可控;地处义乌"上风口",全年空气质量优良率95%以上……

如何打好"生态牌"并提高全镇农民的收入水平,是当地打造美丽共富经济的关键所在。

镇领导表示，要打破传统农业盲耕哑种、多小散弱的格局，必须打造品牌联盟抱团发展，让大陈好产品产得出，更走得出。2019年丰收节，在大陈镇党委政府的主导下，"大陈小集"区域品牌应运而生。

大陈镇党委领导说："在大陈，农产品不只是农产品，更是一种对外展示大陈农旅文化的媒介。"在丁艳丽看来，不少消费者对农产品的品牌认知度比较弱，不像衣服、手机等会认牌子，因此不能盲目推出高溢价的产品。"大陈小集"展现的是大陈的好山好水好产品，带来的其实是巨大的旅游资源，带动的是成百上千本土农民的实际收益。沿着这条思路，"大陈小集"上线后，大陈镇通过举办"春风生活节""农民丰收节""镇长当主播"等一系列活动，让农产品"上线"，吸引城里人"下田"，真正实现农旅结合带来的联动发展，为产品提质、为体验升级、让农户受益。

乡村智治新内核

有关专家表示，物质的富足为"共同富裕"这棵大树提供了养分土壤，精神的富有则带来了阳光雨露。在基层村居的治理中，如何让民意表达渠道更通畅、让事务办理更快捷透明，以提高群众的幸福感、获得感，是塑造乡村精神内核的重中之重。

"甬金铁路建设中，影响到了我们100多户村民的祖坟……"今年3月，大陈镇红旗村的村民注意到该问题后，马上联系村民代表，通过手机"钉钉"APP中的"智慧钉办"系统，将情况反映至镇矛调中心。

让村民没想到的是，有关情况立刻引起镇里的重视，由镇分管领导出面组织调解，短短几天时间便完成了移坟、赔偿等相关事宜，真正做到了"矛盾不出村"。

其实，这只是大陈镇着力以信息化、智能化手段统筹推进乡村治理的一个缩影。2019年9月以来，大陈镇在红旗村率先试点运行集网上办事、网上监督、网上公开等功能于一体的"智慧钉办"系统，有效推动基层政治生态优化好转。

"以前申请盖村里的公章，还要挨个去村干部家里签字，又耗时又费力，现在手机上提交一下，几分钟就好了。"让村级事项一件件都成为村民"掌中小事"的，正是村干部陈黎明率先开发使用的"智慧钉办"系统。

据介绍，通过全面梳理整合村级事项，"智慧钉办"平台上设置了党务、村务、财务等各大模块，"诸如村级重大事项决策、工程项目管理、困难补助申请、印章使用等全部纳入其中，最近我们还增加了新时代文明实践和党史学习教育两块内容，目的是丰富村民的精神生活。"大陈镇工作人员表示，平台对每个事项都绘制了审批操作流程图，明确办理依据、办理事由、审批权限、办结时限，实现"无差别受理、同标准审批、零自由裁量"。

此外，"智慧钉办"不仅服务于事项、证明的网办快办，更对干部监督、财务透明、"上情下达"等起到了积极推动作用。

"仅村级工程项目款支付监察单一项，从工程监理到村干部，再传至网格长、区域党委，到达镇里相关科室、镇分管领导，最终加上镇长后就需要最多17人审批签字。如果一趟趟'折返跑'非常容易出现人不在、找错人最终'白跑'的现象。镇村联办、事项网办后不仅解决了麻烦，审批卡壳在哪儿都一目了然。"在大陈镇纪委工作人员看来，"智慧钉办"还有效实现了"数字杀熟"，消灭了办事流程中"雁过拔毛""优亲厚友"等不正之风。

目前，"智慧钉办"2.0"村务清廉钉办"已在金华市537个村（社）全覆盖，并写入金华市《关于坚持和深化新时代"后陈经验"的若干意见》文件中，成为浙江省数字化改革揭榜挂帅项目。

今年8月29日，"村务清廉钉办"作为浙江省第一批数字化改革重要应用场景进行公开发布。"智慧钉办"犹如春风化雨一般，不仅让村民们享受到快捷通畅渠道带来的便利，而且丰富了乡村发展宝贵的精神内核。

（李臻、朱潇、吴象水，原载《中国商报》，2021年12月9日）

"兰花之乡"举办首届兰花节

日前,兰花之乡——浙江兰溪市,以兰为媒,举行首届兰花节,向人们展示兰溪特有的山光水色、风土人情。

兰溪历史上有"溪以兰名,邑以溪名"之说。据史料记载,兰溪兰花家养的历史发轫于唐末;到南宋时,一个为宫廷征集名花异草奇石的"采造务"机构就设在兰溪;明代,兰溪兰花发展进入昌盛时期,明武宗曾游兰溪的兰阴山观赏兰花,亲书"兰阴深处"四个大字,兰溪兰花一时名扬天下。

新中国成立以来,兰溪兰花的发展进入一个产业化发展的时期,"余蝴蝶""元吉梅"等流失在外的兰花名品相继返回故乡,1999年5月,兰溪获得"中国兰花之乡"称号。

兰溪山灵水秀,风景独特,人文古迹遍布境内,旅游资源十分丰富,其中"东方莎士比亚"、一代大戏剧家李渔纪念地芥子园尤为著名。为使海内外各界人士更好地了解兰溪,进一步加强与海内外各界的交流合作,活跃经贸往来,兰溪市人民政府在金秋十月举办首届兰花节暨2000兰溪金秋招商贸易洽谈会。

这次为期3天的兰花节将举行金华民间艺术现场表演、地方古戏斗台、兰花史研讨会、兰江水灯放漂、咏兰书画展、地方产品展示、经贸洽谈会等活动。

(周晓东、吴象水,原载《中国经济时报》,2000年10月25日)

遂昌要做"中国竹炭之乡"

日前，据浙江省遂昌县分管农业的副县长透露：遂昌县有望被国家林业局评为"中国竹炭之乡"。

地处浙江省西南部的遂昌县，区域面积2500多平方公里，22万人口，是一个九山半水半分田的典型山区县。生态立县的遂昌，有林地270多万亩，竹林达30万亩。全县农民人均年收入2440元中80%靠林业收入，2001年全县竹产业为1.5亿元，现有林业企业14家，产品从1999年开始远销国外。

据遂昌县"竹炭"协会会长、竹炭龙头企业老总陈文照介绍，竹炭用途无限，是21世纪的绿色环保产品。遂昌是国内最早开发"竹炭"产品的县，现在不少山农已经走出去到福建、四川、广西、湖北等省区开发烧竹炭产品。竹炭的用途可涉及各个领域，例如服饰穿戴、生物农药（竹醋液）、炭布炭板等。

陈文照还告诉记者：现任日本竹炭竹醋协会名誉会长的野林隆战先生已表示，明年将来他的厂"打工"，月薪仅需3000元人民币，"打工"的主要目的是看中遂昌依山傍水的厂址，做竹炭开发的深入研究。

（原载《中国经济时报》，2002年6月11日）

丽水市市长谢力群：跨越式发展不仅意味着速度

地区经济发展速度上去了，是否意味着该地已实现了跨越式发展？十届全国人大代表、浙江省丽水市市长谢力群的回答是：不能简单地从数字上理解，跨越式发展不能只讲速度。

谢力群代表说，所谓跨越式发展，就是指在一定历史条件下，一些地区、一些产业在某些特定时期的高速发展。通常是后发地区对先发地区超常规的赶超行为。跨越式发展可以是超常规跳跃式发展，就是某些领域可以通过借鉴先发地区的成功经验，依靠先进的科学技术和制度的创新，改变或跃过产业发展的自然进程，直接进入更高级的发展阶段。跨越式发展也可以是高速增长型发展，通过高速增长缩短发展周期，或几个发展阶段同时进行，例如工业化与城市化的联动，同时实现量的扩张和质的提高。跨越式发展还可以是重点突破型发展，即一区域内的个别地方或个别行业率先突破了均衡发展态势，实现了快速发展，然后带动其他地方或其他产业的发展。此外，跨越式发展还可以是非资源型发展，即打破本地资源约束和空间局限，发展非本地资源优势的产业或与之密切相联的产业，实现跳跃发展。因此，从以上意义上讲，跨越式发展不能单纯从数字上理解，不能只讲发展速度。跨越式发展包括地区基础设施建设、项目综合配套、产业集聚与产业转移，以及经济结构调整等丰富内涵。

在接受本报记者采访时，谢力群代表具体分析了丽水的情况。截至去年，丽水市经济增长速度保持在13%以上，这个数字与浙江省杭州、宁波、温州、金华等地的增长水平不相上下，但从经济总量上说，丽水却落在各市后面。因为丽水地处浙江省西南部山区，耕地面积只有5%左右，"九山半水半分田"，是一个典型的经济欠发达地区。在丽水，实现跨越式发展就是经济欠发达地区要跃过发达地区已经经历过的某个发展阶段，直接进入更高的发展阶段，从而成为浙江省的一个新的经济增长点，就是要实现丽水经济社会发展的全面进步。

（柏晶伟、吴象水，原载《中国经济时报》，2003年3月4日）

回报社会也是企业家精神

"目前，私营企业发展正处发展最好时机，私营企业家可以放开手脚大干快上，作为私营企业主，一定要以更好的业绩回报社会，为社会多做实事。"全国人大代表、浙江省永康市星月集团总裁胡济荣在接受本报记者采访时，道出了自己的心声。

土生土长的中国·星月集团，自20世纪90年代创办以来，已向国家上缴税款1亿多，自1998年以来连续四年成为浙江省永康市的纳税冠军，2000年度还上了中国私营企业百强排行榜（第19位）。

浙江永康是中国五金之都，已经走向国际市场。胡氏兄弟组建的星月集团，从一家炼废铝的家庭作坊式小厂到具有一定规模的摩托车制造企业，到组建中国星月集团，现集团已下属全资企业11家，控股子公司6家，参股企业2家，中外合资企业1家，资产总值近5亿元，员工总数3100多人，并设有浙江大学星月动力机械及工程技术中心、浙江大学星月动力机械及工程学科博士生科基地。

胡济荣代表表示，企业壮大了，个人富了，"我们更要致富思源，回报社会，回报社会是企业的社会责任，也是民营企业家精神的具体体现"。近年来，星月集团先后为社会公益及事业慷慨解囊近千万元。

（原载《中国经济时报》，2003年3月10日）

全国地级市首家"数字政府"在浙江金华启动

6月29日,全国地级市首家"数字政府"服务在线365建设项目正式在浙江省金华市启动。进入96365网上办事平台,可以下载政府各部门的全部审批表格,委托办理相关事务,实时查询办事进展;拨打96365语音电话服务平台,就可以找到相应职能部门反映情况、投诉问题、要求服务;96365短信服务平台,能随时把最新的政策文件信息、政务公开信息、办事进展或结果主动发给你,还能告诉你最近的治安状况和其他公共资讯。而96365市民邮箱平台,则为政府部门与普通百姓架起直接沟通的桥梁。这是由金华市政府与金华移动公司联手打造的数字化365公共服务平台建设的新招。

金华市一副市长说:"如何提高政府信息化水平,打造数字政府已经成为衡量一个地区综合竞争力的重要标准。从全国乃至于全世界范围看,数字政府建设主要有两个阶段:一是以互联网为基础设施构造和发展电子政务;二是在内涵上开始强调政府服务功能的发挥和完善。此次即将开展合作的'在线365'项目实现了第一阶段到第二阶段的跨越,充分表明数字政府建设在该领域的领先位置。在金华市人民政府和金华移动公司的共同努力下,信息化的便民平台、效能平台、廉政平台将会向我们走来;一场具有深远影响的信息化革命将会大大加速金华经济建设、社会建设的进程。"

据金华移动公司王文生介绍:为了深化行政服务、提高办事效率,金华各地普遍建立了"365"行政服务中心、"365"办事大厅、"365"便民窗口,这个集行政审批、政务公开、便民服务于一体的有形平台,为群众办事带来了实实在在的方便。随着信息时代的到来,在电子政务建设走在全国前列的金华,开始酝酿建立起一个数字化、网络化的"365"平台,不但可以作为有形"365"平台的有益补充、完善，而且是推进信息化建设和效能政府建设的有效载体。

在"数字政府——在线365"签约暨启动仪式上，浙江移动代表陶晟也强调：随着金华市电子政务网络建设的逐步完善，如何促进电子政务各项应用的推广，深化行政管理体制改革，成为当前的一项重要课题。"在线365"平台的建设思路，是顺应时代要求，全面应用信息技术，加快政府管理体制创新，建设效能政府的一项重要举措。据悉，"数字政府——在线365平台"项目，在未来1～2年，还将采用大量新科技出现大量新成果。

（原载人民网，2004年6月20日）

建设"生态磐安"

磐安县地处浙江省中部，是钱塘江、瓯江、灵江、曹娥江四大水系的发源地之一。近年来，磐安县围绕建设"生态县"这个主题，着重对环境保护法执行情况进行监督，突出对生态、百姓生活、生产息息相关的问题深入跟踪监督，有力地推动了"生态磐安"建设。

磐安县在"生态县"建设与环境保护法执行方面加强监督。2003年，浙江省委提出建设"生态浙江"后，磐安县委顺应经济社会发展大势，作出了建设"生态县"的战略决策，对环境保护法执行情况进行检查。县政府组织有关部门对全县36家污染企业全部进行了整治，对污染严重治理无望的11家企业依法关闭。特别是对地条钢生产企业进行治理，全县12家生产过地条钢的企业，6家注销了营业执照，其余6家停止生产，实行转产。依法查处典型森林违法案件，遏制了局部区域林政管理混乱的现象，建立和完善了长效管理机制，推动了"生态县"建设的深入开展。

磐安县在对水资源保护和开发利用方面也加大了监督力度。2005年9月，县委县政府在接到群众有关建小水电站将严重影响供水、灌溉、防洪安全和生态环境保护的来信后，紧急叫停两个电站的建设，维护了当地百姓的合法权益。同时，按照县人大常委会的意见，县政府加快了县城饮用水改造工程的实施步伐。确定了县城饮用水改造工程引水方案。整个工程预计能在2006年11月完工。届时，县城居民将告别饮用水污染的历史，用上卫生、安全的自来水。

对文溪安全设施建设的监督也是县人大及政府重点解决的问题。1998年以来，磐安县按照50年一遇的防洪标准，对母亲河文溪进行了全面治理，兴建标准防洪堤约10公里，提高了县城防洪能力，也为县城增添了一道亮丽的风景线。

（原载《市场报》，2006年5月8日）

店口靠品牌优势促发展

由"会稽不管、山阴不收"的穷山沟小镇，成长为综合经济实力居绍兴市第一位、浙江省"百强镇"第四位、全国"千强镇"第十八位，店口镇30年的历程见证了改革开放带来的丰硕成果。2007年，店口镇成为浙江省首批141个省级中心镇之一。

店口镇位于浙江诸暨市东北部，东连绍兴，北接萧山，镇域面积105.7平方公里，常住人口6.1万，外来建设者5万。

2008年全镇实现GDP59.16亿元，工业总产值686亿元，上缴国家税收5.95亿元，农民人均收入达24581元。

店口还先后被评为"浙江小城镇综合5改革试点镇""浙江省现代示范建设试点镇""国家级星火计划现代示范镇""全国发展改革试点小城镇"等。

工业产业集群升级

原中共店口镇委书记孙桂林告诉记者：店口曾是一个"会稽不管、山阴不收"的穷山沟小镇。穷则思变，20世纪70年代初，店口人开始了工业化进程的早期探索。党的十一届三中全会的召开，成为店口经济社会发展的历史转折点。在"以经济建设为中心"精神的指引下，店口迈入了改革开放的快车道。90年代初，原店口镇31个行政村，9223户人家，27500人口中有个私企业1374家，从业人员达1.3万余人。

1994年，店口镇中国南方五金城首期工程交付使用，产业与市场相依托，店口经济插上腾飞的翅膀；1995年，店口企业开始组建集团公司，向规模经营发展；2000年，品牌优势初步彰显；随着1999年管业发展起来，镇内五金、汽配、纺织、管业等几大支柱产业都已经建立起来，大量企业扎堆，推动了专业市场的形成；2001年，47家骨干企业的销售收入占全镇总量的40%以上；2008年，店口近4000家工业企业中，规模以上企业的产值占据了全镇工业产值的40.8%，同时产生了一批超大型企业。如在铜加工方面海亮集团在国内位居第一，世界同行业排名第五；制冷方面，盾安集团位列2006年度中国大企业集团竞争力500强第55位，至2004年，盾安环境上市，开启了诸暨民营经济上市的先河，店口成为全诸暨市唯一拥有上市公司的镇乡；丝绸纺织方面，虹绢集团现在生产的绢丝占到全国绢丝的55%。

工业企业急剧增加，产业集群升级。2008年，店口个体工业登记户数3925户，登记从业人员6.2万人；工业企业763家，500万元以上企业142余家，市级规模以上企业21家，上市企业2家，初步构建了以铜加工、制冷配件、中央空调、汽车配件、新型管材管件、绢纺绸等为主导的多元化产业格局。

30年来店口工业经济蓬勃发展。全镇GDP从1279万元跃升到59.16亿元，年平均增长22.70%，比同期全绍兴市平均增长率高7.9个百分点；工业产值从578万元跃升到686亿元，年平均增长36.71%；上缴国家税收从14.4万元上升到5.95亿元，年平均增长32.00%。

农业产业化进程加快

20世纪90年代中后期，店口出现了现代农业的萌芽。1998年，店口培育了黑李、杨梅等特色农业基地500余亩，并实施"一乡一品"农业发展战略。1999年，规划建立占地500亩的现代农业园区。2001年，镇党代会还明确提出了要加快农业产业化进程，扶持龙头企业发展。

以后，以珍珠、杨梅、花卉、生猪等特色农业为代表的现代农业发展迅速。2002年花卉种植面积达到1000亩，生猪养殖突破1万头。同时积极推广"绿色证书"制度，效益农业进一步发展。农业龙头企业得到培育，2003年出现亿元以上农业龙头企业和市级农业龙头行业。

店口农民人均纯收入从1978年的130元上涨到如今的24581元，增长了近170倍。店口是浙江省教育强镇，绍兴市教育基本现代化镇乡。2006年创建为绍兴市文明镇。全镇现有初中2所，小学3所，幼儿园5所，育蕾民工子弟学校2所。

店口大力支持各行政村、社区建设村级文化中心。全镇现有镇级影院、图书馆、国民体质检测室、门球场、篮球场各1个，健身路径4条。村级篮球场81个，门球场1个，健身苑23个，乒乓球室2个，图书室15个，文化公园1个。

外向型经济发展迅速

近年来，店口外向型经济发展迅速，2008年进出口总额超13亿美元。全镇现有各类商贸企业、商户3498家，从业人员万余人，占全社会从业人员的15%。2008年，全镇实现服务业销售额达到342.44亿元，同比增长26.60%；实现税收2637万元，同比增长20.58%。

2000年，镇内只有三家企业获得了自营进出口权，全镇年引进外资达到100万美元；2002年，店口镇新增自营进出口权企业12家，自营出口达到600万美元；2003年，出口交货值超过了10亿元。如今店口的加工贸易额占到了诸暨市的70%以上，自营进出口额已经超过11亿美元，外资利用规模迅速扩大，2007年实际利用外资已超过2500万美元。

此外，店口还积极利用海外资源。2000年后，海亮在香港、越南等国家和地区设立了分公司；2004年后，店口积极实施"走出去"战略，10余家企业到中东等地设立窗口，中小企业走出去的意识全面增强。

目前，店口镇营销网络遍布世界各地，全镇拥有自营出口权证企业70家，11家企业在9个国家或地区设立15个办事处，去年，合同利用外资5152万美元，实到外资2590万美元，自营进出口超过13亿美元。

品牌优势带动特色经济

2000年，店口提出了"抓要素集聚，促特色经济发展"的总体工作思路，规划建立2500亩的五金工业专业区。2001年，五金工业专业区一期建成1200亩，总规划1500亩的新型管业特色园区已获省政府批准。

2002年，五金工业专业区升级为国家级五金科技工业园区，二期工程兴建浙江省新型管业特色园区600亩一期建成。2003年，五金工业园区全部建成并运营，占地1000亩的新型管业园区工程启动。

2004年，强化园区载体，越山南拓，规划启动工业新区开发，完善现有园区规划，优化园区布局。2007年，在工业园区综合考评中，店口综合得分位居浙江省镇乡第一。

城镇建设突飞猛进

2004年，店口镇委托南京大学编制了总体发展规划。2006年店口镇从打造诸北小城市的高度提出了"一主二副二片四街"的零售网点空间和"一市一心"的建设结构布局。2007年先后立项5个亿元商贸项目，总投资达到15亿元。

2006年建成横山湖电排站、新汽车站、110千伏湄池变电所、城区引水工程等一大批重点工程。2008年投入近亿元，垃圾焚烧厂、城区13条道路等一批基础工程、民生工程相继建成投用，建成区面积扩大到12平方公里，建成区人口占到镇总人口的60.90%。

改革开放的30年是店口放飞的30年，是店口经济建设卓越、社会发展成果辉煌的30年。而今中心镇建设，更是时代赋予的重任。店口人将以更开放的思想、更开阔的视野、更创新的意识、更拼搏的精神，在改革开放的大道上继续高歌猛进，实现经济社会发展的更高跨越！

（原载《中国商报》，2009年6月12日）

祁红小镇建设快速推进

自2016年3月以来，安徽省祁门县平里镇华茗园茶业公司厂区便成了一个工地。四幢20世纪30年代祁门茶业改良场所建的厂房经过严格按照修旧如旧的办法进行大修后，一幢5400多平方米、两层高的现代化厂房拔地而起。"我们配合祁红小镇建设，投资1个多亿，将华茗园按照祁红故里文化旅游度假区的模式进行改造，老厂区将成为祁红文化博览园，新厂区则是现代化标准化企业。"该企业业主、浙江华茗园茶业有限公司董事长胡家华如是说。

祁门县平里镇"祁红特色小镇"建设是黄山市2016年确定的12个特色小镇之一。平里镇自然风光优美，阊江自此宽阔平坦，具有400年历史的古树林郁郁葱葱。该地是祁门县重点茶区和"祁红"发源地，拥有"祁红鼻祖"胡元龙故居、"当代茶圣"吴觉农创办的茶叶初制厂、中国第一所茶叶科研机构"平里模范种茶场"等祁红历史文化遗存。另外，平里镇具有良好的茶叶生产基础，现有茶叶企业共有10家，以茶产业为主题的休闲（旅游）企业1家，具备开发、建设"祁红特色小镇"的产业基础。

为全力保障祁门首个特色小镇建设取得成效，该县成立了祁红特色小镇建设领导组，从发改、财政、住建、宣传等部门抽调专人联合办公，每周召开例会，实施工作清单制度，落实重点项目建设"四督四保"机制，健全月、季专项督导机制，确保各项任务按时序进度落实到位。同时坚持规划引领，做到先规划后建设，开发和保护相统一。2016年3月，该县与浙江远见旅游研究院签订协议，围绕"产业、文化、旅游"，科学编制祁红故里特色小镇规划，多次召开专题会议征求意见，并于同年11月通过专家评审会审议。初步形成一带、一大组团、两大片区，即阊江水路文化产业带、祁红小镇核心组团、红茶主题康体养生区、红茶主题休闲体验区的发展结构。

该县将祁红小镇建设作为项目建设的重中之重。目前已安排第一批项目资金5000万元,重点治理平里镇3公里河道绿化亮化,启动双程老街恢复征地拆迁。同时,积极落实国开行新安江绿色基金1亿元。全面整合现代农业、扶贫开发、农田水利、危房改造、农村环境连片整治等涉农资金项目,并集中投向特色小镇建设,确保实现最大效益。为加快产业发展,该县积极招商引资,建设祁红特色小镇项目库,梳理一批优质项目对外宣传推介。继续做好华茗园招商项目后续服务工作,力促祁门红茶电商平台和古建筑移建项目尽快签约落地,深入谋划条播茶园和养生堂等重点招商项目。

目前,祁红特色小镇24幢房屋改徽、双程老街旧房拆迁、入口景观打造、华茗园茶厂建设以及古码头、梅南公园打造提升等工作正有序推进,祁红小镇将以"魅力祁红、茶祖故里"为主题,依托三大产业片区、四大特色产业及二十四个重点项目,全力打造祁红历史文化新地标。

(陈昌奉、吴象水,原载《中国商报》,2017年6月6日)

第三部分
铁肩担道义

【象水手记】

反映社会政治经济发展中的新动向、新问题是一个新闻记者的重要职责，得罪人不必怕，人间正道是沧桑。例如与胡雪良、苏旭合写关于锦都豪苑一文，为国家挽回巨额的国有资产，得到社会公众的认可。《义乌工业用地面临"退二进三"抉择》效果明显，当地至今还在实施"退二进三"政策。义乌市场低价格竞争的文章引发国际学者的登门拜访，且应邀任广东、湖北、河南等地的几十个市场的首席顾问。总之，一身正气，为民请命，是我从事新闻事业的追求。

国有资产层层流失　楼盘开发团团疑云
——浙江义乌"锦都豪苑"种种怪现象揭秘

在离义乌小商品市场中心点仅1公里的义乌江滨绿廊黄金地段,以低价投入弄到327亩土地的号称浙中第一楼盘的义乌"锦都豪苑",在房地产蒸蒸日上、获利丰厚的这3年来竟未盈利,义乌市锦都房地产开发公司的情况令人生疑。

一

2000年,义乌市经济开发区萌生了开发一片精品住宅小区的想法。一方面想借此弥补经发大桥和经发大道等开发区基本建设经费的不足;另一方面也是考虑到义乌还没有精品住宅区,与当地经济的发展不配套,希望通过精品小区的开发,提高义乌房地产开发的水平,提升义乌的城市形象。

项目交给了由义乌经济开发区投资组建的锦都房地产开发公司。虽然当时已有文件规定,土地转让实行公开招标,但锦都房地产以开发"锦都豪苑"外商投资住宅区为名,以每亩42.5万元的低价得到327亩土地,计划3年内完成整体开发,预算盈利1.5亿元。而当时同期开发的地理条件相对差得多的义乌农贸城房产的地价高达每亩96万元,按此计算,仅土地转让一项国家就损失了近1.8亿元。然而,现在农贸城房产有盈利5000万元,而地段好得多的锦都房产反而亏本,加上在建设、销售上的种种蹊跷现象,难怪义乌的干部、群众对此议论纷纷,举报、反映不断。

据了解内情的人士反映,该项目筹建之初,就来了两位"神秘"女士,强行入股,以50万元投入拿到9.4%的股份。两个月后,这9.4%的股份又被锦都公司以数百万元代价收回。

随后，注册资金为5000万元的锦都公司又由深圳海之容实业有限公司的高映民以拥有6%的股份（据反映，高仅出资30万元）担任了总经理，上亿元的国有资产就这样在既无承包合同，也无明确责任和奖罚的情况下交给了私人运作。

由于在工程管理中出现诸多问题，公司内部举报信与日俱增。经济开发区于2002年12月派员监管，并安排了收益审计。在此期间，一批管理人员先后辞职，而总经理高映民也提出异议，认为开发区干涉了"公司化"运作，并以健康原因向董事会请了长假。2003年3月中旬，高映民把所持股份以300万元私下转让。短短时间，高以30万元"博回"300万元，其损失自然由国家承担。

二

从房地产来讲，"锦都豪苑"当属义乌市最大的工程，A、B、C 3个组团包括商品房840套，平均每套120至130平方米，并另外建有别墅62幢、排屋42幢和1幢小高层。但是，在2003年4月，经义乌市审计部门对已完成开发销售的A组团商品房进行审计，其毛利只有1400万元左右，如果按照农贸城房产项目的地价计算，A组团的11幢商品房不但无利润可言，而且亏损2000多万元。

这样大的房产项目，当初如此低廉的土地投入，到后来却未能盈利，造成了国有资产白白流失，引起了当地老百姓的强烈不满。

而群众反映最强烈的是去年开发的C组团273套商品房。这批房屋在建筑时就因为种种问题，招致该公司工程部13名职工中的11名多次联名向有关部门举报。这些职工后来大多数遭到主持工作的何小林副经理的"开除"。据一直想购买C组团房而关注此事的人反映："锦都豪苑"C组团的房子并没有在义乌市场公开出售，而有人利用开发区主要领导调动之机，以均价每平方米2900元购入10套房子。实际上，该地段的房屋价格至少可以达到每平方米5000元。最奇怪的是，在义乌的房地产市场上，出现了"锦都豪苑"C组团房的"准购号票"，以每张十多万元的价格兜售。

一个义乌最大最高档的房地产项目，一个光地价就比市场价低1.8亿元的精品楼盘，在如火如荼的义乌房地产市场上，不但没有盈利，反而亏了本。如此"咄咄怪事"，实在令人不解。

据知情人士透露，事实上，不单是"锦都豪苑"，义乌市的国有土地资源的流失在其他项目上也非常严重。义乌市经济开发区当年以工业用地的价格出让3平方公里的土地，如今大部分却变成了商业用地，这些业主基本上都没有缴纳过地价级差税。如7层的大楼，现在一楼20多间店面出租给几家汽车销售公司在卖汽车及配件，二楼则挂满了"律师事务所""棋牌室""教育培训"等红红绿绿的招牌。这哪里是工业用地？显然已成了商业用地了。而三力大厦对面刚刚以商业用地投标的地皮，每平方米则达到了1万多元。两相比较，差价令人瞠目，损失的自然还是国家。

义乌的老百姓在问：国家的损失，该由谁来负责？

（胡雪良、吴象水，原载《市场报》2003年10月31日）

点评：

这篇报道产生了巨大的影响力。报道在人民日报社旗下的《市场报》头版头条见报后，被广泛转载。见报当天，义乌市委主要领导高度重视、立即指示市纪委介入调查、彻底整改，将流失的巨款全都拿了回来，及时挽回了国有资产的流失，保护和教育了不少的中层干部。

这篇报道的采编过程，体现了同行记者们真正深入基层，用脚采访、用笔还原的良好工作作风。因为长期跟基层干部群众接触，记者经常从第一线获取线索。他们从基层干部群众那里了解到义乌"锦都豪苑"的种种怪象后，立即意识到这是一个重大题材，于是马上动身采访。尽管受到不少阻挠，但记者们突破重重障碍，获取一手材料，以扎实的采访还原了真相，维护了社会公平正义。

这种油然而生的社会责任感不是一时兴起的，而是在平时求学期间就培养起来的。象水记者说，南大既教会了他写作的表达能力，也教会了他去勇敢担当，也就是铁肩担道义，妙笔著文章；很多时候，担当是需要勇气的，个人的肩膀是相对柔弱的，但想起南大的精神和风骨，觉得自己有了充足的精气神，应该去做正确的事情，而不必过多考虑付出的代价，只需要考虑社会是否需要。

（《浙江日报》记者 李攀）

义乌工业用地面临"退二进三"抉择

目前，义乌市域内政府历年出让的工业用地不少已演变成为商业用地，对此，有识人士认为，政府应正视其客观事实，顺应经济社会发展的趋势，疏导企业主把已经商业化使用的部分土地退出工业第二产业，变更为商业第三产业。理清用地性质，扼制工业用地混乱状态，保证工业企业健康稳步发展，进一步提高城市品位，这是历史发展的必然趋势。

义乌各工业园区大都紧靠主城镇，交通便利，商业发达。如今，那里的很多厂房已被业主改变成为商业店铺、酒楼和娱乐场所。这主要表现在：一是义乌经济开发区范围的经发大道两侧宾馆酒店、娱乐场所、汽车销售4S店、银行网点比比皆是，它们每每已经改变了原工业用地的性质，实际上已经成为商服用地。经济开发区1期（鹏城）区块沿街厂房90%以上已成商业服务业用房，那里流动人口密集，存在严重的安全生产隐患，已经不再适应工业办厂。当时它给大德宾馆、大德超市的地价是每平方米仅280元，现如拍卖每平方米起码超万元；而开发的"鹏城"毛地1平方米仅要50元。二是北苑"天恒酒店"周边商场、店家，幸福社区范围的沿街店面。三是徐村、九联、佛堂义南工业区内的各商业网点。四是苏溪的服装街。五是大陈二村的"托运市场"。

像上述这些，由于经济利益驱动，义乌市域内大量的工业用地已经被企业主擅改变成商业店铺。企业主低价取得的工业用地不用于工业生产，改头换面作为商业化使用，这直接影响了地方工业的发展，也造成了巨大的社会不公。政府隐性的经济损失难以计算。对此，有关部门不能视而不见，充耳不闻。

如何解决这个问题？要突破工业土地已改变成商业用地的瓶颈，整治土地拿得多而又商业化使用的"一本万利"的这一社会不公、引起民愤的弊病，记者认为，义乌也要像办市场一样"敢为人先"，解决好这些已经异化了的土地使用性质，将已经用于经商开店的理应补交工业用地与商业用地之间的差价，重新估价、补交差价，重新办理土地使用权证。

增值部分，建议政府按"5、3、2"分配，即政府拿50%、给企业补偿30%、用于改善"民生"20%，也就是利益再分派。政府逐个估价后，可先进行试点，成熟一个办理一个；如企业主不愿补交差价的，由政府收回进行重新出让，公开、公平、公正地挂牌和竞拍，也可以限期让业主"退商还工"。

不少有识之士与企业主还认为，义乌市委、市政府如能正确面对现实，出台土地使用问题上"退二进三"的策略，全市此类土地可能增值数十亿元，这是政府、企业主、城镇居民三方得益的大好事。一是政府得大头；二是使企业主的土地一夜之间增值数十倍，企业主向银行贷款抵押方便，能有效缓解"融资难"，企业主可扩大再生产，银行也可放心运作；三是失地居民能享受到土地增值款，用于养老保险或下一代的升学就业基金等民生项目。

记者调查发现，这种对部分已改变用途的土地进行"退二进三"改革，进行就地改造、自由开发、自主平衡的政策，可以在条件成熟的地方搞试点，有的领导非常关心，也有的企业主表示响应，老百姓更是拍手叫好。

预计，"退二进三"的政策，既能化解土地使用社会不公的消极因素，又能促进土地资源的再分配、再利用来提高城市品位，符合经济发展规律，与上海老工厂"退工进商"一样，是民心所向的一场变革。人们归纳为：一是有利于企业盘活资产，二是有利于政府增加收入，三是有利于国家增加税收，四是有利于社会增加就业。

（原载《中国商报》，2009年4月28日）

金华破获特大网络赌博案

记者从浙江省公安厅获悉：经过36天的艰苦努力，浙江省金华市公安局近日成功侦破一起发生在义乌周边地区，利用国际互联网，以"百家乐"进行跨国赌博的特大案件。

据金华市公安局负责人介绍，以义乌市为主的跨境特大赌博案，是新时期的高科技（计算机）犯罪，涉案金额达数千万元，在浙江省乃至全国都是罕见的。该案在金华市已抓获涉案人员47人，其中刑事拘留22人，治安拘留12人，取保候审2人，教育待处理11人。

利用国际互联网以"百家乐"方式组织跨国赌博是一种在我国刚发现的新型犯罪，由于涉赌人员以私营企业老板为主，下注赌资少则几千元，多则十几万元，若任其在社会蔓延发展，不仅严重败坏社会风气，还直接危害私营经济的正常发展。

根据调查，这种"百家乐"赌博，赌客在金华，场在缅甸。其流程为：国内的组织者与缅甸赌博集团联系，谈好利益分成；而后国内的组织者招募人员组成专门的成员，成员中有的人被派往缅甸赌场进行现场操作，如"洗筹码""下赌注"等；成员中的另一些人则留在国内负责召集参赌人员、赌资交割转兑等；参赌人员通过登录国际互联网指定的网址，可亲眼看见缅甸赌场的情况，参赌人员根据计算机显示的赌局情况，决定是否下注及下注的赌资数额，并告知赌博组织者，再由组织者电话转告在缅甸赌场现场操作的同伙直接下注；这种赌博方式是用互联网的视频技术现场直播境外"百家乐"赌场的情况，输赢情况能实时得到确认，赌资和输赢额均由组织者通过银行汇兑转账方式支付和提取，而为首组织者则按赌资的1.5%和赌场赢利总数的5%或6%提成获取暴利。这种赌博方式输赢巨大，有的企业业主一个月内就输掉了辛苦创业几年的积蓄，严重影响了地方经济发展和社会秩序稳定。这种赌博活动已从义乌辐射至周边的金华市区、东阳、永康、浦江等地。

中共浙江省委和浙江省公安厅领导对此案十分重视，抽调省市三级公安机关的精干民警组成专案组，明确目标，明确重点，明确责任，精心部署，多警协作，内外结合，仅月余就一举侦破。

（原载《人民日报》，2004年7月12日）

义乌红糖储量大,急等贩运通渠道

义乌红糖去年产量大增。在佛堂、稠城、义亭的红糖交易市场上,自去年十二月初新糖上市至今,每逢市日,上市量多至三四百担,少则上百担,近日每斤讨价仅四角左右,低于国营牌价,但买者甚少,大批红糖滞销。据调查,目前糖农一家储存几十担糖的比比皆是,急待有关部门沟通购销渠道。当然,糖农有糖在手,不愁无处去,可以先放在家里储存,待市面销路好,再投放市场。然而与此同时,我省不少地区,红糖还在限量供应,群众买红糖甚难。依笔者之见,现在工商业部门都在搞承包,个体商贩也大批涌现,如能看准行情,到义乌贩运红糖到缺糖区,薄利多销,定可一举多得。

(原载《经济生活报》,1983年3月2日)

金华火腿怎么了？

有的金华人说，金华火腿要"上吊"了；有的金华人说，金华火腿要倒牌子了；不少人实话实说，金华火腿被人抢牌了！

据旧金华府志记载：金华火腿始产于唐，盛于宋。生产地域只在旧金华府属八县，即现在的金华县、义乌市、兰溪市、东阳市、永康市、磐安县、武义县、浦江县。金华火腿在清光绪十三年开始销往国外，1915年在巴拿马万国商品博览会上获得一等奖。不少国内外宾客是先知道金华火腿，再知道金华这个地方的。金华火腿早就成了金华的代名词。

早在1979年10月31日，金华市浦江县食品公司经国家商标局批准注册了"金华火腿"商标，可是在1981年浙江省食品公司主持召开的一次计划经济会议上，以"三统一"行政手段，派人到浦江县食品公司要其在"商标转移注册申请书"上盖章，无偿强取商标权。而1985年，浙江省政府决定全省食品企业下放给县市管理，此时，省食品公司却只放企业不放商标，不还金牌。

金华火腿长盛不衰，最主要的因素是，以中国名优猪种"金华两头乌"的后腿为原料，加上金华地区特殊的气候条件和民间千年留下来的制作方法，具有独特的地方性，离开这个特定的地域，是腌制不成这个拳头产品的。

金华火腿的商标权被省食品公司在计划经济时期拿去后，只要向其交纳商标使用费，在外地生产的火腿也能叫金华火腿，目前浙江省已有杭州、绍兴、台州、丽水等6个地市的20多个县在生产金华火腿，而金华一些火腿厂自己向国家商标注册了宗泽牌、皇中皇牌、美福牌等牌号的金华火腿，因为不肯向省食品公司交钱，却被指责为冒牌金华火腿。凭着"金华"两个字，浙江省食品公司每年可以从金华所属县市的各火腿厂收取

"皇粮"——近百万元的商标使用费，另外卖塑料包装袋、塑料圈等还要再赚一把钱。

在火腿销势良好的年份，省食品公司还要运用商标管理权，以压低价格强制向金华一些火腿厂家收购成品火腿，转手销售得利，如金华有家小厂，年生产两万只金华火腿，省食品公司商标管理组却前去"协商"要收购一万只，当时市价每公斤24元，省食品公司却只肯出19元，光这笔差价，这个小厂就损失20多万元。而在火腿销售形势不好的年份，省食品公司却连供销广告都不肯做。目前，金华火腿质量下降，许多厂家出现亏损，而这些省食品公司却不承担一点责任。

因此，现在广东、福建、南京、香港的一些食品加工厂家，都亲临金华地区选购正宗的金华火腿进行深加工，做进了月饼、八宝饭、饼干、罐头中去，这些独具慧眼的企业家，仍认为只有金华地区生产的才是正宗金华火腿。上海有家老字号火腿行把那些金华地区以外生产的体积过大、外形欠美、味道太咸、香气不足的称之为"浙江火腿"，以示与正宗金华火腿的区别。

目前，一些浙江省火腿生产厂家，到四川、湖北、江西等省收购鲜腿在当地初加工，然后长途跋涉运回浙江制作，粗制滥造，鱼目混珠当作金华火腿，蒙骗消费者，而只因未向省食品公司交钱，金华的千年看家产品，如今却成仿冒。于是金华46个生产厂家和430万金华人民喊出"还我金牌、还我商标"的呼声。

国家工商总局已出台《集体商标证明商标证明管理办法》，据此，依法撤销金华牌火腿的商品商标，将金华火腿注册证明商标，因为证明商标可以保护我国名优土特产品，在国际上工业产权领域中叫作"原产地"，即指产品特殊的品质是由地理环境，特别是自然因素和传统的人为因素决定的。如果将"金华火腿"注册为"证明商标"，在金华市技术监督局内增设"火腿监制科"来进行统一管理，就能从根本上抑制金华火腿的质量下降和假冒伪劣，不倒人们的口福，保留祖先留下来的这块千年名牌。

（吴象水、倪志集，原载《中国经济时报》，1998年3月30日）

金华火腿要保牌子

目前假冒伪劣金华火腿充斥市场，严重威胁着这块千年名牌的声誉。出现这个状况的根源是：浙江省食品公司与浙江金华市对金华火腿"商标"归属的纷争不断，致使管理失控，让制假者乘虚而入。

金华火腿商标是浙江省食品公司下属的浦江县食品公司注册的。1981年1月20日，浙江省食品公司以金华火腿从1956年开始就是全省统一经营，统一调拨，统一核算的"三统一"为由，使浦江县食品公司将商标专用权无偿转让给省公司使用。为了商标的专用权，双方都曾告上法院。1995年7月，浙江省政府曾进行协调。

现在金华方指出，金华火腿与茅台酒、绍兴酒一样只能出在原产地金华所属的9市县区，除此之外生产的都不能叫金华火腿；而省公司发的理由是，金华火腿是上千年的传统产品，金华地区自从1949年以来就延续管辖过22个县市，而省公司自1956年起，就对金华火腿做统一生产与管理的工作。因为双方各执一词，矛盾难解难分。

有关人士认为：金华市与省公司都要珍视"金华火腿"这块老祖宗留下的"牌子"，共同携起手来面对现实，依法办事打假治劣。

在记者采访中，双方的几位有识之士提议：一是要制定浙江省统一的"金华火腿"标准，包括系列小包装的标准；二是要开展"百家火腿厂无假劣货"活动，凡是销售金华火腿的商店要有类似"三包"的承诺制；三是有关执法部门应加大力度配合打假治劣，尽量减少双方的内证；四是以金华火腿为"龙头"，应该为各种牌号的火腿营造公平竞争的机制，让厂家以质量来取胜，创自己的品牌。

（原载《中国经济时报》，2000年1月28日）

破释义乌"高利贷"旋涡

民资富裕的义乌,一个县级市各金融机构存款余额近1000亿元,现法院受理的1000万元以下民间借贷案子已达4000件。专家预测,目前浙江游资有8000亿元,温州游资有3000亿元(含炒房团),义乌500亿元游资中有200亿元涉入民间"高利贷"。由于近年跨行业经营突起,再加上银行信贷紧缩,义乌高利贷月息达到3至6分甚至9分。国家银根收缩使义乌部分企业陷入"高利贷"的旋涡中,有的已在这深水中淹没,如义乌金乌集团3月18号下午在东阳白云宾馆5号会议室召开的高利贷清账会议上,70名债务人的数额竟超10个亿,6月初老板张政建远走国外,债主无法讨钱;工厂在义乌后宅的浙江澳力莎服饰有限公司举债2681万元,厂里的机器都被债主抢光;由于高利贷,义乌大名鼎鼎的"一凡"公司进入法律执行秩序;义乌市保兴汽车销售有限公司被查办等,全市有20多家企业岌岌可危。当地政府应尽全力帮助企业走出高利贷的阴影,重归健康发展之道。

放贷的资金来源

义乌30年创办市场的历程,使民间积累了深厚的资金源,加上外来游资看中义乌市场这块热土,民间融资比较容易。据分析,高利贷资金源一是来自部分企业,因一般的企业年利润不会超过总资本投入的20%,而高利贷月息一般按5分计,一年有60%的利润,使一些家族式企业主说了算的企业就不务正业,把资金投入了高利贷。义乌现有10多家外来银行无人管、乱放贷,充当企业倒闭的帮凶,这些外来银行对企业越好越捧、越差越打,是导致高利贷泛滥、企业死亡的重要原因。二是摆摊开店的个私经营户,这些人中千万元户比比皆是,他们经不起比银行利息多得多的高利贷的诱惑,拉一些亲戚朋友一起做。三是政府官员的资金,现在对反腐败、受贿查得很严,个别人就采取向企业放高利贷的手法,多的一年利息收入就达三四百万元,而这一部分人有很强的向社会借款融资的能力，部分游资也依托他们的权力。四是无序管理的典当行、担保公司、金融投资公司等，这些从温州地下钱庄派生出来的挂羊头卖狗肉的所谓正规企业，最让人们深恶痛绝，他们有的上找靠山，下收打手，人们敢怒不敢言，高息不敢不付。

高利贷资金的去向

义乌高利贷资金的去向一是买土地做房地产，地价挂牌拍卖，房地产业多是老板个人说了算，地价越炒越高。如义乌后宅街道挂牌8亿元的一块地，被义乌"金城房产"以12.5亿元摘牌，银行贷款不足部分只能向民间高息融资，当然最受益的是卖土地的政府单位。二是股票投资，有的人投资股市越套越深，用借高利贷的钱来平均和降低被套的股票成本，如两个原本有二三百人的企业，本不需要向银行借款，步入股市后，每人都向社会借3至5个亿，可谓上了"贼船"不能自拔，需要政府解困。三是异域投资、转贷拆借，近年来义乌考察取经，招商引资，开采矿山等项目的人不少，该类项目经过银行的短期贷款到期需先还再贷，拆借资金一二个月的，也只能向民间高息借款。四是境外赌博，高消费。近年去澳门、香港赌博的人一直不间断，如10年前就达亿元资产的某某，出境后，向民间借高利贷，几处义乌黄金宝地的房产被人抵押，落得个给人家当门卫；为了能借到高利贷，一些人头奔驰宝马等高档车和买一两百元一包的高档香烟摆派头，有的是甚至花大钱竞当干部。

日前，浙江宣布全省进行小额贷款公司试点，8000亿元潜伏在民间的资金将浮出水面，跃跃欲试争相注册小额贷款公司的大有人在，根据有关规定，小额贷款公司70%的资金将用于发放不超过50万元的小额贷款，也就是说将面向中小企业，按规定义乌只批2家。有人估计1998年义乌打击地下钱庄时就有70多家，预测现在如果全放开，义乌小额公司能超100家，因此如何使民间资金上岸，启动小额贷款公司试点工作是老百姓非常关切的课题。也有人预测小额贷款公司如只放不储生存时间也不会长久。

（原载《中国商报》，2008年8月12日）

再释义乌民间"高利贷"

目前,浙江义乌人民法院受理的民间借贷纠纷案件已从8月份的4000多件增加到了6000多件,这在全国屈指可数。民间融资是一把双刃剑,本身存在高利率,高风险,企业一旦涉足,就难以自拔。像义乌这么多的案子,一个县级法院的大部分人员腾出节假日休息时间来办理此类案件也难以应对。据有关人士介绍,今年最发财的是义乌律师。苏溪镇有一位律师还充当法院职能,一个人处理了某村委会主任5900万元地下借贷的案子,社会上也无可厚非。

据《民间融资知识宣传手册》介绍:"高利贷利息,民间借贷的利率可以适当高于银行的利率,但最高不得超过银行同类贷款利率的四倍(包含利率本数)。超出此限度的,超出部分的利息不予保护。"靠小商品市场发财的一些义乌人,起初是根据这一条,按基准利率7厘多计算,一般利息按月3分计算进行放贷。前两年,随着国家的银根紧缩政策推出,义乌市跨行业经营"房地产"的老板剧增。民间高利贷利息一度突破月一角钱,也就是说一年要用120%的利润来支付高利息,故不少有识之士早就断言:借高利息的企业破产的概率是100%。目前义乌高利贷的现状一般是月8分利。

老板缘何出走

素有"中国衬衣之乡"之称的浙江义乌大陈镇是义乌高利贷的重灾区,那里的金乌集团、南国制衣等企业的老板,举债多达10亿元以上。自今年清明节祭祖后就远走他乡、人去楼空。有的厂房被债主洗劫一空,据南国制衣老板的母亲介绍,连电灯泡都被拿得仅剩2个。

一个在香港注册的房地产分公司在湖南搞房地产,总部却设在义乌,还设立了"法理部",目的就是进行民间非法融资,预计圈钱数亿元之多。11月中旬老板被义乌警方抓获归案。此类严重影响义乌老板信誉的人与事,导致义乌域内诚信出现危机。当然,老板们的远走高飞是债台高筑,无法应对债主的催讨所致,也使银行的不良资产率不断升高。

高利贷牵出官员落马

今年10月7日,义乌警方根据群众举报,在义乌某处将涉嫌非法吸收公众存款的犯罪嫌疑人、福田农庄主抓获归案并依法刑拘。据交代,到10月为止,其欠社会上60余人共计数亿元本金(不含利息)不能归还,并有银行贷款9000多万元未能归还。由于债主逼债,老板曾一度离开义乌躲避在杭州。因此,义乌警方已对犯罪嫌疑人公司的相关涉案项目进行控制,并正在对受害人进行调查取证。义乌警方介入打击民间高利贷的做法深受广大义乌人民的赞扬和欢迎,因为义乌人受"高利贷"危害实在太深了。业内人士分析,义乌经侦人员再增加两倍,也难以应对目前的非法融资案件。许多被骗走"血汗钱"的老百姓苦不堪言,有关部门怎样来保护这些人的利益,是一个重大课题,值得大家深思。

如何应对高利贷

据专家分析,现在义乌企业风险程度可分为五类:一是担保替偿型;二是主业不突出跨行业投资过度型;三是搞房地产民间融资型;四是法律诉讼、纠纷、罢工等债主外逃型;五是涉及上述两种类型或两种以上的混合联体型。这些年银根紧缩政策和对房地产的打压导致民间高利贷盛行,记者在社会调查中发现,义乌某村半个村的人家在义乌开"当店"放高利贷,与银行、企业拉关系,专靠高利贷吃饭。

高利贷发展到现阶段,有的纯粹是骗钱。朋友骗朋友,亲戚骗亲戚,钱一借到手就是他的,甚至出现跪着讨债和雇用"黑道"的状况。高利贷打乱了社会原有的信用体系,破坏了正常的民间传统诚信基础。义乌一金姓企业家提出了应对高利贷的运作方案,帮助企业走出困境,建议成立"企业风险应急基金",他的方案是:

一、结合当前金融危机，企业进行联合自救和互救相结合。由政府倡导，银行组织，企业自发成立联合基金（500万~1000万元为宜）。

二、基金由行业协会牵线企业自愿筹资建立。基金专项用于各成员企业在银行借款的应急还款周转。

三、成立协调小组，经政府认可，由小组代表与银行、工商、财政等部门共同管理，进行封闭运作。

四、基金风险管理。用资企业需要提前申请，按照《企业风险应急基金管理办法》进行操作管理。

五、基金应该有偿使用管理，使用期限一般为3天、5天、7天（利息按人民银行的基准利率1.8倍计算）。所得收益为协会公共利息，以年计算分红，发挥行业协会志愿管理作用，零开支。

据经济学者透露，民间借贷要从地下走向光明。

（原载《中国商报》，2008年12月23日）

规范市场秩序决不手软

"义乌必须大力实施'质量立市、信誉兴市'的战略,绝不能因贪眼前利益,而放弃长远发展,绝不能惋惜因整顿非法经营户而减收的税款,宁可少收500万税收,也要彻底整顿和规范市场经济秩序,坚决关停、取缔市场的非法经营户。"这是中共浙江省义乌市委书记厉志海日前在部署检查整顿和规范市场经济秩序工作时说的一番话。

根据中央关于整顿和规范市场经济秩序工作的要求,义乌市委、市政府对这场整治工作十分重视,成立了专门的办事机构,其浩大的声势是前所未有的。义乌既是全国最大的集贸市场——中国小商品城的所在地,也是全国个私经济最活跃的地区之一,同时也是这次浙江省整治工作的重点。

厉志海书记坦言:义乌的市场能发展到今天实属不易,因为市场既是启动义乌经济社会发展的生命源,也是推动义乌经济社会发展的动力源。义乌是全国最大的小商品集散地,更要成为全国打假的一面旗帜。

目前,义乌市区拥有市场总面积70多万平方米,经营摊位3.5万个,经营人员7万多人,日均客商16万多人,市场汇集了28个大类10万余种商品,日货物发送量2000多吨,年商品成交额200亿元。义乌市场还汇聚了国内外4000余家知名企业的总经销、总代理,有美国、韩国、巴基斯坦等十多个国家和地区的企业、商人在义乌设立商务机构或采购点。在海内外还建成了30多座分市场及小商品配送中心。

厉志海说,要保持义乌市场的繁荣和发展,必须提高品位,提高知名度,决不能让少数非法商贩"赚黑钱"的不法行为影响绝大多数人的利益,影响市场的信誉,影响义乌发展的大局。

去年以来,义乌各职能部门共出动了检查人数4.1万人次,查获假冒伪劣案件总数2734件，总标值5000多万元，立案查处2645件，其中案值10万以上及罚没款1万元以上的大要案783件，罚没款总金额达1598万元；共捣毁制售假冒窝点434个，吊销营业执照40本，取缔非法行医诊所28个、无卫生许可证150户，销毁假冒伪劣商品标值1286万元，公开处理了制售假冒伪劣的违法犯罪分子68人。

（原载《中国经济时报》，2001年5月16日）

为糖农呼吁　义乌十万吨糖蔗告急

编辑同志：

今年义乌糖蔗大丰收。据了解，全县可收糖蔗二十六万吨，义乌糖厂收购制糖八万吨，糖农土榨六万吨，留种、自食二万吨，合计十六万吨，还有十万吨无处投售。我到重点产糖区楼村、前王两个大队了解了十户糖农，今年可收糖蔗一千八百七十担，分配收购任务只有一百六十六担，尚有一千七百四十担无法投售，无处堆放。

目前"立冬"已过，天寒起冻就要危及糖质，冬播麦子又迫在眉睫，糖农眼看十万吨用汗水换来的糖蔗遭受损失，心急如焚，迫切要求有关部门迅速采取措施，为他们解决困难。

编者的话：

收到此信后，我们即与义乌县进行了联系。据县委办公室反映：今年义乌糖蔗大丰收，总产预计可达二十一万吨。为解决糖农榨糖难问题，县有关部门已采取不少措施，全县五百三十台土榨已大部开动，日加工能力二万吨。目前主要困难是缺煤，请求上级有关部门支持。

由此我们想到，农业丰收也带来了一些新的情况，各级工业、商业、财贸、交通等部门，都要看到农村新形势，跟上新形势，采取积极措施，支援农业发展，为农民排忧解难，促进农村大好形势的进一步发展。

（原载《金华报》《读者来信》栏目，1982年11月18日）

21 岁的烈士留下了什么？

2月25日，在革命烈士吴志明生前所住的房内，记者见到仅有一张床、一张竹席和两只纸板箱，一只纸板箱内是一床破棉絮，另一只是书籍和一些杂物。据吴志明父亲介绍，床是1996年吴志明用到外面押车挣的钱买的，竹席是他看吴志明平时工作辛苦，特意请人为吴志明编织的，可惜吴志明只睡了两晚就牺牲了。在市场经济大发展的义乌，烈士留下的遗物竟如此简单，使记者感到不可思议。

吴志明是去年6月24日在抓罪犯时被刺牺牲的，前不久，浙江省政府批准他为革命烈士。

我们记得去年吴志明骨灰送回家乡时离吴志明家50米的地方住着的孤寡老人吴五月夫妇泪如雨下的景象，吴志明生前常常用自己挣来的钱给老人买这买那，端午节买来绿豆糕，中秋节送上香甜的月饼，过大年了，吴志明还给两位老人包"压岁钱"。有一天晚上，吴大爷从阁楼上下来时，不留神一脚踩空，从楼梯上滚下，后脑磕破，血流不止。吴志明行知后，即背起大爷往乡卫生院跑，到卫生院时，吴志明已是大汗淋漓，等老人包扎好了已是半夜。有了这次教训，细心的吴志明想到两位老人每天要上楼就寝多有不便，第二天，就在邻居的帮忙下，把老人的床铺从阁楼搬到楼下。

（原载《中国经济时报》，1999年2月27日）

城防：兰溪的民心工程

浙江的兰溪因"三江之汇，七省通衢"而得名，历史上因船埠、商埠而繁荣，可以说是富在水里。然而，曾富了一方百姓的兰江，也是一条不羁的"蛟龙"。据县志记载，从1016年至1949年的934年中，兰江发生过大洪水56次，平均17年一次，新中国成立以来发生过大小洪水数百次，其中超过警戒水位的有104次，超过危险水位的有36次。

特别是近年来，由于富春江库区泥沙淤积，河床抬高和上下游农田防护工程修筑后，洪水失去了滞蓄的场所，以致稍有暴雨即涨大洪水。从1989年至1998年的10年中，有七年超过危险水位1.5~2米。紧挨兰江的原兰溪毛巾总厂，7年中有10次工厂进水，想投保都没一家保险公司敢接承保单子。据不完全统计，近几年，洪水共造成兰溪市直接经济损失39.89亿元。在很大程度上，兰溪是穷在水里。

兰江水患不除，兰溪民无宁日。建造城防工程刻不容缓！1995年，兰溪市政府组织编制了《兰溪城市防洪专项规划》《兰溪市城市防洪项目建议书》。1996年，开始三江两岸的护坡建设。1997年4月，经受住了"7.10"特大洪水的严峻考验。1998年，溪西城防一期完工，抵御了"6.19"特大洪峰的袭击。不久，市政府又颁布了兰溪第一部防洪总规则，明确了从1999年起，将用三至五年时间，投资3.31亿，建成总长25公里的城防大堤，基本解决城市防洪问题，并使防洪设施达到国家五十年一遇标准。至今，仅用了三年时间，已投入2.1亿元，建成了10公里城防大堤，从根本上结束了城市建成区以往洪泛期"堂前水漫游，城中可撑船"的历史。

建城防之初，就有人提出疑问：兰溪建得起城防工程吗？因为摆在市政府面前的是两大难题：一是拆迁；二是资金。沿江地段，历史上就已形成密集的建筑群,涉拆户多,安置难度大。而且,按照规划,要使兰城在50年一遇的洪水中安然无恙,需在城区建成6个封闭区。城防围堤总长25公里,投资预算3.31亿元。这对当时财政收入尚为赤字的兰溪来说,无疑是个"天文"数字。如资金不落实,规划也只能是纸上谈兵。

1999年,市政府第一次专题会议上,市长面对困难和压力喊响了"即使砸锅卖铁也要把防洪工程搞上去"。"砸锅卖铁建城防"表明了市领导背水一战的决心和信心,激发了有关部门的工作激情,更激发了兰溪人民建设城防、建设新兰溪的热情。

按照城防建设与旧村改造相结合,城防建设与城市景观相结合,城防建设与溪西沿江开发相结合的实施方案,建管、水利等部门集思广益提出城市防洪工程,实行"以地带堤、以堤带路、以路养房、路房结合、综合开发、配套建设"的市场化操作的全新思路,市政府首期只用了200万元资金就带动了几个亿的城防建设投入。

2000年,兰溪发生新中国成立以来第四次特大洪水,已形成闭合圈的溪西新区,有史以来第一次对洪水说"不"!大堤内洪水滔滔,大堤外市民生活井然有序,企业照样生产。而在1998年,洪峰水位比2000年还低8厘米,但整个溪西新区平均进水1.2米。沿江一楼居民、商店、企业全部关门停业,当年溪西新区直接经济损失就达2000多万元。兰溪老百姓也从防洪的实际效果中直观地感受到城防工程确实是兰溪有史以来影响最大、功能齐全、效果最好的德政工程。

(吴象水、周晓东,原载《中国经济时报》,2002年1月15日)

朱益清 50 年草药人生

朱益清而今已逾八旬，50多年来，他用中草药为当地成千上万的民众治愈疔疮、咳嗽等病症，一直被邻近十里的人们传颂着。

朱益清1938年出生于元代名医朱丹溪的故乡浙江义乌赤岸镇，从小学习中医中药。1989年，夫妻俩在浙江义乌县城新马路开办了"三溪堂"中草药铺。三溪堂的堂号取自义乌乃至全国有名的医宗"三贤"，即元代"丹溪"朱震亨、明代"华溪"虞抟、清代"黄溪"陈无咎，合三溪传统中医中草药之精华，发展至今。三溪堂现有员工400多人，目前子承父业，在义乌、金华、南昌、佛堂、廿三里、尚阳开办了6个连锁中药铺，为民医病。三溪堂还在每年的重阳节、六一节等为老人和儿童免费送医上门，广积善德，为当地所赞颂。

（原载《中国商报》，2015年12月18日）

义乌联合国采购中心揭牌

日前，联合国难民署义乌采购信息中心正式成立。这是联合国难民署在中国设立的第一个采购信息机构。中共浙江金华市委副书记、义乌市委书记楼国华及联合国难民署有关负责人参加了揭牌仪式。

浙江义乌市场汇集了来自海内外10多万家日用品生产企业的34个行业、1502个大类、32万种产品，市场商品已出口到212个国家和地区。最近，联合国与世界银行、摩根士丹利等世界权威机构，联合向全世界公布了一份中国发展报告，其中一条称义乌为"全球最大的小商品批发市场"。过去，难民署从中国直接采购的物品很少，其原因是双方信息沟通不够。事实上，在中国，尤其在义乌市场上可以找到质量好、价格实惠、有竞争力的商品。去年以来，联合国开发计划署、儿童基金会、难民署、项目事务厅等联合国采购机构官员，相继考察了义乌市场，认为义乌市场上的商品符合联合国采购要求。

（原载《人民日报》海外版，2005年9月6日）

义乌有了英语"110"

日前,3位到浙江省义乌市采购商品的乌克兰商人,在市区一家宾馆下了出租车,其中一位突然想起有一只小包忘在车上,当即拨打"110",接警员用英语流利地向他问明情况,十几分钟后,这只小包就物归原主。

随着中国小商品城国际化程度不断提高,来义乌投资经商的外国人越来越多,开户的境外企业达7438家,常驻外商近6000人。以往,义乌市公安局110报警服务台由于无英语接警人员,一旦有外商用英语报警,接警员因语言不通而无法了解警情,外商只能请中文翻译报警。这样一来,既给外商带来不便,同时也容易延误最佳出警时机。为改变这一状况,义乌市公安局110指挥中心招聘了4名大学英语四级以上的大学生担任英语接警员,并请外籍教师对4名大学生进行专业会话培训,经测试,这4名英语接警员全部达到了英语接警的专业要求。

(原载人民网,2005年1月24日)

追寻义乌老北门的记忆

忆往昔

据考古证实,距今约3000年前,义乌当地居民已有初步的社会分工和商品交换。历经漫长的农耕时代,义乌人安居乐业,繁衍生息,同时也将聪明才智尽情倾注在传统商业上。自建县以来,义乌北门一带就有商品交换活动。考古出来的大量汉井和唐瓷器,足以证明那时这里的商业之盛。

明末清初,城区只有县前街、上市街、下市街,总长600米左右。据嘉庆《义乌县志》记载:县城主街道三条,东至金山岭顶,西至平桥,旧称"泗洲境"。街心铺长约2米、宽约50厘米的"路心石",两旁佐以鹅卵石铺砌,"街檐石"由各户自置。

到了民国初年,北门街、湖清门一带就有店铺营业,渐成商业街道。新中国成立后,北门街道路经过修整,将原来卵石街的一段浇筑成水泥路面,并与县前街、朱店街连接。

历史沿袭下来的北门街具体位置,从现车站路与新马路交会处向南,经"通惠门""湖清门",至县前街止。很早以前,这里街道两旁的民居错落而立,环境静谧安详。2002年义乌市政府对此路段进行旧城改造,现在的北门街长650米,宽近20米,商贸气息非常浓郁。

透过现代元素的背后,记者试图在北门街寻找一些厚重的历史人文迹象,遗憾的是旧城改造时许多文物被拆除了。

北门街曾经有一处标志性建筑——华康公司。其经营范围包括煤炭、工业设备、本系统企业所需原辅材料、食品、日用百货、五交化工、萤石批发零售。曾经的门牌是浙江省义乌市北门街117号。

20世纪60年代初,老义乌的粮食储运站、加工厂、木器家具厂都聚集在此处。围墙高达5米,给人的感觉庄严而遥不可及。现在的北门街,市场经济的发展,带动了物质流通的繁荣和多样化。同样还是这条街,历史在这里停留了一段漫长的足迹以后,一去再也不复返了。

北门街,位于义乌旧城北端,因连接不同历史时期的两座北城门——卿云门、通惠门而得名。北门街南接县前街,构成古城完整的中轴线,北通车站路,全长近千米。沿街有绣湖公园、通惠门、骆宾王公园、义乌剧院等多处旅游文化休闲中心,近周有黄井头、梅花石、西门、孟大川等古迹罗布。这里历史悠久、区位优越、积淀深厚,散落民间的传说数不胜数。

据考证,义乌北门街形成于唐末,繁荣终宋一朝。唐武德七年(624年)有义乌名称以来,城市布局依照"前市后朝"的原则,城设东西南北四门,但义乌始终没有修筑城墙,说明义乌自古以来开放而开明,不封闭自大,所以能够接纳各种文明的特质。到五代南唐保大四年(946年),北门街初步形成。那时,北门街作为沟通城乡的通衢要道,过往官民、商旅乃至肩挑手提、车载马驮的各色货资,多由此出入通过,北门街作为起点深得其惠,并迅速繁荣发展。可以想见那时的北门街,必是茶楼酒肆林立、商埠客栈栉比,必是车水马龙、摩肩接踵,那份繁华富庶或可追汴梁。

义乌稠城处于四面环山的小盆地中,市区百姓生活必需的柴薪米菜等产品,多由农民翻山越岭运送进城,并就近于北门街集市上进行交易,再换回农家所需的针头线脑、锅碗瓢盆等生活、生产用品。日复一日,年复一年,北门街区的柴草市场、猪市、红糖市场、米铺、竹木市场以及山货市等,始终热闹非凡。上了年纪的大爷大妈,还在叨念那街市上"义乌三宝"甘香的滋味……

峥嵘岁月

有人说,义乌是座农民城市。在20多年前,这句话一点也不错。那个时候的义乌城,确实只是一个小城镇。住在稠城北门街的人,大部分是农民,分别属于两个生产大队。另外,还有可以吃国家粮的居民、军人家属、工人等。那些年以街为市，赶街天常常是最热闹的时候，在我的印象中，这条街卖过菜，卖过米，卖过鸡、鸭。平时，在街上唱主角的是大大小小的孩子。好像只有一两家商店，在十字街口（今县前街与北门街的交叉街口）。北门街虽然不算长，加起来也就一里左右，却也住着大大小小的单位，有粮店、相馆、合作医疗站、幼儿园，企业有缝纫社、木器社、修建社等。平时常弄出些声音来的有三家，一家是碾米磨面的，一家是改木头打家具的，一个是车站。最大的国家机关是物资局，最小的政府机构是看守所（如今夷为平地）；街上最多的是厕所，公共厕所有四个，居民家有后院的基本上也都有个厕所。

北门街真正热闹起来，还是"文化大革命"之后的事。那时候，知青上山下乡、送别参军以及各派游行宣传，都得从这里起步送去火车站。到了20世纪80年代，商业开始发达，卖衣服，卖从日本进口来的旧西装，生意十分抢手。

记者在这条街上住了十多年，如今从上街走到下街，却几乎遇不上个熟人。不少单位搬出去了，原来的农民早已农转非了，大多在外边盖了房子，搬出去住了，街上住着的大多是些外地人。如今，旧城改造被拆了，新建的北门小区，又改为铺面，又成了"新天地"商业街，铺面的高额租金，惹得一些房地产开发商眼红。

北门街是义乌城最古老的几条街道之一，随便哪所老房子，都有上百年的历史。与那些不伦不类的仿古建筑不同，这些房子虽然各有千秋，却也都是典型浙中风格。走在街上，如今再也看不到了古城的影子，古城的历史痕迹越来越远、越来越模糊。

义乌历史悠久，对于这座古城，它往昔是什么样子？恐怕知道的人并不多。不过我们可以从义乌旧志书中，窥见其飞鸿泥爪。据旧志载，明洪武二十二年（1389年），义乌建造城楼，分设南、北、东、西各城门。城上建钟楼、鼓楼，巍然壮观。明成化年间，围绕绣川湖而建壕，全长约四公里。城内以县前街和北门街为主干道，城中主要街道有3条。后来城内人口增加，向城外发展，在北沿城门开辟了上街和下街，成为商市的贸易中心。到元宵夜时，花灯争艳，这里是好一派娱乐升平的景象。

北门街并不长，大约一千米的样子。与北门光城楼并存于明嘉靖年间，共经风雨700年。繁华过隙数百年，古城春梦今犹在。拼接有序的青石板，依然孤寂无声地横亘在历史中转的地方，它的身躯负载了老街百年的发展。市集的喧嚣、车轮的疾驰，以及熙熙攘攘的人群，都深深地烙在了它高高低低的脊背上，成为无法抹去的古老符号。

历史上的北门比较荒凉，远不如今天的繁华。北门街上历来商铺极少，从未形成过大气候。至20世纪80年代后期，才有起色。人生本是悲凉多于热闹，没有商铺的北门街，少了许多市井喧嚣的气息，却也不见流露半点自卑的迹象，照旧清贫寂寥但又娴雅自足地生活。街巷上人家，青砖灰瓦，庭院幽深，屋顶上炊烟袅袅，简陋的门庭随意敞开。上了年纪的阿婆戴着老花镜在缝补衣裳，收音机里播放的是"义乌道情"，透出日常生活的亲切。

临街大都是紧挨得密密匝匝的老房子，有些还保留着明清时期的风貌。门面看上去斑驳晦暗，门帽上褪色的春联和门叶不时被风吹得稀稀疏疏。老房子内阴森森的，光线暗淡，传来发霉潮湿的气味。逼仄的阳光从瓦缝里挤下来，地上像铺了一层白霜。外面太阳晒得冒火，一进到院子便浑身冰凉下来，有山洞来风的凉爽。铁丝架起的竹竿在岁月里晾晒着寂寞，那些风中招摇的衣物，迎合着缓慢的节奏，悠悠地打着拍子，时间以一种缓慢的姿态在这里流淌，让人感受着江南小镇宁静雅致的闲情。街上人家几辈子几辈子地在这里居住着，谁也舍不得离开这样悠闲舒适的环境。

住在老屋里的人，姓氏以吴陈楼黄为多，沾亲带故的不少，街上人家随便一扯，便能扯出长长的一串姻缘嫡亲，让人辨不清亲疏彼此。街上人家从事的职业五花八门，杀猪的、包粽的、开货铺的、卖菜的、修鞋补锅的、剃头打铁的，挑个担子走街串巷的，大都是不入流之辈。

北门街是藏不住多少秘密的，鸡毛蒜皮一点小事，过一夜满街都知道。晚饭过后，各家各户搬张长凳撩起长脚，七嘴八舌天南海北拉扯闲谈。话题一打开，就像打开闸门的水，汪洋恣意地冲刷一番。大至哪国和哪国又打仗了，小至谁家小子和谁家闺女恋爱了。没有秩序，没有礼仪，你随时可以插话，随时可以离开，可以文雅，也可以粗鲁。日子就这么不咸不淡不惊不喜地过下去。若能喝上一碗老酒，听上几段婺剧，再打一场小麻将，一切就都心满意足了。有点俗，有点乐，有点无聊，有点清贫和落寞。

经历了几百年的风吹雨打，北门街已像一位老态龙钟的老姬风光不再。她的底气、元气、精气，在时代的浮躁和喧嚣中，正一点一点地被消耗掉，北门街自然少了一种端庄郑重、百转千回的气质，成了县城几条老街中，最为缺少精神皈依的一条街。看来，天堂也罢，家园也罢，如果缺少了文化的浸染和精神皈依，总是不完美的。

历史已成过眼云烟，只有这绣湖，才令人顿悟古镇与水有着不解之缘。在享受过了无数的荣光后，它便陷入更长时间的孤寂和等待。和许多曾经拥有过的良善传统、厚道世风一样，她在古城的记忆里渐行渐远。在一切都被快速洗刷、摧毁及重建的时代，北门街斑驳的脸上，也被拍打上时代的手印。无论历史如何激荡或平静，北门街始终保持着尊严，很沉默，也从不对抗。她只是与置身其中的人相互映衬，密不可分。一如既往地过着随遇而安的日子，却又无形中锤炼了一丝为生存而抗争的倔强精神。她渗透出的破败也好，颓废也好，冷清也好，落寞也好，都是这座古镇存在的灵魂片段。就像一座泥塑的神，她庇护着所有不得不寻求庇护的人。

看今朝

其实，就在北门街这个区块，曾经造就了义乌最原始、地摊式的小百货市场（即第一代小商品市场）。据了解，从1982年因陋就简在一条臭水河上架起水泥板、支起塑料布用作简易摊位的第一代马路市场，到今天顺应国际化需要而建造的完全现代化的国际商贸城，其间义乌市场历经六次易址、七次扩建，向人们展示了一幅交易场所不断变迁、市场规模不断扩大的宏伟画卷。

在20世纪80年代前，义乌城区还没有住宅小区的概念，城里的居民都居住在那些弄堂小巷中低矮破旧的平房里，如天官地弄就是义乌较早的居民聚居区之一。历史发展到今天，现在义乌百姓的住宅已经步入"高层时代"，这些高层建筑都有较好的户外观景效果，人们开窗见景，商城美景尽收眼底，在很好地满足人们商住的同时，也成为一道道靓丽的城市天际风景线。

北门街地处义乌城市坐标原点，是义乌城区中最为悠久的传统商业老街。正如上海的南京路、北京的王府井、重庆的解放碑、纽约的第五大道，具有深厚的商业和人文底蕴。绝版地块，天赋异禀。

不仅如此，这里还是传统文教学区，书香府第。机关幼儿园、稠城一校、稠州中学，名校周边环伺，从最好幼儿园到最好中学，济济一堂，尊享优秀文教资源，让您的孩子赢在起跑线上。这里南靠市府大院，近在咫尺。这里商业繁华，银泰百货、世纪联华、地下商城、新马路菜市场，以及未来的荷花芯商业综合体、中心菜市场，都在附近，举步可达。这里的生活便利程度和品质都是一流的，泳池、会所、欧式园林等生活配套设施完备。这里的文体娱乐也极其丰富，义乌剧院、义乌体育馆、义乌市中心新华书店、市民广场、绣湖公园、骆宾王公园，都在步行可达的范围之内，成为您生活中永恒的风景。

2003年，北门街按照"尊重历史，保护古城，实现经济效益、环境效益、社会效益协调统一"的思路，立足于构建古城南北轴线，衔接新旧城区与风景名胜，保护历史遗存等措施，进行重新规划建设。未来的北门街，将被改造成整洁开阔、古榕成荫，两侧仿古街衢雕梁画栋，荟萃建筑精华，生活服务设施配套完善，成为义乌最具发展潜力的旅游购物街区。

2011年5月，义乌国际贸易综合改革试点方案获得国务院发文批准，这必将给义乌的发展带来新的机遇。都说义乌是一座建在市场上的城市，市场是义乌经济发展的"命根子"。从一个小县城一跃而起，发展成为具有国际影响力的商贸城市，都归功于市场的繁荣。一个城市只有具备了旺盛的人流，才能造就丰富的物流、资金流和信息流。义乌就像一个大磁场，把全国各地甚至海外人士，都吸引到了义乌来经商置业。

在新一轮《浙江省城镇体系规划（2011—2020年）》中，金华—义乌都市区成为浙江的第四大都市，与东阳、浦江对接。义乌与周边县市的距离不断缩短，城市集聚效应和区域优势将更加明显。义乌会成为省内地产最具潜力的城市吗？这是浙江地产界面临的一个极具想象空间的挑战性命题。义乌会不会继商业之后，创造另一个地产神话，人们正拭目以待。

义乌正在按照"高起点规划、高标准建设、高质量管理"的方针，不断加快城市建设步伐，实现着更大跨越。今后一个时期，义乌城市发展的总体要求是：争创国家园林城市，建设"绿色义乌"；坚持高效能管理城市，以争创全国文明城市为目标，建设以人为本、人与自然和谐共处的"花园式城市"；坚持高水平经营城市，推进城市资源的市场化进程。我们有理由充分相信：再过20年，一座国际性、现代化的商贸城市必将在浙江中部崛起，义乌必将腾飞于青山绿水之间。

（原载《中国商报》，2011年8月19日）

破解义乌的"短腿"和"瓶颈"

都说浙江义乌是出新闻的地方,来到义乌果然听到一大新闻,义乌市新建的小商品市场的商业用房租金每平方米已达9.4万元。在采访义乌市委书记楼国华时,记者问这样高的租金会不会是一种商业泡沫?会不会把很多商户吓跑?楼国华的一句"这正说明义乌的人气很旺",显示出这位书记对义乌经济的信心。的确,作为全国乃至世界知名的小商品集散地,有了人气,还愁市场不繁荣吗?但义乌人想到的不仅仅是这些。

在义乌采访,听到人们说得最多的是"义博会",即将于10月召开的首届中国(义乌)小商品国际博览会,这是在已经举办了七届义乌小商品博览会基础上提升的国际性展会,这次的国际性展会由外经贸部和浙江省政府联合主办。义乌的"国际化",从街头不时出现的黄头发蓝眼睛、黑皮肤卷发就能感受到。义乌人已经提出要把义乌建成现代化国际性商贸城市。用义乌市委书记楼国华的话说,"这是应对入世,增强义乌国际竞争力的必然选择。应对入世,必须充分发挥优势,主动融入经济全球化潮流,不断提高经济城市的国际化程度,在更大范围和更深层次上参与国际合作与竞争,拓展义乌的发展空间"。

基础已具备,"短腿"和"瓶颈"不能忽视

义乌人是从"鸡毛换糖"开始小商品经营的,经过20年的发展,义乌的小商品市场已经闻名世界。首先,小商品出口大幅增加,去年出口交货值达12亿美元,市场外向度达45%;今年外贸继续保持高速增长,60%以上的市场经营户从事外贸经营。从一定程度上讲,义乌小商品市场已经成为国际性小商品集散中心。其次,义乌已经成为外商的重要采购基地。目前有160多个国家和地区的客商在义乌采购商品,常住外商3000多人,建立

了众多的外贸机构。今年以来,来自美国、欧盟、日本等发达国家和地区的采购商不断增加,说明小商品市场的国际竞争力正在不断增强。再次,义博会国际化程度不断提高。今年的义博会升级为国际性博览会,参展的外商将更多,外贸成交额将更大,国际化程度将更高。

虽然义乌的经济发展有了一定的基础,但是在经济发展过程中还是有一些问题。楼国华书记说,义乌的整体经济发展还有一些不足:一是经济整体素质有待提高,招商引资的"短腿"现象没有得到根本改观。二是社会事业落后于整体经济发展,与率先基本实现现代化的要求相距较远。三是水、土地、供电等资源"瓶颈"问题日渐突出。四是干部队伍的工作作风,机关办事效率仍然不能适应经济社会快速发展的要求,投资环境有待进一步改善。五是利益调整带来的矛盾较多,维护社会稳定任务繁重。虽然有利条件很多,但是面临不少挑战。

"短腿"现象与义乌地位极不相称

引进和利用外资一直是义乌市发展的一条"短腿",楼国华书记说:"这与义乌的地位极不相称,极大地制约了经济外向度的提高,国际竞争力的增强。"为此,他们曾组织各部门领导专程赴安吉、长兴、嘉善等地考察。

楼国华书记说,首先,要统一思想,转变观念。克服"内资充裕,不需要外资""外资不如内资"等思想,强化"无外不快""一切服从招商,一切服务于招商"的理念,做到重商、引商、亲商、安商。把招商引资列为"一把手"工程。其次,要发挥优势,突出特色。结合义乌市情,充分利用义乌市场规模大、辐射力强、知名企业和知名品牌多,来义外商、驻义外商机构多等优势,做足市场优势这一文章。树立"义乌之外就是外"的思想,把目前在义乌市场设立总代理、总经销的4000多家国内外知名企业和来义外商作为招商引资的重点对象,吸引他们来义乌投资兴业。再次,要构筑平台,明确责任。把工业园区作为招商引资的平台,在经济开发区规划设立单独的外商投资园区。建立招商引资工作责任制,并进行严格的考核。最后,要强化力量,优化环境。

另外，发挥比较优势，扩大出口，也是义乌需要做的。义乌是全国最大的小商品流通中心、信息中心、展示中心，小商品出口是发展开放型经济的基础和优势所在。要积极引进外地外贸公司、境外贸易机构、外商来我市设立贸易代表处。特别是要吸引沃尔玛、家乐福等国际连锁超市和大型采购商来我市采购商品，使义乌小商品进入国际主流销售渠道。

让社会事业赶上整体经济发展

"推进城市化是加快现代化国际性商贸城市和大城市建设的重要载体。完善城市功能，提高城市品位，需要我们做大量的工作。"看得出楼国华书记对制约义乌经济发展的"瓶颈"很有感触。

他说，完善城市规划体系很重要。规划是建设的龙头，按照着眼长远、立足实际、适度超前的原则，把义乌作为一个整体、一个系统来进行规划，使规划覆盖全市每一寸土地、每一个角落。高质量修订城市建设用地等专项规划和分区规划，高标准开展城市建筑、园林景观、市政设施等规划设计。各专项规划，分区规划要与城市总体规划相衔接，确保规划统一协调。道路、供电、通信、绿化等专项规划都要纳入城市整体规划。义乌的一些大工程，比如横锦水库引水工程、环城公路等等都在加紧进行。

城市化还意味着人口的集聚。楼国华书记说，实施人口迁移政策，加快推进"外来人口本地化，本地人口城镇化"。放宽外来人口落户条件，吸引更多的外来人口特别是外地人才、经商办厂能人、业务骨干落户义乌，加大撤村建居力度，也是社会事业的重要组成部分。

"调查研究年"促政府职能转变

"今年开展的'转变作风年'和'调查研究年'活动，对于转变政府职能，改进政府工作作风起到了很好的促进作用。"楼国华书记说。

义乌市正在进行的深化政府审批制度改革，在巩固前期改革成果的基础上，对行政性审批项目进行一次全面系统的清理，力争审批事项再减少30%，审批时限提速30%。他们成立了全市便民服务领导小组，建设统一的市级365便民服务中心，凡涉及审批和为群众服务的项目都进入中心办理，做到一个"窗口"对外服务。全面清理审批审核事项，对办事窗口工作人员充分授权。

楼国华书记说，我们要求干部开展调查研究活动，切实提高领导水平和执政能力。开展深入细致的调查工作是谋事之基、成事之道，是领导进行科学决策的基础。

（原载《中国经济时报》，2002年8月29日）

第四部分
做人如水

知识与风骨，做人如水
——记南京大学杰出校友吴象水

岁月不居，时节如流。在一百多年的办学历程中，南京大学为国家发展和社会进步培养了一大批人才。他们当中，有的成为国家栋梁，独领风骚而受普遍尊重和赞扬；有的成为知名学者，青灯黄卷传道授业，为往圣继绝学；有的扎根基层无私奉献，把青春和汗水献给了祖国大地。不论走到哪里，做什么工作，南京大学的莘莘学子秉承着南大务实精神和求是灵魂，运用着在南大习得的知识和技能，在各自岗位上创造着价值，书写着一段段无愧于母校南大、无愧中华民族的人生故事。

在70多年光阴中，我们关注到这样的一些人。在离开南大校园后能够冲破坚石厚土茁壮成长，他们就像埋在土里的金子，发出了耀眼的光芒。南京大学中文系78届校友吴象水就是无数南大学子中的一位。他毕业后放弃优越的工作回到老家照顾父亲尽孝，成为一名成功的商人学者。在义乌崛起成为世界知名的小商品城的过程中发文3000多篇，党媒肯定吴象水是报道义乌小商品城第一人。在吴象水身上始终映照着一个南大人"诚朴雄伟，励学敦行"的责任担当和求实风骨。

近期，记者们专门到位于浙江义乌的吴象水老家，拜访了这位改革开放中奋斗的南大人。几十年风云激荡、日夜兼程，吴象水已经不再是当初意气风发的少年。穿过时光的河流，他像一名辛勤的摆渡人，撑着梦想中的船只乘风破浪，取得了一个个的成功。"金子埋在地底下，照样会发出光芒"，他用实际行动证明了南大人即使是在最底层，即使飘到尘埃里，依然可以彰显出南大人独有的色彩和光辉。他是无数从南大毕业后投身基层的杰出学子，在当今时代号召青年学子奔赴基层、贡献青春的时代潮流中，吴象水的人生经历，更加彰显着标杆性的伟大意义。

当思绪回到从前，吴象水提到最多的是对南京大学的感恩和对地方社会发展的思考。在访谈中，他屡屡表示，正是南大"诚朴雄伟"的精神培养了他，让他一生正义为民、正直做人。也正是南大"嚼得菜根，做得大事"的风骨砥砺了他向前，让他在转入新闻工作后，为民奔走、为民疾呼、为民请命。

"南大人总是有着某种情怀和使命感的，"吴象水说，"曾经我们以南大为荣，我希望通过一生的奋斗和努力，能让南大因为我也有一份骄傲。"

从南京大学毕业生到私营商业主
学到知识能谋生，传承精神可立命

从南京大学毕业生到私营商业主，再到新闻工作者，吴象水的人生轨道几经转换。1978年底，他怀着一颗质朴无华的孝心和对未来五彩斑斓的憧憬与南京大学作别，背着行囊回到了故乡浙江小县义乌。尽管很多同学去了更大的城市、更好的平台一展抱负，但吴象水几经曲折，最终还是带有一丝无奈回到了自己故乡。有人说，这是一种人才资源的浪费，但吴象水不服输。他相信，南京大学所赋予他的知识宝库和实践精神，教会他"嚼得菜根，做得大事"的人生道理，会让他这颗顽强的种子，即使在最偏僻、最荒芜的角落，也能如岩石中的小草茁壮成长、破土而出。

1978年底，吴象水从南京大学中文系毕业。在校期间，吴象水的各门功课成绩优秀，本来按计划要

2018年初，吴象水和南京大学文学院现任党委书记刘重喜冒雪探望恩师

分配回浙江省委宣传部工作。在那个时代，他完全可以到省城杭州，端上风光体面的"铁饭碗"，但他万事孝为先，放心不下独居的父亲，他主动找到系主任，要求回家里照顾父亲。最终，吴象水的档案，由中文系出面，经浙江人事局的工作人员协助，直接调回了中共浙江义乌市委组织部。

从浙江小县到南京大学，当初吴象水想过毕业之后，离开家乡，去更大的平台施展才华。但爽直孝顺的吴象水不忍心抛下孤独的父亲。自古忠孝两难全，直至今日，吴象水对自己当年的选择，依然念念不忘，无怨无悔。

然而，当时的小县义乌，却并没有让这个学成归来的游子感受到故乡的温暖。

吴象水刚刚回到县里，刚一报到就碰了一鼻子灰。自己下功夫苦学的"汉语言文学"专业，被有关领导简单地理解为"语文"，因此他就被人想当然地安排进一所中学当语文老师。心潮难平的吴象水没有服从安排，回到南大要求重新分配，但几经折腾，最终还是回到了原点。吴象水重新回到了中学，执起了教鞭。但他发现，自己的性格和理想，与教师这个行业并无契合点。

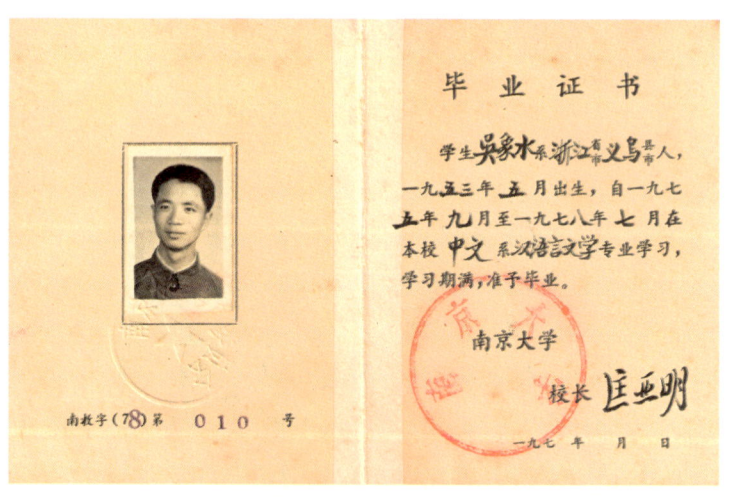

吴象水的南京大学毕业证书

就在此时，义乌县人武部找到了吴象水，要破例商调他去政工科搞宣传。吴象水有些惊讶，但很快就镇定下来。他知道，这是南京大学这张闪亮的名片为他带来的转机。他必须抓住这个机会向大家证明，他可以凭借自己大学时认真学习、积累勤奋所打下的汉语言文学基底，胜任这个充满挑战性的工作。

果然，吴象水不负众望，在8个多月的时间里，他一个人竟然在从省市级到国家级的各种报刊上发了240篇稿子！而且在金华军分区的新闻稿件评比中名列第一，受到了军区政委亲自颁发奖状的高规格待遇。吴象水一举成名，一时间，这个年轻人的才华让金华地区13个县市等部门的领导和同事纷纷刮目相看。按常规，商调借调期的工资由原单位发放，但吴象水的优异表现令县人武部贾若忠政委十分满意，直接把他的工资也包了下来。

但是，梦想着"铁肩担道义，妙手著文章"的吴象水很快又被现实泼了一盆冷水。因种种原因，他离开了人武部。走出了人武部，吴象水丝毫没有因此而灰心丧气。他知道，在人武部的工作不仅是给予了他一份薪水的糊口营生，更是让他积累工作经验的学习过程。在人武部工作的日子里，他写出了一批可以拿得出手的好作品。凭借这些作品，他相信自己能够经受得起时间的考验，上天一定会眷顾自己。

吴象水怀念在校求学时的经历，他想念诸位老师给他的谆谆教导与殷切关怀，他想念一些同学给他的加油鼓励与友好帮助，特别是匡亚明老校长，那亲切和蔼的面庞，让吴象水感受到了南大长者的温暖与风度。他想，那时候是多么单纯而快乐的时光啊，专心致志地学习知识，毫无顾忌地交流切磋。每当此时，他总会想，难道学校教会自己为人应该拥有的品质和学识在社会这个大染缸里不适用？想到这里，不服输的吴象水的意志愈加坚定：作为南京大学毕业的学子，秉承南大"诚朴雄伟"校训和精神，面对困难，应该坚持诚朴当先，顽强自立。

就在此时，机遇再次降临到吴象水的面前。慧眼识珠的义乌县司法局冲破阻力，到县组织部坚持要把他商调过去，专门让吴象水来编发《义乌司法》，并与人事部门商定，6个月后为吴象水办理正式调入手续。县司法局如此诚意十足地招揽人才，让吴象水十分感动。他拿出了撸起袖子加油干的劲头，早出晚归，专心采写。一月之后，吴象水就有两篇文章在《中国法制报》上刊登出来，并且在其他的报刊上发表了几十篇稿子。特

吴象水和98岁的父亲在自己建造的家门口

别是1984年11月12日的《中国法制报》，发表了吴象水的一篇长文，这让吴象水在县城里再次出名。

在工作中，只要是关乎人民利益的事情，只要是对百姓有利的事情，吴象水忍不住要说要写，即使得罪相关部门，他也毫不畏惧。在司法局下乡进行法制教育期间，他了解到老百姓的红糖销售困难，于是采写了一篇《义乌红糖储量大，急等贩运通渠道》发表在浙江的《经济生活报》头版。但是文章中的一些词句涉及县供销社的一些制度行为，这无疑触及了县供销社的某些利益。于是供销社领导找上门来要跟他打官司。可这场"官司"打得相当滑稽，没有对簿公堂，只有唇枪舌剑：双方在县政府的办公室里进行面对面辩论。

令人啼笑皆非的是，县供销社派来了一群人，想在气势上压倒吴象水，但即使如此，县供销社也没有占上风。相反，吴象水言之有据，以一胜多，将他们驳斥得体无完肤。在辩论场上铩羽而归的县供销社，转而找到县领导，一番巧言润色，告了吴象水的黑状。结果吴象水再次被赶回中学去教书。对此，县司法局领导十分无奈，感慨地对吴象水说："我们爱莫能助了。"不过，县司法局出具了一份很好的"政治与工作鉴定"，交给了县教育局，算是对吴象水敢讲真话、为民请愿的鼓励。

曲折道路上，人生能有几回搏呢？两次满怀信心地奔赴全新的工作岗位，又两次被毫无道理地赶出政府大门，无知者与中伤者的偏见伤透了人心，这对吴象水来说是个不算小的打击。事实证明，并不是吴象水不讲道理，不具备能力，只是他不懂社会的人情世故，因此就得罪了一些权势人物。

对于这种人际关系的无奈，吴象水不能像写文章或者辩论那样酣畅淋漓地抒发，他真的是束手无策，无能为力。他想起南大读书时包忠文老师教给自己的为人知识：做人要堂堂正正。吴象水从没学过奉承拍马的学问。面对人生一时的失意，他想到了苏东坡的故事，他想到采取守势，去留无意，宠辱不惊，处江湖之远，看云卷云舒。也是一份别样的淡泊与闲适。

此时的中国，正是改革开放的初期，社会观念渐渐地发生变化，下海经商已成为不少人的选择。

闲下来的吴象水，自然会想一些事情，他想：没有读过书，连普通话都不会说一句的农民，在改革开放的形势下也能大展雄风，何况自己是整整喝了十五年墨水的读书人，难道还打不开经济建设的大门吗？

想清楚这一点，吴象水果断决定：下海。1986年底，吴象水投身滚滚的经济大潮，在新时代的风口浪尖，要闯出一片新的天地。那时家乡的服装生意非常活跃，他决定从事服装加工，走上了自我创业自我谋生的道路。

至今，开启新生活道路上的第一件事仍然令吴象水记忆犹新。吴象水经商第一次是背毛衣，他跟着别人走了三四个钟头的夜路，两天时间挣了30块钱。30块钱虽少，但这是他第一笔自谋职业挣来的辛苦钱，他因此格外珍惜。

凭借这第一桶金的经验和精神，吴象水学会设计裁剪，办起来一个服装厂，还干起了服装面料批发的经营部。随后自己的事业越来越兴旺，道路越来越宽广。古人云"三十而立"，当年32岁的吴象水就这样开始了风风火火的创业历程，他在为自己创造出一个崭新的前程。

实际上，对吴象水来说，选择走私营经济的道路是很艰难的决定，因为他的同班同学几乎都在体制内当着官员，有的是县团级干部，有的已经做到副厅级，而他在经济大潮中单打独斗，做私营经济很可能如竹篮子打水一场空。可是，两次都被赶出县衙门的吴象水铁定了心，抛开国家的铁饭碗不要，偏要自己去寻米下锅，走出一条独立而丰盈的人生路。

然而，就在吴象水推翻了在家安分守己端铁饭碗的陈旧观念，坚定了自己的新选择的时候，家庭这头也出了矛盾。吴象水的爱人是生在军营、长在军营的军姑娘，是一位非常顾面子、重感情的一位女性。传统的观念，加上女儿刚出生，她于情于理都难以接受丈夫下海经商"寻米下锅"这一现实。因此，吴象水不得不分出相当的精力去处理解决这种不可避免的家庭矛盾。

在商海中，吴象水发觉自己在南大所学的文化知识也能用得上，学校的生活练就了他的口才，造就了他的审美观。1988年夏，杭州一家大单位积压了一批丝绸面料，无人问津，吴象水根据自己的审美标准认为这批丝绸尽管成本高了点，但古朴优雅，做成罩衣适合投入东北和新疆市场。然后他又凭借自己的出色口才跟伊犁客商谈判，在商业谈判中，口才确实是金钱，只言片语可能就胜过万两黄金。果然，吴象水以自己的出色口才，获得了极大的成功。

在服装生意的天地里面，吴象水边做边学，除了学商品销售，他还学会了服装的设计和裁剪，这也为他的事业发展带来了不小的优势。吴象水对于经销何种款式服装有着自己独到的见解。同等条件下，式样美观、色泽适宜的服装，销售快，资金周转快，资金不断增加。如果选择不当，商品滞销，资金积压，企业也就难以周转。吴象水在南大时研修过政治经济学，对死资金、活资金理解得非常透彻。经商的魄力，正表现在敢于出手，删繁就简，抛售积压产品，盘活资金流通。在那个年代，这正是私营企业的优势。

吴象水还有自己的一个独特优势：早在工作期间他就做过深入细致的调查研究，在《浙江日报》等媒体上发表了不少义乌小商品市场的文章，因此对于义乌的商业发展情况，他了如指掌；对于义乌商业发展的趋势，他洞若观火。

在市场经济中，时间是金钱，信息是金钱，效率也是金钱。这位从人才荟萃的大学中毕业，半途改辙的商人学者吴象水，深刻理解这些通行于市场经济中的准则和理念。为了把握住时间和机遇，当年的吴象水，做出了一些让人难以理解的"壮举"：有一年吴象水在江苏跑生意，需要从吴江盛泽赶到苏州城，为了争取时间谈成这笔生意，他放弃了公共交通的方式，而是选择了花120元租辆小轿车赶在人家下班之前洽谈业务。当时吴江盛泽到苏州城的公共汽车车票是两块钱，当时有人觉得吴象水竟然多花了60倍的车票钱，实在是难以理解。但吴象水心里面很清楚，如果耽误了行程，错过了这笔生意，失去的何止是120块钱。

回首当年四处奔波的经历，吴象水很感慨。那时候经常饥一顿饱一顿，有时啃块面包，吃个山芋就行了，碰到有钱也买不到吃的时候就饿几顿；可以几天不睡觉，也可以等到办完事时一次性睡上两天。

浸泡商海久了，吴象水也对社会这个大熔炉有了更深刻的认识。吴象水曾经跟江西某国营厂做过一笔布生意，考虑到对方是国营大工厂，基于信任，将货款先汇给了对方。但等到货一看，吴象水却发现，自己指定的货不发，发来的货都是不想要的次品。无奈之下，他只好退掉这批货物，但这一来一退，两千多块钱运费都由他付。总之，当年艰苦创业的吴象水，可谓遍尝人生的酸甜苦辣，遍经社会的风吹雨打。

即使如此，吴象水依然没有放弃。世事嘈杂又如何呢？吴象水相信，凭借在南大学到的知识，他可以为自己谋生；凭借自己感受到的精神，他可以为自己立命。这就足矣。不管社会风云变化，也不论人心复杂难测，吴象水始终铭记着他在南京大学学到的做人的道理，践行这些宝贵的知识，吴象水得到的是那种唯有创业者进取者矢志奋斗的快感，这是一般愉悦都无法比拟的。

从民营老板到报道义乌小商品市场第一人
正气做人、正义为民、为国为民摇旗呐喊

义乌市志办主任吴潮海曾专门为吴象水写了一篇题为《回忆不仅是为了铭记——记吴象水为义乌市场的催生与发展鼓与呼》的文章，肯定了吴象水对小商品市场的产生与发展做出的努力："毕业于南京大学中文系新闻专业的吴象水，以一个新闻工作者出身的特有敏感性，给这一新生事物首先大声疾呼。"

1978年底，从南京大学毕业回乡的吴象水，在去义乌县组织部报到的途中看到县政府大门西侧摆着六七个儿时熟悉的"鸡毛换糖"的货郎担。

所谓的"鸡毛换糖",就是义乌人用红糖块换来鸡毛做鸡毛掸子和肥田,每逢过年过节,便走街串巷地去"红糖块换鸡毛"。

但是吴象水觉得这几个"鸡毛换糖"的货郎担又不太一样,因为他们在卖一些针线、气球等小玩意。"可以说,这种形式,就是义乌市场最原始的雏形。"吴象水回忆。出于敏锐的观察,吴象水觉得,这里面大有文章,于是他决定展开一番调查。

2018年秋吴象水在南京大学鼓楼汉口路校门口

于是,他常往小商品市场跑,在了解小商品的来龙去脉时,他还向工商协管员等工作人员任爱民、陈登福请教获取第一手的市场素材。当时有一个经营扑克牌的摊主叫叶美芳,此人不但服务态度好,而且特别讲信誉,货真价实,老少无欺,就是顾客多付了钱,她也会主动退还,经过10多次观察采访,于是吴象水就写成了以"小商品市场的形成""小商品市场的特点""小商品市场的管理"为主要内容的调查报告——《小商品买卖有了新渠道——义乌稠城小商品市场的调查》。

这篇调查报告于1982年11月5日发表在《浙江日报》第二版头条,这是我国官方媒体第一次关注当时尚未形成大气候的义乌小商品市场这个新生事物(当地称小百货市场)。该文获得时任浙江省省长沈祖伦的高度重视并批示培育,这一年也成为义乌市场元年。

此后吴象水又通过采访时任稠城镇党委书记杨守信等人,结合自己的实地调查,义乌小商品市场这一新生事物,也就浮出水面。根据吴象水的调查,1979年,义乌群众自发在义乌稠城镇县前街开始售卖小商品;1980年,工商部门着手管理后迁移至北门街;1982年,又改地址近到湖清门。这样在80年代初,在义乌县城稠城湖清门街上就形成了一个规模较大的经营小五金、小针织、小玩具、小塑料等的"五小"商品市场。这个市场当时有叶美芳、何海美等个体摊贩462户，手提拎包出售商品的有150多人，集市日平均上市人数上万人次，日成交额在3万元以上。此后，1984年、1986年、1991年，随着三次大规模的基础建设，陆续扩建成了一个比一个大的室内交易市场，并投入使用。

小商品市场从无到有，从小到大，从露天设摊，走进了室内经营。吴象水认为，小商品市场的出现，是人民的创举，不能归功于谁，全是自发的劳动人民的创举。

但是当时的社会环境，对义乌市场这一新兴事物仍然充满了警惕。义乌市志办主任吴潮海回忆，由于"重农抑商"思想作祟，有人认为个体经营者"无奸不商""为富不仁"，因而把市场经济的发展当作"祸水"，要作为资本主义尾巴割除。包括义乌本地相关部门的认识也不足，对民间商业活动屡屡禁止，大有将刚起步的义乌小商品市场扼杀于摇篮之中的态势。

1982年11月11日《金华日报》刊登了一篇文章：《义乌稠城小商品市场的调查》，这篇文章一石激起千层浪，给那些患有"左"倾思想者击一猛掌，给还在动摇、犹豫、彷徨中的主管部门领导无疑是服了一帖清醒剂，对稳定人心、发育市场起到了重要作用。而这篇文章的作者，正是吴象水。义乌的父老乡亲们绝对没想到，吴象水会通过自己的才干和文章，把义乌当地的小商品市场推向了全国乃至世界。

《金华日报》资深名记倪志集撰文回忆，1982年8月，《金华日报》复刊后不久，当时还是中学老师的吴象水送来了一份名为《义乌稠城小商品市场调查报告》的文稿，并附有大量的调查背景材料。

看过来稿，倪志集觉得这可是一件新鲜事，很有新闻价值。只是文中提到的某些做法与政策不符，比如当时很多商品还不准私人经营，农民不得弃农经商等。出于稳妥起见，倪志集将此稿暂压。

1982年10月18日，倪志集到义乌县城供销社采访，专门到稠城调查核实吴象水的来稿。通过深入了解，倪志集觉得发稿时机已经成熟，于是在1982年11月11日，编发了吴象水的稿件。

不久，《浙江日报》经历了层层曲折，顶住压力，也刊发了此稿。一时间，义乌小商品市场引发轰动效应，吴象水成为在省、地市级党报上报道义乌小商品市场的第一人。那时的吴象水，突然返乡的复杂心情，排遣一空。他用自己的行动，证明了南大学子的知识与能力。

如今，我们很幸运地找到了这第一篇报道义乌小商品市场文章的底稿。这篇文章，吴象水以精准、干练的文字抓住了义乌小商品市场的现状与特征，当年义乌小商品市场的雏形如在眼前。文章写道：

义乌县城北门街已经形成一个经营小百货、小五金、小针织、小玩具、小塑料的"五小"工艺品贸易市场，每逢市日，这条长约三百米、宽八米的街道上摊贩林立，二百多个品类，二百多个规格的小商品罗列其间，犹如广州元宵花市。当时比较沈阳五爱和武汉汉正街市场的优势，义乌市场把十七个省、市、自治区二百多个企业和生产者、消费者联系起来，形成了一条从生产到消费，从城镇到乡村的"五小"工业品流通新渠道。

自此以后，他开始从一个单纯的商人，蜕变为一个关注义乌市场的人。20世纪90年代初，已经是义乌当地有名的"牛仔大王"的吴象水，萌生了弃商从文的念头。

在事业高峰阶段弃商从文，为什么？在吴象水看来，自己是贫苦农家出身，是在党的教育下成长的，是在南大的土地上培育成才的，人要讲良心，自己大学时在新华日报社实习，新闻功底扎实，他总想为国、为人民呐喊。对此，时任中共义乌市委书记赵金勇专门题写"象如高山且泊舟，曾经商海难为水"送他鼓励。

1996年，吴象水考入国务院发展研究中心《中国经济时报》，开始了自己的记者生涯。此后，他担任了金华采编部主任和《中国改革》浙江记者站站长，2003年，出任《人民日报》金华站站长，在《市场报》大展雄才，担任浙江站站长助理，2008年，成为《中国商报》派驻浙江站的两名专职记者之一，并任副站长，至今仍担任着一期刊执行总编。

专心致志地关注义乌市场的发展，就市场发展的前瞻性问题进行索隐探颐、深入钻研，成为吴象水最热爱的事业。

多次逆袭与跨界从一个成功的商人变成一名收入微薄的新闻工作者，

在别人看来这不可理解，但吴象水做得有滋有味，广泛深入地宣传推广义乌小商品，从广东、河南到东北等担任着全国数十家专业市场的首席顾问敬为贵宾，靠的就是他的真才实学与傲迈风骨。

2005年10月21日，《人民日报》海外版头版头条刊登了吴象水和鲍洪俊合作完成的《义乌小商品吸引世界目光》文章，每天近8000名外商采购，成为全球最大日用品批发市场，这是全球范围内宣传义乌市场级别最高、影响最大、效果最好的新闻大作。

时任国务院研究室主任谢伏瞻说："我们是在和总理出国访问途中的飞机上看你这篇文章的，写得很好！"值得一提的是，文章的合作作者鲍洪俊，也是南京大学校友。鲍洪俊后来担任了《人民日报》浙江分社社长、浙江省委宣传部副部长、浙江日报总编辑等职务。

这篇文章认为，经过20多年的发展，义乌市场经营面积扩大至260万平方米，经营商位增加至7万个，经商人员发展至20万人，经商品种增加至1500个大类的32万多种商品。义乌国际商贸城实现了从现金、现场、现货传统"三现"交易发展到国际贸易、电子商务、洽谈订单、商品展示、现代物流等大跨越，现代化服务和管理体系日益完善、高效，义乌成为建在市场上的城市。

2011年3月，国务院正式批复义乌成为国际贸易综合改革试点，这是继国家设立9个综合配套改革试验区之后的又一个综合改革试点，是浙江省第一个国家级综合改革试点，也是全国首个由国务院批准的县级市综合改革试点。2014年11月，国务院总理李克强访问义乌时，当地的老商户何海美向其赠送了创业时期用过的拨浪鼓。李克强接过拨浪鼓摇了摇说，我知道义乌人创业初期鸡毛换糖，摇着拨浪鼓走天下的历史。义乌小商品是中国的一张名片。

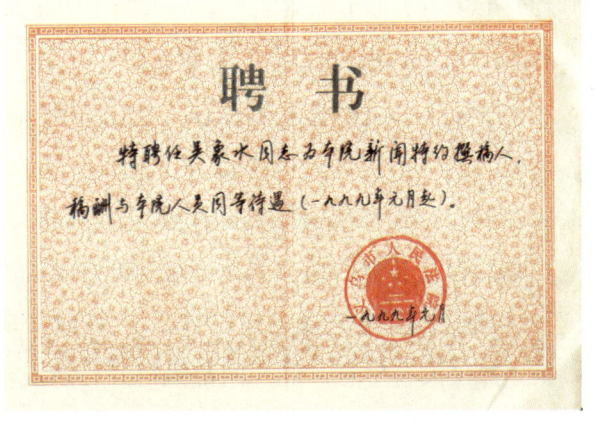

吴象水被聘为义乌市人民法院的特约撰稿人

短短的几十年，义乌从"马路市场"一跃成为"全球第一市"。如今，义乌已经是全球最大的日用小商品集散中心，是全球最大日用消费品流通中心、展示中心和中国最为重要的商品出口基地。与此同时，义乌也是国内最大的网络商品供应基地，全国75%的日用百货类网货直接间接来自义乌。市场汇集了20余万家日用消费品生产企业的180万种商品。商品出口到219个国家和地区，有100多个国家和地区的1.8万名境外客商常驻义乌采购商品。

可以说，浙江义乌市场近40年的发展历史，正是中国改革开放走向市场经济的缩影。身为一名义乌人，吴象水亲历了义乌小商品市场的变化发展过程，他从关注义乌小商品市场的兴起到第一个对义乌小商品市场做调研，继而成为我国第一个报道义乌市场的共和国培养的南大人。

2016年10月12日更是在《中国商报》上，以整版篇幅发表了《世界"小商品之都"崛起在义乌》一文，提出要"把义乌放到国家战略中去谋划定位，积极参与'一带一路'建设，探索沿海内陆地区对外开放新通道，提升对外开放水平，努力在新形势下闯出一条跨越式发展的路子，加快在2020年建成世界'小商品之都'"，顿觉振聋发聩！

近年来，吴象水一方面在全国积极推广义乌模式的小商品批发市场项目，另一方面更是深入思考义乌小商品市场的发展未来。由于国内外市场经济形势不断发展、环境不断变化，我国商品市场发展的背后也隐现出危机。"义乌中国小商品市场现在正处在发展的转型期，处在前进中的拐点，保持有形市场与无形市场共同发展的道路十分艰难，必须要有爬坡过坎儿的思想准备，实施多途径突围。"吴象水说。

在义乌小商品批发市场成为全世界最大的小商品批发市场之后，义乌市场的成功模式被多地模仿，在浙江义乌的小商品批发市场，常常有各地来参观的宾客和政府官员，社会团体和个人投资者观摩与取经。近几年，多地风起云涌地效仿义乌，建立当地的商品批发市场，但是能够成功的不多，特别是受"电商"的冲击，一些挂义乌牌的小商品批发市场门可罗雀，摊位没有生意，连开门都懒得开，造成了大量资源的浪费。

吴象水提醒，各地市场投资者需谨慎，毕竟义乌小商品市场的成功有其优秀的商业人才和企业来支撑,在国内和国际的影响力大,一些地方无法复制。"义乌市场从无到有、从小到大,成为全国乃至国际小商品市场航母,离不开其特定的成长环境。义乌有一个适合市场孕育发展的小环境,义乌国际商贸城是小水塘里养出的大鱼,是小环境造就的大市场。"吴象水说。

那么,时至电子商务蓬勃发展的今天,小商品市场是否还有其生存意义呢?在吴象水看来,小商品批发市场仍有其存在和发展的价值与意义。"有形市场和无形市场一定要结合发展。要双管齐下,在发展电子商务的同时,小商品市场也同样是不可或缺的实体市场,它提供了城市普通消费者的最真实样品。"

对于义乌市场的突围之路,吴象水认为各界已基本达成共识:

一是小商品贸易要树品牌,小商品贸易是义乌传统优势,要继续提升竞争力。7万多经营户们十分珍惜这个市场,大家都希望市场长久兴旺下去。对此,政府要注重引导,不能走低成本竞争之路,要走薄利多销的低价格竞争之路。要鼓励企业创牌,更要鼓励成千上万微小企业回归,扶植微小企业成长,放水养鱼,企贸联动。同时市场内务必要规范摊位买卖、租赁行为,用行政手段控制炒摊现象,千方百计降低经营成本。放下架子做好招商引资,政府多做、做好经营户的服务工作。

二是要向大商品贸易发展。小商品为主导的大市场模式必须突破,大市场应该让大商品参与支撑,大小商品要一起上。办好该市城西生产资料市场是义乌进入大商品交易时代的关键。但在义乌的决策中应看到,义乌不是大宗商品的原产地,物流网络目前还不适应大商品的大进大出,要做到商品进得来出得去、货畅其流不是易事。大宗商品销售半径不大,客商到厂家订货多于到市场订货。大宗商品特别是生产资料类商品,各地市场体系发育都较完备,要让客户选择义乌市场难度也很大。市场搞得过大,招商引凤工作也有难度,如果一旦摊位空置、人气不足,市场就难再激活。走大商品大市场这条路必定有大风险,决策者必须要有充分思想准备,开弓没有回头箭。

三是电子商务要做活。吴象水认为,义乌市场的电子商务起步并不算

金华职业技术学院聘吴象水担任客座教授

晚,且通过政府倡导和培训,已显"义乌购"的强劲势头,继续抓下去,过去义乌在电子商务赛场上的失分完全可以拿回来。义乌有自己的优势,有实体市场支撑,有高校引领,众多的"电商"正在成长,完全有可能做大电子商务这个平台。传统经营模式和庞大的电子商务平台相结合,这是义乌的潜在优势。

正因为他对小商品市场的执着关怀,也由于他对于其发展所做的探索和努力,吴象水被聘为中国市场学会中国商品交易市场专家指导委员会常务委员、招商运营策划专家。

吴象水还先后被聘为金华职业技术学院客座教授,给大学生报告中国市场经济的现状与发展趋势,兼任湖北、惠州义乌小商品批发城经营发展战略顾问、义乌市广播电视台监督员,以及河源、咸宁、秦皇岛义乌小商品批发城战略经营首席顾问等职务。为了让更多的人为小商品市场的未来出谋划策,吴象水表示,自己愿尽最大的努力。

从成功商人到著作愈干
铁肩担道义、妙笔著文章

作为一名敬业笃行的新闻工作者,吴象水留下了许多辉煌灿烂的新闻篇章,这也是在吴象水的故事中要浓墨重彩去讲述的部分。要说真正读懂吴象水为人的气质和品格,一定要去看一下那些已泛黄的报纸,听一下历史的回声。

走进吴象水的家中,可以看到他像一个文物爱好者一般收集着数十年来发表过的作品。翻阅这些作品,仿佛翻开了历史的画卷。出于社会公平与正义，义乌市志办主任吴潮海专门为吴象水撰写鼓与呼的新闻作品，说明吴象水心系义乌，真正发挥推动社会进步的巨大功效的真迹。

如果说，作为国内第一个报道义乌小商品市场主要是由于吴象水对市场的敏锐嗅觉，其最大的价值在于发现，那么吴象水后来的很多报道，则是由于他对义乌市场的持续观察和深入调研，其最大的价值在于思考和启迪。根据不完全统计，吴象水累计发表有关于义乌和浙江乃至全国的文章达3000多篇。

限于篇幅，我们从吴象水浩如烟海的作品中挑一些出来着重讲述。尽管时迁世移，但吴象水在一些文章中的观点，在经济社会发展的过程中依然值得被借鉴和弘扬。更不用说，这种敢于直言、激扬文字的精神，要被永远地铭记。

义乌小商品市场的发展当然不是一路坦途。小商品城最初是以低价格薄利多销横空出世的。在21世纪初，义乌小商品城蓬勃发展之际，政府报告中提出义乌小商品城的优势是"低成本竞争"。乍一看，这种提法很有道理，于是得到一些人的附和，甚至成为社会上流行的主流观念。

这让吴象水一头雾水。他深知，"低成本竞争"这个提法会带来很多负面的阐述，不明就里的人会以为"低成本竞争"就是不断降低成本，那么为了降低成本必然会有偷工减料等造假行为，这实际上是对义乌小商品市场形象的破坏。倘若让这个说法一直流传下去并弥漫开来，人们对义乌小商品市场的评价一定会大打折扣。

吴象水思来想去，要不要纠正"低成本竞争"这个提法呢？纠正吧，那可是要得罪大人物的，特别是一些有头有脸的人，这些人跟吴象水私下里关系还很不错；不纠正吧，吴象水觉得良心过不去，义乌小商品市场就像是他细心呵护的一个孩子一样，他不忍心看着被抹黑。

经过一番思想挣扎，最终，吴象水还是选择了发声，以笔为刀。2003年2月28日，他在《中国经济时报》发出了《义乌小商品：大批量带来低价格》一文，迅速引起社会轰动，有人赞同，也有人打来电话严厉恐吓与反对。

吴象水坚定认为，义乌小商品市场得以不断发展，是以保质量、多品种、大批量、低价格的途径来实现的,即平常所说的"价廉物美、薄利多销"。首先,义乌市场的定位是向国内外最广大的消费层,它适应城乡人们的消费需求,关键就是以薄利多销的手段来赢得顾客的。其次,义乌市场的服务对象是生产者和经营者,而不是直接的消费者,它的经营理念是"当好生产商家和经销商的桥梁"。所以,义乌市场的成本是由生产厂家制约的,它还必须将相当的利润让给下一手商贩,只有这样的市场才有凝聚力和吸引力,才会不断扩大销售网络。

按照吴象水的观点,义乌小商品市场的优势就在于低价格,但低价格并不等于低成本,只不过义乌小商品市场在保证商品质量的前提下,千方百计降低生产成本实现了商品的低价格,把利润让给了下一家批发商。而低成本竞争是一个误区,首先必须在认识上摒弃它,因为义乌市场能保持持续发展靠的是薄利多销、物美价廉、品种齐全、大批量销售,也就是"低价格"竞争的优势。

吴象水强调,低成本竞争本身无生命力,加上低成本后面挥之不去的假冒伪劣,使商业利润越挤越少,只能从降低商品质量上打主意,寻找利润空间,这么搞下去的话只能作鸟兽散。值得一提的是,该文获时任义乌市委书记赵金勇批示办公室同志向吴象水学习。

吴象水还提醒,新世纪初一个不可忽视的社会现象是异地市场抢占销售份额,那时全国挂义乌牌子的市场已达130多个,仅广东和山东就各有20多家。义乌对此也缺乏有效的监管办法和知识产权保护,吴象水提议国家有关部门应负起这个责任。2019年底知识产权局已经启动程序维权并予以实施,向挂牌企业提起诉讼,但困难不少。

与一般的新闻工作者投身采写相比,吴象水更像是一个观察家和思考者,以冷静的笔触、清晰的条理和严密的逻辑澄清谬误,纠正错误的思想认识。而思想认识的纠正往往十分重要,因为这决定了人们对一个事物的看法和评价,从而影响到人们的社会行为准则。

在吴象水的回忆中,记忆非常深刻的就是前文所提及的《实践是检验真理的唯一标准》。那时候,胡福明虽然只是一个讲师,但所撰写的文章产生了影响历史进程的影响力。虽不能至,心向往之,吴象水希望自己的文章也能起到一定的作用。古往今来，为天地立心、为生民立命、为往圣继绝学，是无数知识分子的理想追求，从南大毕业的学子概莫如此。

吴象水最敢于直言是在2003年。10月31日，《人民日报·市场报》头版头条刊登了《国有资产层层流失　楼盘开发团团疑云——浙江义乌"锦都豪苑"种种怪现象揭秘》一文。文章揭露，在距离义乌小商品市场中心点仅1公里的义乌江滨绿廊黄金地段，以低价投入弄到327亩土地的号称浙中第一楼盘的义乌"锦都豪苑"，在房地产蒸蒸日上、获利丰厚的3年来竟然未盈利，义乌锦都房地产开发公司的情况令人生疑。

这篇由吴象水撰写的新闻报道，通过调查发现，由于在工程管理上出现诸多问题，公司内部举报信与日俱增，一批管理人员先后辞职，而总经理也提出异议，认为开发区政府干涉了"公司化运作"。而据知情人士透露，不单是"锦都豪苑"，义乌的国有土地资源的流失在其他项目上也非常严重。义乌经济开发区当年以工业用地的价格出让3平方公里的土地，大部分却变成商业用地，这些业主基本上都是没有缴纳过地价级差税，后又率先发工业用地"退二进三"的文章，引起省委乃至全国关注。

这篇报道发表后引起社会极大的反响。市纪委书记挂帅调查，后来《市场报》发出题目为《一项土地改革　增加国资3亿》的反馈报道。报道称，日前，义乌市一宗土地案的改革，使国有资产彻底退出竞争性行业，成功拍卖了一块"风水宝地"，为地方增加了国资三亿元。在《国有资产层层流失　楼盘开发团团疑云——浙江义乌"锦都豪苑"种种怪现象揭秘》发表后，义乌市主要领导多次作出批示要求解决好问题，市纪委书记亲自负责抓这项工作，并数次与记者吴象水沟通，了解内情，征求处理意见，清退了大部分房源进行市场化运作，挽回损失5亿多元。

对义乌发展的思考不是一时一地的，而是日积月累、久久为功。生在义乌，长在义乌，学成后工作也在义乌，对义乌的观察和思考伴随着吴象水的成长。他当然热爱这里，可是看到义乌出现不好的兆头，他会痛心疾首、不畏强权选择诉诸笔端；看到义乌美好的方面，他会高兴地颂扬和传播。不过根据舆论传播的过滤，那些带着批判性思考的文章总更容易获得传播量和影响力，在历史的长河中留下一些印记。

那是在2002年，吴象水觉得自己对义乌的观察和思考，有了一定的成果。当年8月，吴象水在《中国经济时报》头版头条发表了《破解义乌的"短腿"和"瓶颈"》一文，借助这篇报道针对义乌市经济发展存在的隐性问题提出了一些对策。他认为，义乌人是从"鸡毛换糖"开始小商品经营的，经过20年的发展，义乌的小商品市场已经闻名世界。虽然义乌的经济发展有了一定的基础，但是在经济发展过程中还是存在问题的。

时任义乌市委书记楼国华在接受吴象水采访时表示，义乌的整体发展还有一些不足：一是经济整体素质有待提高，招商引资的"短腿"现象没有得到根本改观。二是社会事业落后于整体经济发展，与率先基本实现现代化的要求相距较远。三是水、土地、供电等资源"瓶颈"问题日渐突出。四是干部队伍的工作作风，机关办事效率仍然不能适应经济社会快速发展的要求，投资环境有待进一步改善。五是利益调整带来的矛盾较多，维护社会稳定任务繁重。

面对存在的各种情况，楼国华认为，首先需要统一思想，转变观念，把招商引资作为"一把手"工程，另外要发挥比较优势，扩大出口。楼国华还认为，完善城市规划体系很重要。规划是建设的龙头，按照着眼长远、立足实际、适度超前的原则，把义乌市作为一个整体、一个系统来进行规划，使规划覆盖全市的每一寸土地、每一个角落。此外要转变政府职能，改进政府工作作风，对行政性审批项目进行一次性全面系统的清理。

这篇文章可以说是前瞻性地对义乌发展进行了全面的思考和谋划。文章刊登后，在义乌全市引发了热烈讨论。自我感觉已经发展很好的义乌，如何面对自身存在的一些问题并解决好这些问题，可以在这篇文章中找到布局和启示，这为义乌未来发展绘制了历史性的蓝图。

等到2005年3月，吴象水专门采访了楼国华（注：义乌当地百姓反映，楼国华在义乌小商品市场的发展当中一二期工程一起做功劳最大），报道发表在《市场报》头版。在经济全球化的大背景下，世界各地的商人汇聚义乌，对此义乌有何方略？楼国华告诉吴象水，义乌的措施是四管齐下：第一是引进和汇集全球的著名、知名品牌来义乌销售，设立商品展览馆，谋求世界小商品集散地稳健地发展；第二是讲诚信、重质量，打击假冒伪劣产品；第三是建好市场，做大市场就是做大生意，要做好市场现代化的配套工程；第四是提高经营者的经营本领，强化外语培训。故楼国华主政义乌的五年，是经营户生意最好做的时期。

回看这些报道，我们能窥见义乌小商品市场成长壮大的征程中吴象水作用不少。回看来路，取得的成绩实属不易，取得的成绩也可谓辉煌。感谢这些记录者，给义乌保存了一份历史的档案。开公司会做生意，但吴象水宁愿少挣些钱，也要保持着善写文章的爱好。每说到这里，吴象水会提到南大。是的，扎实的文字功底是南大培养出来的。毕业于国内最好的文学系之一，笔杆子好应该是最基本的素质了。

目光向外，面向世界宣传义乌、推广义乌的机会，吴象水都没有放过。在外广结善缘，吴象水讲究"诚朴"二字。"诚朴雄伟 励学敦行"正是南京大学的校训，在他看来学校的校训是学校精神的一种体现，而这种精神感染了母校的学子。正是本着"诚朴"的为人准则，吴象水得以丰富认识并采访了很多具有社会影响力的各界人士。

吴象水采访过国内著名的头牌经济学家马洪。1999年，时任国务院发展研究中心名誉主任的马洪，对当时就是亚洲最大的小商品市场进行调查研究后提出，义乌小商品要面向世界农村市场，要坚持走生产、批发改善农民生活必需品为主的经营之道。马洪告诉吴象水，义乌小商品市场名气很大，他早想来看看，现在眼见为实，义乌这个市场的发展前景很好，市场建设的经验很宝贵，关键是市场的定位好，面向全国的农村、农民和城市工薪阶层，很有发展潜力，是中国市场建设的一面旗帜。

2001年，时任潮州市委书记陈冰、市长李清率领该市240多家知名企业的600余名商品经营者包4架次专机，飞到义乌市摆出6000余种企业产品，开展"潮州市名优产品展销暨经贸洽谈会"，当日就签订18个购销合同。书记、市长亲临市场替百姓做生意，促进地方经济发展，在国内实属罕见。吴象水敏锐地捕捉到这个新闻，专访了陈冰书记，发表在《中国经济时报》与《潮州日报》等头版上。

陈冰书记告诉吴象水，因为义乌是我国小商品流通最大的集散地，潮州已有600多人在义乌经商，此前的一年潮州在义乌的商品成交额就达到8

亿多元，因此这一年潮州要进一步拓展潮州产品在国内的销路，把义乌作为一个重要的销售窗口，依托义乌市场，开拓国内市场，为企业办实事。

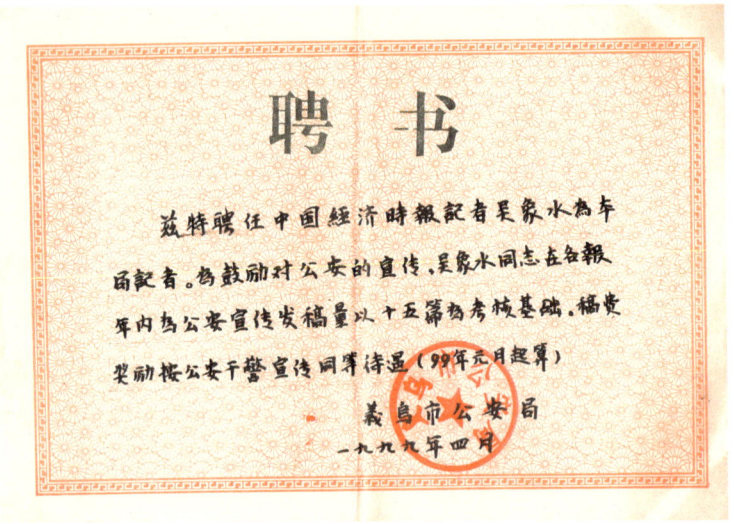

吴象水被义乌市公安局聘为记者

在担任《人民日报》金华站站长时，吴象水采访报道了吴英案。1999年，浙江东阳人吴英从技校中途辍学后在当地一家美容店当学徒，2005年开始与丈夫一起在东阳市区经营理发休闲屋、美容美体中心等。2006年下半年，吴英以1亿注册资金先后创办了"本色集团"的8家公司，行业涉及酒店、商贸、建材、婚庆、广告、物流、网络等。外界一度传闻其资产高达38亿元，并由此位列2006年"胡润百富榜"第68位、"女富豪榜"第6位。2007年3月被刑拘37天后，吴英因涉嫌非法吸收公众存款，被浙江东阳市公安局执行逮捕。

吴象水的报道被全国数百家媒体转载。吴象水的这篇发表于《市场报》头版头条的报道，讲述了"'暴富姐'栽在高利贷"的故事，"暴富姐"就是吴英。文中指出，吴英是靠借高利贷暴富的，她接待的最高利息是七分利，以借100万分析，她每天需要支付放贷人7000元，每个月就高达21万，这就意味着她拿100万用于投资，5个月不到就必须实现翻番的收益，才能持平。由此，也爆出了高利贷的重重黑幕。吴英案发后，大债主仍没有露面。

2009年4月16日上午，备受关注的"东阳富姐"吴英集资诈骗案在浙江省金华市中级人民法院大法庭开庭审理。检察机关指控吴英涉嫌集资诈骗达3.89亿余元。28岁的吴英演绎了一个短期的财富传奇故事。

2012年，在吴象水的主持下，《中国商报》头版刊发了义乌市场30周年特刊。义乌市往届的市委书记和市长纷纷撰文，或回顾义乌小商品市场发展的立场，或者反思义乌小商品市场的经验，或展望义乌小商品市场的未来前景。

这些文章为人们了解义乌市场的走向提供了非常重要的参考，因为很少有媒体能够一次性聚集义乌市这么多的领导，这都得益于吴象水深厚的新闻积累和良好的人际关系。其中，时任义乌市委书记的黄志平发表了重磅文章《抓机遇建设商贸特区 促义乌走向国际市场》。他强调，只有充分发挥改革试点"第一推力"的作用，坚定不移地在国际贸易重点领域和关键环节深化改革，才能不断突破管理瓶颈和体制制约。

2005年4月10日，浙江省东阳市画水王坑头发生"4.10事件"，吴象水由夫人开车深夜前去采访，写成"内参"与照片报送最高层受到中央领导肯定，鼓励给吴象水记功与发奖，为还原这一事件真相，决策和平息这一事件提供了强大参考。

目光向内，民生无小事，事事总关情。关于义乌发展的一点一滴，他都会细心留意。这与他早年在学校时积累下的知识和实习时养成的调查习惯有关。因为有平时的经验积累，所以看问题才会深刻一些；因为有调查的习惯，所以才能够结合实践发表个人的独到见解，才会有百姓信任的发言权。

出任《中国商报·义务市场资讯》总编的吴象水还率先发文，提出义乌应建设"世界小商品之都"。2016年10月12日，吴象水在《中国商报》发表题为《世界"小商品之都"崛起在义乌》一文。文中指出，主动融入我国对外开放大格局，把义乌放到国家经济战略中去谋划定位，积极参与"一带一路"建设，探索沿海内陆地区对外开放新模式，构筑对外开放新通道，提升对外开放水平，努力在新形势下闯出一条跨越式发展市场经济的路子，加快在2020年建成世界"小商品之都"。

在这篇文章中,吴象水认为,随着义乌一系列改革的有力推进,改革红利持续释放,高效便捷的国际贸易新通道顺利打通,为浙江乃至全国外贸发展注入新活力。义乌市应该牢牢抓住国家"一带一路"倡议和浙江省建设"义甬舟"开放大通道的战略契机,全面推进公路、铁路、航路、邮路、B型保税物流等五大平台建设,不断完善内陆口岸功能。

在这种情况下,营造诚信经营网络是至关重要的。开展市场信用分类监管是义乌市纪委"廉洁市场"建设的一个缩影和建设五星级市场的基础。为了提升经营户诚信意识,依托信息化技术,根据市场经营者的信用状况,义乌市将市场经营信用等级分为六个级别,对不同信用等级的经营者实行不同的监管方式,在商位显眼位置悬挂信用等级,并实行动态监管,约束经营户更加注重诚信、遵纪守法经营商品。

直到今天,吴象水还担任着《中国商报》的某刊执行总编,他本可以过着安逸的日子。在义乌的老家,他依旧关心着社会的动态,忍不住要写几篇文章回应现实。在他的房间里,堆放了太多他曾发表过的文章,他就以这样笔耕不辍的姿态走到今天,活在当下。疫情中满怀爱心,助人为乐,种菜锄地度日。

扎根基层,一生为南京大学争光
朴实风骨是灵魂,回馈社会南大以他为荣

书生报国无他物,唯有手中笔如刀。兜兜转转,从毕业初借调到县政府部门写材料写文章,最终成为一名杰出新闻工作者写更多的文章,不变的是热情,变化的是文章对现实的关怀和思考的深度。作为一名新闻工作者,吴象水距离火热的现实生活更近了,距离乡亲们的生活更近了,对社会的思考也就更细致入微了。

回想起遥远的20世纪八九十年代,吴象水总是感到温馨而幸福。他觉得那个年代的大学生,是激情燃烧的,认真读书写文章,心怀大千世界,在南大习得优良风格贯穿了他的生活。即使在最宝贵的青春岁月回到故乡的弹丸之地,他也满怀希望地走向世界的未来。

吴象水的故乡坐落在浙江省义乌市大陈村，这个古老村落的历史要追溯到宋朝徽宗年间。相传洪武皇帝路过此地，在村前的龙山上断言："一朝风雨断桥梁，三日太阳深见底。"在地方风水先生眼里，这里是一块风水宝地：上有两龙抢珠（两溪汇聚在村头），下有狮象看门（狮山象山），前有笔架屏风（山名），后有金鸡凤凰（山名）。用风水先生的话来说，这里是能出大官的地方。

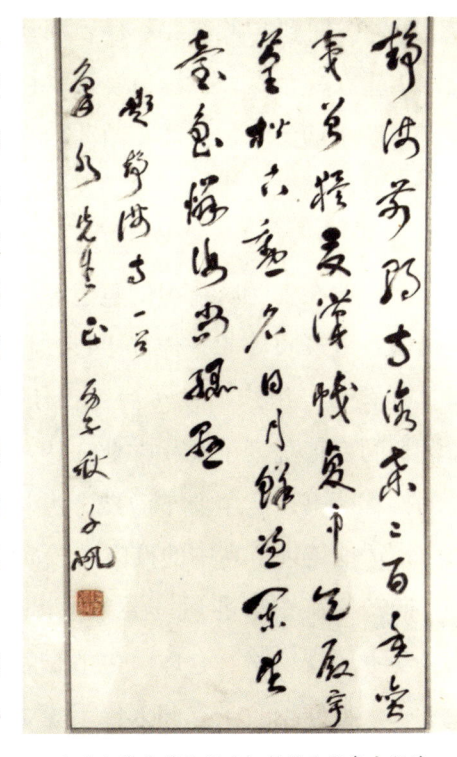

南京大学文学院程千帆教授为吴象水题诗

虽然风水先生说得天花乱坠，然而这里的土地却是一片浮沙地，朴实的村民世代为农，并没有出过一位大官。虽说在历史长河中，这片土地上始终没给村民带来什么财富，但是形成了一种良好的村风：为人正义，仗义疏财。

当时光的车轮逐渐滚向20世纪下半叶，义乌这个曾经默默无闻、无人问津的地方，因为她养育的孩子吴象水，在全国范围内打响了名声，全国各地的媒体记者汹涌而来报道这里。吴象水预言并呈现了义乌小商品市场的崛起，笔力千钧却能远胜风水先生的掐指一算。

义乌真正财主辈出是直到我国2000年"入关"以后才产生的现象，义乌人在大批外国人涌入的大潮中创造了扬名全国的致富神话，那时吴象水已经先后经过多份工作的磨练。南大毕业后吴象水回到家乡时，义乌还尚未成为后来以日用小商品城著称的城市，但吴象水坚信在这里也可以顶天立地走向世界！

吴象水说，有一天他独自爬上龙山，面对远方，一如面对尚未清晰的未来，吴象水一股豪情涌上心头——相信自己即使在最基层，也要干出一番惊天大事业。

时针拨回到20世纪50年代,那还是三面红旗插遍中国大地的时候,吴象水出生在一个贫寒的家庭。不幸的是,在吴象水很小的时候,母亲就去世了,幼小的象水也失去了母爱,那时整个国家都处于困难时期,像他这样的家庭犹如风雨中的飘蓬,又像是汪洋大海中一叶小舟。但吴象水刚懂事,就勇敢地扛起了家务的担子,与父亲相依为命。7岁时,吴象水就会做饭给专业在生产队耕田的爸爸充饥。上小学后他一直担任着班干部,儿童团团长、班长等职务他都干过,在区里县里举办棋类比赛都得过冠军,而且踊跃参与组织活动(后还曾任义乌市围棋协会主席)。"文化大革命"期间,他荒废了几年学业,1970年才初中毕业,经推荐上了高中。当时的推荐读书,竞争非常激烈,当时一千多人的大队只有两个名额,而吴象水幸运地走进了高中的校门。

1972年高中毕业后,吴象水当上了民兵连干部,白天参加生产队劳动,晚上巡视铁路看仓库。生活是累了一点,但吴象水心中满是感恩,满是干劲。他知道,是党和人民培养了他这个贫农的儿子,是党和人民给了他工作的机会,时刻记着这深厚的恩情。

高中毕业后在生产队,吴象水一年要挣够3000多个工分,手车拉沙一次能拉千余斤。1974年江里发洪水,后来又有几次水灾,他都奋不顾身参与救人救灾,以实际行动引得了家乡群众的好感和信任。1975年,吴象水也因此被推荐到万里挑一的南京大学读书。

南京大学的好学风让吴象水印象深刻。他那时班上有30个同学,14个同学是部队来的,个个是规规矩矩、扎扎实实的青年。每到放假,他们还要放下书本参加义务劳动。毕业实习时,他作为《新华日报》实习记者,还专门到苏北地区进行调查,撰写的调查报告获得了报社的表彰。

20世纪七八十年代,那是一个理想飞扬的年代,大学生活是格外浪漫的,那时吴象水和同学们一样,有许多关于未来的美好设想。

在吴象水看来,正是南大人的风骨和精神影响了他。他从未忘记自己是南京大学的一名学子,自己的所作所为代表着南大人的形象,也不能辜负了老师当年对自己的教诲。比如说,吴象水为何能抓住义乌小商品市场这条"大活鱼"?这就与吴象水在南京大学的求学有关。吴象水记得,在南京大学读书时，执笔撰写《实践是检验真理的唯一标准》的哲学系讲师胡福明，曾在课堂上向他们灌输过市场经济方面的知识，使吴象水多了几个"经济细胞"。

身处比较复杂而善变的环境中也受到过帮人"粮票换花生米被没收"的折难，吴象水对唯利是图、投机钻营的人有种生理上的厌恶感。吴象水深深地觉得，是南京大学使他学到了社会中的知识和风骨，因此作为一个读书人，最重要的就是要有正直气节和勇于担当的豪迈气概。

1989年，浙江发生洪水灾害，吴象水慷慨解囊，为各种福利事业的捐款他一般不会推辞。得知20年前自己读书的老师生活水平还不高，他就送去了6000多斤橘子给大家分。好友遇到大困难，他会热情相助，五吨车的纺织牛仔布被人赊账至今不追，尽管已有很多借出去的钱难以要回。但对他自己的生活来说，正像著名学者温铁军说："吴象水总是那副很寒酸的样子，生活不需要什么外在打扮，只要过得去就行。""朴是风骨，静是灵魂"，离开南大很多年，他依然秉承着南大莘莘学子的风范。

对于母校托付的事情，吴象水总是极度的热心，全力支持母校工作，积极组织和参与校友活动。中央大学、金陵大学、南京大学浙江校友会1995年曾经设立了一个经济情报站，大伙儿都推荐他当站长。当南京大学中国语言文学系校友录本即将付印时，主编朱家维在编后记中特别感谢了时任义乌市丹虹服装厂长的吴象水。吴象水不仅多年出资支持学生刊物《耕耘》的出版费用，更是这部校友录的积极倡导者，并捐资费用，使这项工作得以起步并顺利推进。

在这本校友录中，当时是浙江义乌丹虹服装厂长的吴象水撰文讲述了校友录的由来。那是1995年10月20日，他说，在1992年5月21日，南京大学举行了庆祝建校90周年活动。那天上午八

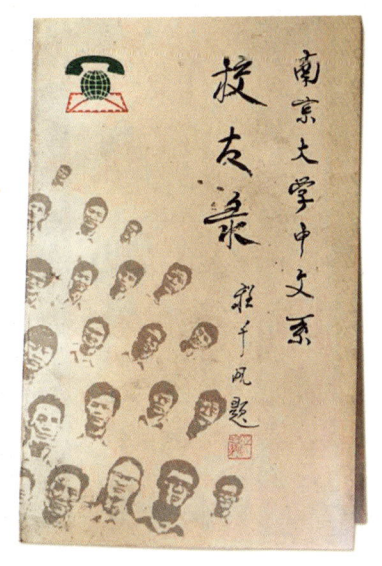

吴象水资助印刷的《南京大学中文系校友录》

点,来自全国各地的20余位历届校友代表,欢聚在中文系会议室。北京代表吴晓鸣和江苏代表程亚民首先倡议,大家一致提议创编南京大学中文系校友录,系党政领导当场拍板筹办。经过中文系吕效平和朱家维等老师三年的查找、搜集和整理,这本精美的校友录出炉了。

吴象水说,他是有着义乌的血肉,南大的灵魂。义乌是生他、养育他的地方,南大塑造了他为人处世所秉持的精神和品格,更重要的是,南大的独特精神陪伴了他几十年的人生道路,不为世俗所牵绊,不为浮名所劳累,只想做一个有正义感的自由人,有责任感的家庭人,一个脱离了低级趣味的人,这是他们那一代改革开放之初的大学生所学到的。因此,他对南京大学,是怀揣着发自内心的感恩。

尽管有很多次机会,吴象水都可以离开义乌这个小小的城市,但他都没有。为了照顾父亲,他回到义乌,地方虽小,地位虽低,但通过打拼创造出属于自己的非凡成绩。他相信,即使是在最基层,是真金总是要发光发热的,即使处江湖之远,也可以忧国忧民、为国分忧。他告诉记者,他希望后来的南大学弟学妹们,倘若有人也是去了最基层,一定不要失望、不要气馁,我们都具备了南大教会的知识和风骨,报国有门,你们一定可以在基层干出一番惊天动地的事业!

在一个黄昏,记者们依依不舍地和吴象水作别。走出吴象水的家门,记者们回首,看到身高一米六八的吴象水目送着自己。在义乌、浦江、诸暨交界的一个小小的山村,吴象水无疑是一个大写的人,在义乌小商品城走向

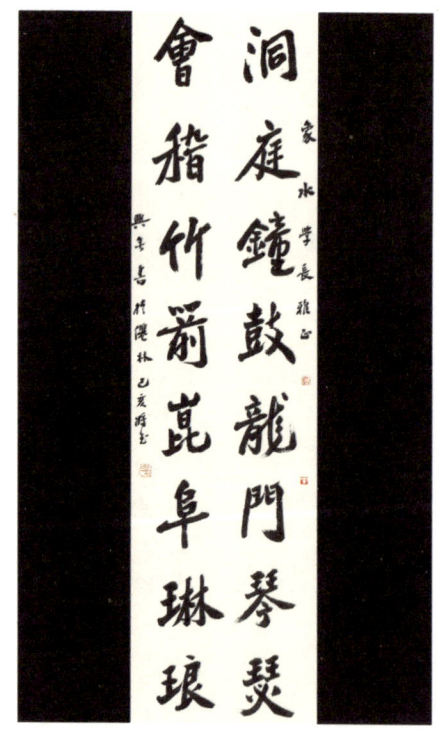

南京大学文学院现任院长徐兴无赠予吴象水的书法作品

世界的过程中，吴象水无疑做出了不可磨灭的贡献，而自始至终，不张不扬，吴象水是一个南大人，是一个具有南大风骨和气质的人。确有理由相信，南大现在也会以他为荣。

【编后记】

第一次听到吴象水这名字，不禁让人联想到老子《道德经》中的一句话："上善若水。水善利万物而不争。"水，是自然界最普通、最常见的事物。正是这极其简单的"水"，其中却蕴含着人生的大道理。

在自然界，水的存在形式有三种：其一为冰，其二为水，其三为气。水的三种形态其实也正是做人的三种境界。

做人的第一种境界就是冰，因为此时人就像冰一样，简单而透明，锋芒毕露而自我张扬，在自己的一片天地中，坚持着自己的本心，却苦于天寒地冻，只能孤傲地在世上踽踽独行。虽然有着冰一样的棱角，但是不懂得变通之道，在世上屡屡碰壁，被坚硬的冻土，打掉了自己的棱角。

做人的第二种境界是水，经历过摸爬滚打，已经领悟到做人的道理，并掌握了一些为人处世的技巧，所以像水一样，遇圆则圆，遇方则方，能够在压力面前想办法克服困难。虽然一滴水非常柔弱，但是它认定了自己的方向，每一次都滴向了坚硬的岩石，天长日久，坚硬的岩石也会被柔弱的水滴滴穿，这就是"滴水穿石"。

做人的第三种境界是气，高山峡谷，丘陵平原，涓涓细流，滔滔江河，水最终汇入大海，并升华为气，再次进入水的第二次生命历程。经历过人间万事，一切已如过眼云烟，胸中无沟壑，心中无滞碍，此时做人已臻化境。这就是老子所谓"道法自然"。

然而，做人如冰，尚显稚嫩，做人如气，太过遥远。唯有做人如水，润物无声，平淡自然，才是最真切的人生本色。像水一样，虽然只是涓涓细流，但确具有坚忍不拔的意志，持之以恒、水滴石穿。像水一样，要有"无孔不入"的精神。像水一样，不论来自哪个角落，都能够朝向一个既定的目标不懈前进，经由小溪汇积聚成河，经过河流汇成江湖，最终注入大海，从而实现自我的价值。"万流归大海"是说只要是水流，就会向着大海奔流，在这一过程中，遇到了重重阻碍。有时候，水流可以绕过山脉，可以穿透堤坝，可以吞噬礁石……不管怎样，都不会阻挡水流向着大海的流向。像水一样，在遇阻力或障碍时，反而加倍努力，释放全部能量，与障碍搏击。像水一样，除了自己流动以外，还不时带动其他物体，促使或帮助其他事物行动。像水一样，时常涤荡各种污垢而其力不减，永远保持自洁，永远不停地自我进步改善，也尽可能帮助别人进步改善。这样的人才能适应社会，从而获取人生的价值。

（摘自《南大校友通讯》）

中国市场学会专家吴象水：做小商品市场发展的推动者

随着电子商务大潮的冲击和网商的崛起，中国商品批发市场已面临条条块块分割的趋势，传统百货业也面临着极大挑战，曾受普通消费者青睐的日用小商品批发市场已是前路堪忧。

有着"中国义乌小商品市场报道第一人"之称的中国市场学会中国商品交易市场专家指导委员会常务委员、招商运营策划专家吴象水一直心系我国小商品批发市场的命运，为中国批发市场发展奔走。这些年来，吴象水多次以义乌代表团团长的身份陪同有关市场开发专家及国内外客商奔走于全国各地推进义乌模式的小商品批发项目，积极为区域商品生产型企业拓展国内外销售市场，推动小商品健康发展。

见证历史

可以说，浙江义乌市场33年的历史，正是中国改革开放走向市场经济的缩影。身为一名义乌人，吴象水亲历了义乌小商品市场的变化过程，他从关注义乌小商品市场的兴起到第一个对义乌小商品市场做调研，继而成为我国第一个报道义乌市场的人。

1978年底，毕业于南京大学中文系的吴象水为了照顾父亲，未去杭州而选择了调回义乌老家工作。在去义乌县人事局报到的途中，他看到县政府大门西侧摆着六七个儿时熟悉的"鸡毛换糖"的货郎担，在那里还卖一些针线、小气球类的小百货。所谓的鸡毛换糖，就是义乌人用红糖块换来鸡毛做鸡毛掸子和肥田，每逢过年过节，便走街串巷地去"红糖块换鸡毛"。

"可以说，那里就是义乌市场最原始的雏形。"吴象水回忆1982年初，在义乌县城稠城湖清门街上形成了一个规模较大的经营小五金、小针织、小玩具、小塑料等的小商品市场。这个市场当时有个体摊贩462户，手提拎包出售商品的有150多人，集市日平均上市人数上万人次，日成交额在3万元以上。

目睹了义乌市场最初萌芽的吴象水撰写了义乌小商品市场调查报告，该调查报告1982年11月5日发表在《浙江日报》第二版头条位置，这是我国媒体第一次关注当时尚未形成大气候的义乌小百货市场（也称小商品市场），这一年也成为义乌市场元年。

1984年，义乌市场开始纳税和收管理费，一些义乌农民开始"洗脚离田"，从诸暨批发袜子、开丝米服装，到广东、下沙等地贩来电子表等小商品卖，市场也开始有了模样，慢慢兴旺起来。1995年，小商品博览会启幕，让世界了解了义乌。2002年5月9日，义乌中国小商品城正式在上海证券交易所上市，义乌传奇渗透到资本领域。

2011年3月，国务院正式批复义乌成为国际贸易综合改革试点，这是继国家设立9个综合配套改革试验区之后的又一个综合改革试点，是浙江省第一个国家级综合改革试点，也是全国首个由国务院批准的县级市综合改革试点。

短短的几十年，义乌从"马路市场"一跃成为"华夏第一市"。如今，义乌已经是全球最大的小商品集散中心，是全球最大日用消费品流通中心、展示中心和中国最为重要的商品出口基地。与此同时，义乌也是国内最大的网络商品供应基地，全国75%的日用百货类网货直接间接来自义乌。市场汇集了20余万家日用消费品生产企业的180万种商品。商品出口到219个国家和地区，有100多个国家和地区的1.5万名境外客商常驻义乌采购商品。

2014年11月，国务院总理李克强访问义乌时，当地的老商户向其赠送了创业时期用过的拨浪鼓。李克强接过拨浪鼓摇了摇说，他知道义乌人创业初期鸡毛换糖，摇着拨浪鼓走天下的历史。义乌小商品是中国的名片。

心系发展

自第一次报道义乌市场以后，吴象水一发而不可收，时刻关注义乌市场的兴衰起伏，他在媒体上就市场发展的前瞻性问题进行深入钻研发文

2000多篇。近年来，吴象水一方面在全国积极推广义乌模式的小商品批发项目，另一方面更是深入思考义乌小商品市场的发展未来。

由于国内外市场经济形势不断发展、环境不断变化，我国商品市场发展的背后也隐现出危机。"义乌中国小商品市场现在正处在发展的转型期，处在前进中的拐点，保持有形市场与无形市场共同发展的道路十分艰难，必须要有爬坡过坎儿的思想准备，必须实施多途径的突围。"吴象水说，他认为低成本竞争正逐步走进死胡同。低成本竞争本身无生命力，加上低成本后面挥之不去的假冒伪劣，使商业利润越挤越少，只能从降低商品质量上打主意，寻找利润空间，这么搞下去的话只能作鸟兽散。还有一个不可忽视的是异地市场抢占销售份额，目前全国挂义乌牌子的市场已达130多个，仅广东和山东就有20多家。义乌对此也缺乏有效的监管办法和知识产权保护，国家有关部门应负起这个责任。

在义乌小商品批发市场成为全世界最大的小商品批发市场之后，义乌市场的成功模式被多地模仿，在浙江义乌的小商品批发市场，常常有各地来参观的政府部门，社会团体和个人投资者观摩与取经。近几年，多地风涌云起地效仿义乌，建立当地的商品批发市场，但是能够成功的不多，特别是受"电商"的冲击，一些挂义乌牌的小商品批发市场门可罗雀，摊位没有生意，连开门都懒得开，造成了大资源的浪费。

吴象水提醒各地市场投资者需谨慎，毕竟义乌小商品市场的成功有优秀的商业人才和企业来支撑，在国内和国际的影响力大，一些地方无法复制。

"义乌市场从无到有、从小到大，成为全国乃至国际小商品市场航母，离不开其特定的成长环境。义乌有一个适合市场孕育发展的小环境，义乌国际商贸城是小水塘里养出的大鱼，是小环境造就的大市场。"吴象水说。

那么，时至电子商务蓬勃发展的今天，小商品市场是否还有其生存意义呢？在吴象水看来，小商品批发市场仍有其存在和发展的价值和意义。"有形市场和无形市场一定要结合发展。要双管齐下，在发展电子商务的同时，小商品市场也同样是不可或缺的实体市场，它提供了城市普通消费者的现实样品。"

对于义乌市场的突围之路，吴象水认为，各界已基本达成共识。一是小商品贸易要树品牌，小商品贸易是义乌传统优势，要继续提升竞争力。7万多经营户们十分珍惜这个市场，大家都希望市场长久兴旺下去。对此，政府要注重引导，不能走低成本竞争之路，要走薄利多销的低价格竞争之路。要鼓励企业创牌，更要鼓励成千上万微小企业回归，扶植微小企业成长，放水养鱼，企贸联动。同时市场内要规范摊位买卖、租赁行为，用行政手段控制炒摊现象，千方百计降低经营成本。要放下架子做好招商引资工作，政府多做，做好服务工作。

二是要向大商品贸易发展。小商品为主导的大市场模式必须突破，大市场应该让大商品参与支撑，大小商品要一起上。办好该市城西生产资料市场是义乌进入大商品交易时代的关键。但在义乌的决策中应看到，义乌不是大宗商品的原产地，物流网络目前还不适应大商品的大进大出，要做到商品进得来出得去、货畅其流不是易事。大宗商品销售半径不大，客商到厂家订货多于到市场订货。大宗商品特别是生产资料类商品，各地市场体系发育都较完备，要让客户选择义乌市场难度也很大。市场搞得过大，招商引凤工作也有难度，如果一旦摊位空置、人气不足，市场就难再激活。走大商品大市场这条路必定会有很大风险，决策者必须要有充分思想准备，开弓没有回头箭。

三是电子商务要做活。吴象水认为，义乌市场的电子商务起步并不算晚，且通过政府倡导和培训，已显"义乌购"强劲势头，继续抓下去，过去义乌在电子商务赛场上的失分完全可以拿回来。义乌有自己的优势，有实体市场支撑，有高校引领，众多的"电商"正在成长，完全有可能做大电子商务这个平台。传统经营模式和庞大的电子商务平台相结合，这是义乌的优势。

正因为他对小商品市场的执着关怀，也由于他对于其发展所做的探索和努力，吴象水被聘为中国市场学会中国商品交易市场专家指导委员会常务委员、招商运营策划专家。为了让更多的人为小商品市场的未来出谋划策，吴象水表示，"铁肩担道义"，自己愿尽最大的努力。

（文雪梅，原载《中华工商时报》，2015年9月15日）

报道义乌小商品市场第一人

义乌小商品市场出名后,引起中央和地方各类新闻媒体的关注,许多记者纷纷前往采访,写出不少瑰丽篇章。可是,第一个写文章在报纸上报道义乌小商品市场的人是谁,却鲜为人知。

义乌小商品市场,1979年自发产生于义乌稠城镇县前街,1980年工商部门着手管理后移至北门街,1982年又改址湖清门。

1984年、1986年、1991年,三次大兴土木建成一个比一个大的室内市场投入使用。小商品市场从无到有、由小到大、从露天设摊到室内经营快速发展,现在已经名扬全国,使成千上万的义乌人走上富裕之路。

那是1982年8月,本报复刊不久,义乌县一中学教师吴象水写了一篇关于义乌稠城小商品市场的调查报告,专程送到编辑部,他还向我提供了许多背景材料。看过来稿我觉得这是件新鲜事,很有新闻价值,只是文中提到的有些事实,与当时的政策不符。比如那时很多商品还不准私人经营、农民不得弃农经商等等。因此,我就将此稿暂压,不敢立即编发,可是,又不忍心放弃不用。由于种种原因,一直拖到10月18日。

那天,我趁到义乌县城供销社采访时,到稠城小商品市场调查核实吴象水的来稿。通过深入了解,根据当时地委领导的讲话精神,我觉得发稿时机已经成熟,就于1982年11月11日编发了此稿,几乎就在那几天,《浙江日报》也发表了吴象水写的这篇文章。这样,吴象水就成了在省、地党报上报道义乌小商品市场的第一人。

吴象水是南京大学中文系的毕业生,1978年毕业实习分配到江苏省委机关报《新华日报》农村部当编辑。只因家有年迈父亲无人照顾,于次年10月调回义乌,被安排在农村一中学教政治。因为他学的是新闻,喜欢写稿,所以,有点时间就到县城调查市场。

吴象水与两任中共义乌原市委书记赵金勇、楼国华

在《新华日报》工作期间，他曾经到过当时江苏省的68个县，写过《从苏州看南方》的七篇系列报道，却从未看到过有义乌这样繁荣的小商品市场，觉得这是件新鲜事，值得一写。同时，在南大读书时，执笔撰写《实践是检验真理唯一标准》的哲学讲师胡福明，曾在课堂上向他们灌输过市场经济方面的知识，使吴象水又多了几个"经济细胞"气。于是，他就常往小商品市场跑，在了解这些小商品的来龙去脉时，当时的工商协管员任爱民，还向他提供了不少素材。有一个经营扑克牌的摊主叫叶美芳，此人不但服务态度好，而且特别讲信誉，货真价实老少无欺，就是顾客多付了钱，她也会主动退还。经过10多次观察采访，一篇以《小商品买卖有了新渠道——义乌稠城小商品市场的调查》为题，以"小商品市场的形成气""小商品市场的特点""小商品市场的管理"为主要内容的调查报告问世，并先后出现在省、地党报的版面上，义乌小商品市场从此第一次为广大读者所知。

1983年，义乌县人武部领导从报纸上获悉有个吴象水会写写稿子，经四处寻找，上级批准，把他借用到该部，任政工科报道员。这下他如鱼得水，频频出击，只八个多月时间，就在中央和地方各类新闻媒体上刊发文章240多篇，在金华军分区评比中名列第一。后来只因他写了一篇读者来信，题目是《群众来信批评义乌县级机关，不应按干部等级供应春节物资》，把该县科长级每人按国营牌价供应活鸡1只、皮蛋20只、牛肉2.5公斤，县委常委再每人加牛肉2.5公斤的事实捅了出去，在《浙江日报》刊发而得罪了当时的县领导，终于被赶出县人武部……

正当吴象水处于"失业"状态时，该县司法局冲破阻力，借调他去专门编发《义乌司法》。此后，吴象水干得也很出色，还不断在《浙江法制报》

等报刊上发表文章，宣传义乌。可又因下乡进行法制教育期间，他抽空采写了《义乌红糖储量大，急等贩运通渠道》一稿，发表在《经济生活报》上，文中有些词句刺痛了县供销社某些人，他们很快找上门来。虽然，他有理有据，为民说了话，可是，县供销社负责人还是把状告到县领导处。"又是这个吴象水，让他回去教书。"县领导又一次发话。这时，县司法局负责人十分感慨地说："我们爱莫能助了。"不过还是给他写了很好的"政治与工作鉴定"，交给教育局归档。这狠狠两棒，把吴象水击出"报坛"，击入"商海"。吴象水的名字，在报纸版面上消失了10多年。

今年7月3日，我专程到义乌采访吴象水。有趣的是他又于去年重返"报坛"，现在是《中国经济时报》金华采编部主任。记者采访记者，对我这个老新闻工作者来讲，还是第一次。他告诉我离开司法局就去做生意了，那是在1985年初。第一次是跟着别人到诸暨草塔，贩毛线衣到义乌卖。他说那时还是偷偷摸摸进行的，走了三四个小时夜路，来回两天时间赚了30元钱，这是他丢掉"铁饭碗"后自谋职业赚到的第一笔"辛苦钱"。接着，他以女儿丹虹的名字，办起了服装加工厂、牛仔布批发部。在商海搏击的10多年里，他尝尽酸甜苦辣，历尽市场风险。他说干个体私营经济，是机器一样的生活，将军一般的收入。

1994年12月1日，他炒期货30秒钟亏了30万元，股票也前后亏了40万元。他讲自己不是炒期货、炒股票的料，从此，就退出期货、股票市场。他凭着大学毕业生的素质以及在南京、北京等地朋友的信息，生意越做越大，一些温州、杭州、金华客商，管他叫"牛仔大王"。如今他在义乌有宽敞、舒适的雅居，最新出版的义乌市电话簿上，有他8个不同号码的电话。不过在义乌，他还不能算是"老板"。看来，他并不后悔弃文从商，那么，他为什么又重返"报坛"从文呢？

吴象水讲现在他是"文商兼顾""以文为主"。他说他是贫苦出身，是在党的培养教育下成长的。人是要讲良心的，自己学的是新闻专业，还有一点正义感，总想为党、为人民摇旗呐喊……

（倪志集，原载《金华日报》，1998年7月10日）

点评：

　　这篇文章是《金华日报》已故资深记者倪志集采访吴象水的作品。作为报道义乌小商品市场第一人，身为记者的吴象水作为新闻事件主角被市级党刊记者专访报道，可谓是记者采访记者的经典之作。

　　《小商品买卖有了新渠道——义乌稠城小商品市场的调查》发表16年后，《金华日报》记者再一次重现了这篇报道诞生的前世今生，他深入地介绍了吴象水采写这篇文章的时代背景和个人背景，将作品的诞生过程娓娓道来。尤其是对新闻作品的原创者吴象水的个人魅力进行了深入的剖析。两位报人的对话，更像是高手之间的切磋，句句是力道，句句是干货。"正义感，总想为党、为人民摇旗呐喊"，这就是一位有良知的新闻写作者传递给同行的信念。文章不仅仅是对报道义乌小商品市场第一人吴象水先生的复盘回顾，更是对年轻一代新闻人的激励和指引。

（作者系《浙江日报》记者）

回忆不仅是为了铭记
——记吴象水为义乌市场的催生与发展鼓与呼

在纪念新中国成立七十周年的日子里，几乎所有义乌人能在一夕之间打开了记忆闸门，追忆这七十年的似水流年，追溯这七十年来并不如烟的往事，而在这一回望中，对重要的时间节点格外引人关注，尤其是对市场的催生以及发展、培育过程中做出过重要贡献的那些人，大家心怀感念之情，现任《中国商报》记者吴象水就是其中之一。

义乌以市场为取向的改革，起步早、发展快，资源配置早已在很大程度上依托市场谋求工业发展，这是因为这里人多地少，需要寻找新的致富门路；资源短缺，又不可能凭借大自然的恩赐而使人们早日脱贫；工业基础薄弱，更不可能以扩散产品为主的方式来发展地方工业，这就要想办法在特定区域环境中另辟蹊径，于是，经过反复调研，当时县委、县政府提出以贸易为导向，贸工农结合的"兴商建县"战略思路。

早在此前，毕业于南京大学中文系新闻专业的吴象水，以一个新闻工作者出身的特有敏感性，给这一新生事物首先大声疾呼："小商品市场的存在，是现阶段商品经济发展的必然结果。它的好处，一是疏通了小商品产销渠道，使许多滞销积压产品死货复活，加速了资金周转，促进了小商品生产的发展；二是满足了社会的需求，补充了国营、集体商业的不足；三是解决了一部分城镇待业青年、闲散人员的谋生困难和农村实行农业生产责任制后的部分剩余劳力的出路，促进了社会的安定团结。"

（作者系义乌市志办主任吴潮海）

智者乐水
——吴象水印象记

这是我们第一次见到吴象水先生。

初听"吴象水"三字,总以为有些与众不同,究竟有些什么不同呢?一时又说不清楚。我们总觉得一个在商海中劈波斩浪过来的人,肯定是勇武而机智坚强的,名字也不例外。然而"象水"又非水,柔而不柔,该是一种什么样的意境?这感受是特殊的。

正是怀着这些最初的印象,我们站在了吴先生面前,见他西装革履,相貌亲善,文质彬彬,一派儒商打扮。我们不禁有些吃惊——他竟是在汹涌澎湃的商潮中稳操胜券的强人,简直是藏而不露。他微笑着把我们拉进门,他随和亲切的性格使房间里充满了温馨。不知为什么,我们突然想起了"智者乐水"这四个字。

当时他正牙疼得厉害,说着说着就要用手捂捂腮帮。因为打扰了他休息和养病,我们一直表示歉意,他使劲摆手示意我们坐下并诚恳地说,他最喜欢和同学们聊天,因为同学们是纯真的、友善的,到了南大,就像到了家。我们想得到,他定有一个丰富多彩、浪漫而有趣的学生时代。也许那一刻,不到四十岁的他,正怀着对学生时代纯洁无瑕生活的无限留念。这个晚上,在心与心的沟通中,我们发现彼此都没有距离,甚至那个横亘在我们中间的年龄段早就不复存在。当时,我们有的只是畅所欲言,海阔天空。

当我们问及他有何长远打算时,他总是一种欲说还休的神情。一个从尔虞我诈、互相利用的环境中闯关夺旗出来的人,他的每一番经历都会有种神秘的传奇色彩,都会令涉世未深、困守在象牙塔里的我们感到惊诧不已。然而他摇着头说,他感到很累。我们不难明白,这话中分明包含着一种谦虚、平易近人的成分。他没有向我们夸夸其谈,没有神奇的东西让我们仰慕不已,而只是一句,他很累。他不想用他令人惊羡的经历来拉开我们心与心的贴近。他只是说了我们大家都能感知的一个事实。我们曾从他人口中得知他刚从杭州股市回来,我们相信(即使没有他人这话),他一定累得很充实。

他说他想买一台电脑,说这话时他眼中全是遐想,他要用电脑来写文章来记事,这正是一个精明强干的商人精明的地方。因此,我们听到他的设想时,心里涌起的是诚挚的祝愿。

作为《耕耘》的名誉主编,他对《耕耘》在经济上给予的大力支持,充分表现了他对校园文学的一种厚爱。作为一个商人,他对纯文学的青睐与支持,说明他的眼光是独到的、令人钦佩的。

他对《耕耘》有着美好的憧憬,并给我们提了许多宝贵的意见,句句都是箴言。他希望同学们的文章要与现实贴得紧些,这也正是我们全体编委所切盼出现的。

握别吴先生,已是深夜。我们彼此都有一种依依不舍的心情。我们希望下次他再来南京大学时,见到的仍是一个精明强干、亲切平易的他。

(彭平、顾钱江,原载《耕耘》南京大学中文九二专刊,1993年12月)

见证历史　心系发展
——做好小商品市场发展的建言人

随着电子商务大潮的冲击和网商的崛起，中国商品批发市场已面临条条块块分割的趋势，传统百货业也面临着极大挑战，曾受普通消费者青睐的日用小商品批发市场已是前路堪忧。有着"中国义乌小商品市场报道第一人"之称的中国商品交易市场专家指导委员会常务委员、招商运营策划专家吴象水，一直心系我国小商品批发市场的命运，为中国批发市场的发展奔走。这些年来，吴象水多次以义乌代表团团长的身份陪同有关市场开发专家及国内外客商奔走于全国各地推进义乌模式的小商品批发项目，积极为区域商品生产型企业拓展国内外销售市场，推动小商品市场的健康发展。

见证历史

1982年初，在义乌县城稠城湖清门街上形成了一个规模较大的经营小五金、小针织、小玩具、小塑料等的小商品市场。这个市场当时有个体摊贩462户，手提拎包出售商品的有150多人，集市日平均上市人数上万人次，日成交额在3万元以上。

亲眼看见了义乌市场最初萌芽的吴象水撰写了题为《小商品买卖有了新渠道——义乌稠城小商品市场的调查》的文章，并于1982年11月5日发表在《浙江日报》第二版头条位置，这是我国媒体第一次关注当时尚未形成大气候的义乌小百货市场（吴象水首称小商品市场），这一年也成为义乌市场元年。

1984年，义乌市场开始纳税和收管理费，一些义乌农民开始"洗脚离田"，从诸暨批发袜子，到广东、下沙等地贩来电子表等小商品卖，市场也开始有了模样，慢慢兴旺起来。1995年，小商品博览会启幕，让世界了解了义乌。2002年5月9日，义乌中国小商品城正式在上海证券交易所上市，义乌传奇渗透到资本领域。

2011年3月，国务院正式批复义乌成为国际贸易综合改革试点，这是继国家设立9个综合配套改革试验区之后的又一个综合改革试点，是浙江省第一个国家级综合改革试点，也是全国首个由国务院批准的县级市综合改革试点。

短短的几十年，义乌从"马路市场"一跃成为"华夏第一市"。如今，义乌已经是全球最大的小商品集散中心，是全球最大日用消费品流通中心、展示中心和中国最为重要的商品出口基地。与此同时，义乌也是国内最大的网络商品供应基地，全国75%的日用百货类网货直接或间接来自义乌。市场汇集了20余万家日用消费品生产企业的180万种商品。商品出口到219个国家和地区，有100多个国家和地区的1.5万名境外客商常驻义乌采购商品。2014年11月，国务院总理李克强访问义乌时，当地的老商户向其赠送了创业时期用过的拨浪鼓。李克强接过拨浪鼓摇了摇说：义乌人创业初期"鸡毛换糖"，摇着拨浪鼓走天下的历史，义乌小商品是中国的名片。

心系发展

由于国内外市场经济形势不断发展、环境不断变化，我国商品市场发展的背后也隐现出危机。"义乌中国小商品市场现在正处在发展的转型期，处在前进中的拐点，保持有形市场与无形市场共同发展的道路十分艰难，必须要有爬坡过坎儿的思想准备，必须实施多途径的突围。"吴象水认为，低成本竞争正逐步走进死胡同。低成本竞争本身无生命力，加上低成本后面挥之不去的假冒伪劣，使商业利润越挤越少，只能从降低商品质量上打主意，寻找利润空间。还有一个不可忽视的是异地市场抢占销售份额，目前全国挂义乌牌子的市场多达130个，仅广东和山东就有20多家。在义乌小商品批发市场成为全世界最大的小商品批发市场之后，义乌市场的成功模式被多地模仿。吴象水提醒各地市场投资者需谨慎，毕竟义乌小商品市场的成功有优秀的商业人才和企业来支撑，在国内和国际的影响力大，一些地方无法复制。

"义乌市场从无到有、从小到大，成为全国乃至国际小商品市场航母,离不开其特定的成长环境。义乌有一个适合市场孕育发展的小环境,义乌国际商贸城是小水塘里养出的大鱼,是小环境造就的大市场。"吴象水说。发展的背后也隐现出危机。

那么,时至电子商务蓬勃发展的今天,小商品市场是否还有其生存意义呢?在吴象水看来,小商品批发市场仍有其存在和发展的价值和意义。"有形市场和无形市场一定要结合发展。要双管齐下,在发展电子商务的同时,小商品市场也同样是不可或缺的实体市场,它提供了城市普通消费者的现实样品。"

对于义乌市场的突围之路,吴象水认为,各界已基本达成共识。小商品贸易一是要树立品牌。小商品贸易是义乌传统优势,要继续提升竞争力。7万多经营户们十分珍惜这个市场,大家都希望市场长久兴旺下去。对此,政府要注重引导,不能走低成本竞争之路,要走薄利多销的低价格竞争之路。要鼓励企业创牌,更要鼓励成千上万微小企业回归,扶植微小企业成长,放水养鱼,企贸联动。同时市场内要规范摊位买卖、租赁行为,用行政手段控制炒摊现象,千方百计降低经营成本。要放下架子做好招商引资工作,政府多做,做好服务工作。

二是要向大商品贸易发展。小商品为主导的大市场模式必须突破,大市场应该让大商品参与支撑,大小商品要一起上。义乌不是大宗商品的原产地,物流网络目前还不适应大商品的大进大出。大宗商品销售半径不大,客商到厂家订货多于到市场订货。大宗商品特别是生产资料类商品,各地市场体系发育都较完备,要让客户选择义乌市场难度也很大。市场搞得过大,招商引资工作也有难度,如果一旦摊位空置、人气不足,市场就难再激活。走大商品大市场这条路必定会有很大风险,决策者要谨慎。

三是电子商务要做活。吴象水认为,义乌市场的电子商务起步并不算晚,且通过政府倡导和培训,已显"义乌购"强劲势头,过去义乌在电子商务赛场上的失分完全可以拿回来。义乌有自己的优势,有实体市场支撑,有高校引领,众多的"电商"正在成长,完全有可能做大电子商务这个平台。传统经营模式和庞大的电子商务平台相结合,这是义乌的优势。

(原载《中国商品交易市场》,2016年第1期)

第五部分
历史的说明

在《知识与风骨——吴象水新闻作品选》
新书座谈会上的致辞

南京大学党委常委、副校长　邹亚军

尊敬的各位嘉宾、各位校友：

大家下午好！

在南京大学庆祝建校120周年之际，习近平总书记给南京大学留学归国青年学者回信，称赞归国青年"在各自岗位上努力报效祖国、服务人民，取得丰硕成果"，信中提到"值此南京大学建校120周年之际，谨向你们并向全校师生员工、广大校友致以热烈的祝贺和诚挚的问候"！

今天由南大校友总会和文学院共同举办的南京大学1978届毕业生吴象水校友《知识与风骨——吴象水新闻作品选》新书座谈会，是校庆系列活动的一个重要组成部分，也是省外校友来南大举办的唯一一次线下活动。我想借此机会向吴象水校友的新书出版表示热烈的祝贺！同时也向各位嘉宾的到来表示衷心的感谢！

百年树木，郁郁葱葱。在120年的办学历程中，南京大学为国家发展和社会进步培养了一大批人才。他们当中，有的成为国家栋梁，独领风骚而受到普遍的尊重和赞扬；有的成为知名学者，青灯黄卷传道授业，为往圣继绝学；有的扎根基层无私奉献，把青春和汗水献给了祖国大地。吴象水校友就是无数南大学子中杰出的一位。1978年从南大毕业后，他放弃了在省城优越的工作机会，回到家乡小县城义乌，从最基层做起，用3000多篇新闻作品忠实地记录了义乌崛起成为世界"小商品之都"40年间的发展历程，是中国改革开放走向市场经济的时代见证，1998年7月10日的《金华日报》以《报道义乌小商品市场第一人》为题肯定了他所做的杰出贡献。

吴象水亲眼见证了义乌市场的最初萌芽，他撰写的的义乌小商品市场的调查报告于1982年11月5日发表在《浙江日报》头条位置，这是我国官方媒体第一次关注当时尚未形成大气候的义乌小商品市场。2005年10月21日《人民日报》海外版头版头条刊登了吴象水和鲍洪俊合作完成的《义乌小商品吸引世界目光》文章，报道了义乌小商品城成为全球最大日用品批发市场，每天有近8000名外商来此采购。2016年10月12日，吴象水在《中国商报》发表《世界"小商品之都"崛起在义乌》一文，提议在义乌建设小商品之都，并把义乌放到国家战略中去谋划定位，积极参与"一带一路"建设。

邹亚军

吴象水校友不仅是杰出的新闻工作者，也是成功的企业家。他对母校南京大学始终怀揣着发自内心的感恩，积极组织和参与校友活动。中央大学、金陵大学、南京大学浙江校友会1995年曾经设立了一个经济情报站，他担任站长。他多年出资支持文学院学生刊物《耕耘》出版；1995年，南京大学文学院编辑《南京大学中文系校友录》，吴象水校友慷慨捐助了当时价值不菲的印刷经费；2020年3月为文学院师生捐赠3000个防疫口罩，去年11月又资助文学院师生羽毛球比赛。他一直以实际行动告白母校，展现了南大校友的殷殷赤子心。

吴象水校友身上始终映照着一个南大人"诚朴雄伟，励学敦行"的责任担当和求实风骨。他用实际行动证明了南大人即使是在最底层，即使落到尘埃里，依然可以做出一番值得称道的成绩。他是无数从南大毕业后投身基层的杰出学子代表，在当今号召青年学子奔赴基层贡献青春的时代潮流中，更加彰显着标杆性的伟大意义。

习近平总书记给南京大学留学归国青年学者回信，勉励归国青年要"在坚定文化自信、讲好中国故事上争做表率"。不论走到哪里，做什么工作，南京大学的莘莘学子秉承着南大务实精神和求是灵魂，运用着在南大习得的知识和技能,在各自岗位上创造着价值,讲好全面建设社会主义现代化国家、实现中华民族伟大复兴的故事。

谢谢大家!

小商品,大市场
《知识与风骨》座谈会在京召开

　　《知识与风骨》第二版座谈会9月17日在北京召开。国务院发展研究中心原副主任陆百甫、国务院发展研究中心副主任余斌、南京大学校友总会副秘书长赵国方、南京大学文学院原党委书记刘重喜等,就《知识与风骨》一书对作者吴象水其人、记者生涯、成书背景和外界评价展开了研讨。作为南京大学校友代表,人民日报出版社总编辑丁丁、新华社高级编辑记者单纯刚、北京大学中文系博士王琦等参加会议。

　　《知识与风骨》是一部"用脚记录历史"的新闻作品集,作者是毕业于南京大学中文系的吴象水。1953年7月,吴象水出生于浙江义乌农村一个贫苦家庭。孩童时期,他便熟读鲁迅先生的作品,"横眉冷对千夫指,俯首甘为孺子牛"成了他的座右铭,贯穿了他的一生。他四十年如一日,以敏锐的洞察、慎思的精神、评判的勇气,观察、记录着家乡的发展,为时代鼓与呼。《知识与风骨》忠实地记录了我国改革开放40多年来,义乌小商品市场从民众自发创建、崛起到走向世界的历程。书中包含调查报告、消息通讯、特写访谈等新闻体裁,既记载了"小商品之都"命运的变迁,也展示了我国民营经济蓬勃发展的生命力,呈现了我国市场经济发展的一个缩影。

　　提起义乌,你会想到什么?曾几何时,义乌只是浙江省的一个小县城,随着改革开放的深入,成了闻名遐迩的"世界小商品之都"。很难想象,这个堪称民营经济发展奇迹的小地方,是如何将"鸡毛换糖"这种有着数百年历史的货郎担模式,一步步发展成如今的国际化大市场。更难想象,"小商品之都"这个名号,经历了怎样漫长过程,最终破土而出。40多年前的1982年7月,吴象水写成稿件,吸引了《浙江日报》专家的眼球。经过几个月的反复推敲和修改,文稿于1982年11月在《浙江日报》发表,正式吹响"小商品之都"民营经济时代的号角。这个名叫吴象水的年轻记者因此一举成名,"用脚丈量、用笔还原"的记者生涯从此开启。

2021年7月,吴象水整理之前40多年的新闻作品,在母校的助推下,由南京大学出版社集结成《知识与风骨》一书。浏览目录,我们可以清晰地看到,一个个历史切片串联起中国现代化进程中的浙江民营经济的脉络。翻开书页,字里行间又流淌着一个新闻人"铁肩担道义"的风骨和情义。

《知识与风骨》的出版离不开南京大学文学院的助推。2018年,时任文学院党委书记的刘重喜,看到南京大学历史系口述史中心的工作进展得如火如荼,恰逢改革开放40年,便想起了扎根义乌的吴象水校友。此后,南大文学院派出古典文献专业在读的优秀硕士研究生王琦和杨万光两名同学(现分别为北大和南大博士在读)作为编辑,入驻义乌,花了一个暑假的时间,完成了资料的识别、校对,之后便是细致的选编,为重点篇目补充创作手记、撰写点评,最终使这本书得以出版。

在座谈会上,陆百甫对《知识与风骨》一书给以肯定评价:第一,对于新闻工作者、媒体人,这本书具有参照性,观察现象,提出问题,没有负面影响,向正能量推进;第二,具有范本性,对高校师生来说,在讲课和学习的过程中,可以书中故事作为范例,深入探讨研究;第三,具有史料性,将义乌民营市场经济的发展过程包容其中,解剖一个麻雀,便能看到整体,对于研究中国改革开放史的人员来说,是一部非常重要的文献;第四,对于干部和企业家具有启示性,无论是引导、监督市场,还是从事生产经营、遇到难题,都可以从这本书中找到实用的答案。

(人民周刊网,2023年9月26日)

百廿云集观万象，源浚流长沃千里
《知识与风骨》新书座谈会举行

5月28日下午14时，《知识与风骨——吴象水新闻作品选》新书座谈会在南京大学仙林校区国际会议中心思学厅举行。南京大学党委常委、副校长邹亚军，国务院发展研究中心原副主任陆百甫，浙江省人大常务委员会原副主任厉志海，义乌中国小商品城党委书记、董事长赵文阁，《知识与风骨》作者、南京大学校友吴象水，相关新闻媒体负责人、校友代表、南京大学文学院代表等出席会议。南京大学文学院党委书记刘重喜主持会议。

会议伊始，刘重喜首先对莅临现场的各位嘉宾、相关职能部门的帮助及校友总会的支持表示了由衷感谢；对南京大学建校百廿之际，南京大学文学院的"双一流"建设成果予以展示；对南京大学文学院吴象水校友为学生成长、为学院发展、为社会进步所作的贡献给予高度肯定。

邹亚军表示，在喜迎南京大学120周年校庆之际，习近平总书记给南京大学留学归国青年学者回信，称赞归国青年"在各自岗位上努力报效祖国、服务人民，取得丰硕成果"，奋进新征程，无论身处何种岗位，南大学子都应知责于心、担责于身、履责于行。而吴象水校友就是无数南大学子中杰出的一位。1978年从南大毕业后，他放弃了在省城优越的工作机会，回到家乡小县城义乌，从最基层做起，用3000多篇新闻作品忠实地记录了义乌崛起成为世界"小商品之都"40年间的发展历程，是杰出的新闻工作者，也是成功的企业家。不仅如此，吴象水更是对母校怀有殷殷赤子心的杰出校友，从资助文学院发展到捐献抗疫物资，他一直以实际行动告白母校，身上始终映照着一个南大人"诚朴雄伟，励学敦行"的责任担当和求实风骨，在当今号召青年学子奔赴基层贡献青春的时代潮流中，彰显出标杆性的伟大意义。邹亚军强调，不论走到哪里，做什么工作，南京大学的莘莘学子都要秉承南大务实精神和求是灵魂，运用从南大习得的知识和技能，将学习贯彻总书记重要回信精神贯彻落实在各自工作中，讲好全面建设社会主义现代化国家、实现中华民族伟大复兴的故事。

陆百甫在致辞中指出，《知识与风骨——吴象水新闻作品选》一书体现出的不仅仅是吴象水作为"报道义乌小商品城第一人"的新闻工作成就，更重要的是展示出"铁肩担道义，妙手著文章"的精神面貌。新闻人业务精神的敏锐性职业素养主要表现在洞察力上，吴象水能够以"小"察"大"，以"微"识"著"，从"小商品"看"大市场"，以"小问题"除"大祸害"。此外，新闻人的社会责任感也尤为重要。在社会主义中国，新闻人还是一个"思想义士"，要为党、为国讲话，为人民呼唤，弘扬正义，弘扬正能量，批评负面现状。他指出，吴象水能够有今天的成就，除了他自身努力外，改革开发的大好时代环境、南京大学的培养、各级部门的大力支持和帮助给了他极大"用武之地"，特别是提供了最优的新闻素材，非此，也是"巧妇难为无米之炊"。吴象水应感恩时代，不忘初心，奋勇前行。

厉志海首先祝贺南京大学120周年华诞及吴象水的作品集出版发行，对南京大学培养出吴象水这样一位有学识、有担当、有责任心、为义乌市场的发展大力宣传并取得优秀成绩的杰出校友表示感谢。随后，他围绕义乌开发历程指出义乌的成功主要有三点原因，一是其深厚的人文底蕴和义乌群众的首创精神，二是改革开放政策、加入世贸组织和数字化经济发展等提供的机遇，三是党委、政府担当作为，为义乌发展提供了坚强保障。他表示，吴象水作为一名具有历史使命感和高度责任感的新闻记者，不仅为提高义乌市场的知名度做出显著成绩，而且对建设发展义乌市场起到了积极的推动作用。最后，他由衷希望南京大学在推动科技自立自强上再创佳绩，为建设现代化国家贡献更大力量。

赵文阁结合自身参与义乌建设的经历，肯定吴象水精细、专业的调查研究对市场发展至今仍有启发作用。接着，他从亲历者、决策者的角度出发，对义乌开发的历史环境、当今形势与未来走向发表讲话。赵文阁以10年为一阶段，详细介绍了义乌市场40年来的发展历程，指出疫情背景下义乌市场发展面临的主要困境，阐明了在新政策、新环境下对未来义乌发展趋势的思考和相应举措。他强调，未来义乌将进一步扩大内贸份额，借助双循环战略和统一大市场机遇，采取大学生进市场等重点措施，着力打造义乌市场发展的新业态、新模式。

刘重喜介绍了《知识与风骨——吴象水新闻作品选》的成书及出版，并宣读了南京大学福建校友会就该书出版发来的贺信。

吴象水分享了成书心得与体会，对母校南京大学恩师的教诲和"诚朴雄伟、励学敦行"文化的熏陶表示感谢，对南大校友一直以来的指导和帮助表示感激。他表示，未来将以南京大学120周年校庆为契机，继续努力为深化改革发展、实现中国梦竭尽全力，奉献自己的一份力量。

会议最后，与会人员合影留念，并围绕《知识与风骨——吴象水新闻作品选》一书的具体内容、成书经历等展开了广泛交流。

本次座谈会作为南京大学120周年校庆系列活动的重要组成部分，不仅是以实际行动献礼百廿的重要一环，更是对国家殷切期盼的热烈响应。南大人始终笃定"国之所需，吾之所向"的信念，心系"国家事"、肩扛"国家责"，以真才实学服务人民，以创新创造贡献国家，努力为全面建设社会主义现代化强国交出一份满意的南大答卷。

（南京大学文学院，2022 年 5 月 29 日）

小商品，大市场
《知识与风骨》新书座谈会在京召开

提起义乌，你会想到什么？

曾经，这里只是浙江省的一个小县城。随着改革开放的深入，成了闻名遐迩的"小商品之都"。而今，这里是热门的网红打卡地、是线下版拼多多、是可以预测美国大选指数的风向标……更是国家领导人考察的所到之地。

很难想象，这个堪称民营经济发展奇迹的小地方，是如何将"鸡毛换糖"这种有着数百年历史的货郎担模式，一步步发展成如今的国际化大市场。更难想象，"小商品之都"这个名号，经历了怎样漫长过程，最终破土而出。

提起义乌。有一本书，更是无法忽略——毕业于南京大学中文系的著名媒体人吴象水所著的《知识与风骨》。

这部新闻作品集，是一部"用脚记录历史的经典"。它忠实地记录了我国改革开放40多年来，义乌小商品市场从民众自发创建、崛起，到走向世界的历程。它既记载了"小商品之都"命运的升迁，也见证了我国民营经济蓬勃发展的生命力，是我国市场经济历史发展的缩影。

书中囊括了调查报告、消息通讯、特写访谈等几乎所有短新闻体裁。文体之全面、记录之详实、见解至深入实际，对于致力从事新闻写作的学者，起到极好的指导意义与借鉴作用。

近日，此书二版座谈会，于2023年9月17日在北京成功召开。国务院发展研究中心原副主任陆百甫、国务院发展研究中心副主任余斌、南京大学校友总会副秘书长赵国方、南京大学文学院原党委书记刘重喜、人民日报出版社总编丁丁、新华社记者编辑单纯刚、北京大学中文系博士王琦等出席会议，就《知识与风骨》一书展开了热烈的研讨。

会上，嘉宾们对吴象水其人、记者生涯、成书的背景和外界评价，畅所欲言。

一、象水其人及南大情缘

1953年7月，吴象水出生于浙江义乌农村一个贫苦家庭。启蒙时期，他便熟读鲁迅先生的作品，"横眉冷对千夫指，俯首甘为孺子牛"成了他的座右铭，贯穿了他的一生。因此，他时常自嘲，自己的一生是"写报告"的一生，也是被鲁迅"坑"了的一生。

怀着感恩的初心，吴象水进入南大中文系就读，完成了新闻写作的科班训练、人格的锤炼、社会责任感的建立。期间，他曾去江苏宿迁调研，调查报告被授课老师编为排序最先的一篇。也在此年间，南京大学诞生了雄文《实践是检验真理的唯一标准》。吴象水深受感染和熏陶，把"实事求是"的精神、"为民鼓与呼"的使命，铭记在心上。

据南京大学校友总会副秘书长赵国方透露，1978年毕业的吴象水身为当时"十分金贵"的大学生，拥有相当广阔的职业选择空间。但为照顾孤独的父亲，他毅然放弃了留在大城市的机会，回到故乡。但常感志不在此、抱负无法施展。身为行动派，他尊崇内心的召唤，投身新闻事业，扎扎实实从一个普通的记者开始，实干自己的事业。

这不仅与南京大学的校训"诚朴雄伟，励学敦行"和"嚼得菜根，做的大事"相契合。此举也在广大校友当中树立了一个良好的榜样，体现了南大学子的社会责任与担当。

当年，这位毕业于南京大学中文系的青年，游荡在只有2万余人的义乌稠城方块镇区。路过县政府大门时，他看到大门西侧摆着六七个儿时鸡毛换糖的货郎担，卖着一些针线、气球之类的小百货。他敏锐地意识到，民营市场经济的萌芽势不可挡。从义乌走过来的路回头看，这应该是义乌市场的雏形。

"1979年初，货来自义乌廿三里、福田公社的十几副货郎担，开始在稠城北门街头歇担设摊，出售小玩具、小百货，一天生意十几元，比摇货郎鼓摇街串巷合算，因此义乌四乡的货郎担陆续至此……只半年时间，小商品摊贩迅速增加至160多户，经营商品品种上千个。1982年初，义乌县有关部门正式批准这个小商品市场对外开放……14个省、市200多个生产单位的产品汇集这里，继而又由一个上千人的购销队伍将这里的货物贩销16个省、市、自治区，形成了一个较大的小商品贸易市场"。

此段摘自书中《小商品买卖有了新渠道：义务稠城小商品市场的调查》的新闻报道，丰富的细节、详实的数据，生动真实地记录了重要的历史进程。而这篇报道曲折的面世过程，更是时代脉搏的见证。

1982年7月，稿件一写成，就吸引了《浙江日报》专家的眼球。为市场经济崭露头角欣喜的同时，报社也因此陷入了"保饭碗"的两难抉择。最后，经过几个月的反复推敲和修改，文稿于1982年11月，在《浙江日报》发表，正式吹响"小商品之都"民营经济时代的号角。

这个名叫吴象水的年轻记者，因此一举成名。"用脚丈量、用笔还原"的记者生涯，从此开启。他四十年如一日，以独立思考的精神、敏锐的洞察、评判的勇气、高企的综合能力和政治站位，观察、记录着家乡的发展，为民鼓与呼，成为时代的践行者和推动者。

2021年7月，吴象水整理之前40多年的新闻作品，在母校的助推下，由南京大学出版社集结成《知识与风骨：吴象水新闻作品选》一书。浏览目录，我们可以清晰地看到一个个历史的切片，串联起中国现代化进程中的浙江民营经济的脉络。翻开书页，字里行间，又流淌着一个新闻人"铁肩担道义"的风骨和情义。

本书编者之一，是吴象水的女儿吴丹虹女士。她从小跟着父亲走访调查，眼中的父亲，遭遇阻拦时斗智斗勇，面对舆论压力也会眉头紧锁，但却从无怨言。

"爸爸从小地方走出去，改变了命运，是得益于时代的馈赠。学有所成后，反哺社会和家乡，从而推进时代的发展，对于爸爸来说，从来都是理所当然的事情。"

吴象水从未忘本的"感恩之心"，也常在南大中文系友的口中得到印证。根据南京大学文学院前党委书记刘重喜的回忆，吴象水学长始终心系母校，先后多年，资助系刊《耕耘》的出版。

而流传最广的，是"一车橘子"的故事。千禧年之交的某天，中文系师生突然接到通知说，来了一车橘子，大家快去领。一打听才知道，原来是吴象水校友以一车橘子，寄托自己对南京大学文学院的拳拳赤子之心。

细节之中看人品。也只有这样一个有情有义的人，才能做到四十年如一日，坚守一名调查记者的风骨和使命。

二、记者生涯

1982年成名作《小商品买卖有了新渠道——义乌稠城小商品市场调查》的成功发表后，吴象水备受鼓舞，在随后的报道作品中，创造了"义乌小商品市场"这个沿用至今的名字。2005年《义乌小商品吸引世界目光》，在《人民日报》刊发，国家领导人在出国访问的飞机上读到，大加赞誉。

写新闻稿，既要揭露不良现象伸张正义，又要避免舆情向不可控的方向发酵。吴象水也有拿不定主意的时候，于是便经常打电话向人请教。有人记住了这个"热忱""率直""正义"的小伙子，称赞他是"一个有责任心的优秀新闻人物"。

在本场座谈会上，陆百甫提出了几点看法：第一，对于新闻工作者、媒体人，这本书具有参照性，提出问题很尖锐，却没有负面影响，而是向正能量推进；第二，对各院校师生，具有范本性，在讲学过程中，可以为范例，深入探讨研究；第三，对于研究中国改革开放史的人员，具有史料性，将义乌民营市场经济的发展过程包容其中，解剖一个麻雀，便能看到整体性问题，是一部非常重要的文献；第四，对于干部和企业家，具有启示性，无论是引导、监督市场，还是从事生产经营，遇到难题，都可以从这本书中找到实用的答案。

作为"无冕之王"，担得起赞誉，也必得扛得住压力。同为新闻人的校友丁丁（《人民日报》出版社总编）和单纯刚（新华社记者），对此感触最深，在座谈会上表达敬意。

除去对假冒伪劣现象零容忍的呈现和批判，2003年发表的《国有资产层层流失，楼盘开发团团疑云》，是吴象水自己最为看中的一篇。说起揭露义乌房产怪象，新闻使用的大量数据还原真相，极具说服力。而这些数据都是吴象水深入基层，一点点抽丝剥茧得出来的。

单纯刚建议，可以进行多角度深入挖掘，以义乌为样本，对民营市场经济现象、中国经济腾飞，进行更加宏观的映射。

提起《知识与风骨》，同为新闻工作者的丁丁颇有感触。从上学时和吴象水学长结缘，到《知识与风骨》中多篇报道均刊载于《人民日报》，从老前辈那里得知吴象水学长深厚的底蕴，这份羁绊日益加深。

《人民日报市场报》是全中国的关于市场经济的第一份报纸，吴象水的报道见证了中国市场的发展，两相契合，相得益彰。《知识与风骨》中不仅体现了吴象水的才华，更展现了作为记者的他，有铁肩担道义的这一面，以舆论监督的形式，展现自己对于家乡的大爱，有情有义。

此书既体现了义乌的独特性，又体现了其典型性。恰逢改革开放45周年，以义乌来反映整个时代、讲好中国故事，是十分有价值的。让读者跟随吴象水的视角，看到时代的变迁与社会的全貌。使其对后续发展，更有价值和意义。

义乌精神，并不是哪个人创造出来的，而是人民群众创造的历史。义乌市场曾评价为"一个莫名其妙的市场、一个无中生有的市场"。而《知识与风骨》一书，正是对这一"莫名其妙、无中生有"的过程，最真实的记录。

面对新闻采编和发表路上的重重困难，获得一手材料和线索，吴象水从不言弃，因为只有那样，"心里才过得去"。一句"心里过得去"是对社会的交代，也是吴象水给自己内心的交代。

"自己这一辈子少说假话，，一生诚实做人，履行了其作为新闻人的初心与使命，可以说得上是'成功'了。"

三、成书背景

说到《知识与风骨：吴象水新闻作品选》的出版，离不开南大文学院的助推。2018年，时任文学院党委书记的刘重喜，看到南大历史系的口述史中心进展得如火如荼，恰逢改革开放40年，便想起了扎根义乌的吴象水校友。

南大文学院派出古典文献专业在读的优秀硕士研究生王琦和杨万光同学（现北大南大博士在读，本书编辑），入驻义乌。得益于OCR技术的发展，仅花了一个暑假的时间，便完成了资料的识别、校对。之后便是细致的选编，为重点篇目补充创作手记、撰写点评。

出版之后，吴象水第一时间给陆百甫送去样书。老领导称赞此书具有新闻写作的范本性、见证时代的史料性。此次座谈会中，又重点提到对干部和经营者的启示作用，"如何在时代的浪潮中抓住机遇，在书中可以找到很多答案"。

《知识与风骨》首版很快售空，后又再版。吴象水的朋友，义乌商人陈鲁在会上的发言，朴实感人，也最能说明此书畅销的原因。他说自己"反反复复看了好多遍"，作为义乌小商品市场的弄潮儿和排头兵，从中读到了义乌人的勤劳勇敢、敏锐变通，也读到了辛酸不易，读到了时代，也读到了自己。

王琦同学说："因为某些原因，有些文章没能选进去，是一个遗憾。"这也是本书计划再版的原因。吴象水学长也有意更进一步。

此次座谈会，丁丁始终在记录大家的发言。充分听取各方意见后，与大家分享了初步的修订计划。首先，南大的版本，有手记有评注，应当延续并进一步发扬，补充吴象水学长走访时的故事，以及更多新闻亲历者的口述史料。其次，再版应不局限于新闻稿，将从地方志、同时期的报刊中采集资料，尽可能地为读者提供更多时代层面的延伸阅读。

陆百甫先生，对此寄予厚望，表示此书的再版，着眼于中国现代化进程中的浙江民营经济。出版社若能依次为契机，成立"中国国际经验中心"，专门讲好中国故事，或将成为另一段佳话和功绩。

（南方网，2023年9月25日）

在南京大学《知识与风骨——吴象水新闻作品选》出版发行座谈会上的讲话

陆百甫

同志们、朋友们：

大家好！

非常高兴来参加我国著名高等学府——南京大学举办的《知识与风骨——吴象水新闻作品选》出版发行座谈会。吴象水同志是南京大学培养的一位优秀人才，这是南京大学的功劳。

会议要我讲十分钟话，我就讲三点。

吴象水与陆百甫合影

一、《知识与风骨——吴象水新闻作品选》这本书，不仅仅体现了吴象水的新闻工作成就，更重要的是体现出了一个新闻人的精神面貌。

我是搞经济学的，新闻学是外行，没有什么发言权，但我认为，新闻人的精神中，有两点特别重要：

一点是新闻人对新生事物的敏锐性。

另一点是新闻人对社会的高度责任感。

对新生事物的敏锐性是新闻人的业务精神，而对社会的高度责任感，则是新闻人的思想精神。一个新闻人要同时做到两者兼具是很不容易的，而吴象水做到了。这也是这本书的价值所在。

二、新闻人业务精神的敏锐性职业素养，主要表现在洞察力上。吴象水这方面也是挺强的。

所谓的"第一人"不是谁都能冠名的。他以"小"察"大"，以"微"识"著"，从"小商品"看"大市场"，"小问题"除"大祸害"，其很高的洞察力非常难得。

新闻人的社会责任感也尤为重要。新闻工作者是一个职业，但在社会主义中国，他还是一个"思想义士"，要为党、为国讲话，为人民呼唤。

新闻是有阶级性的。西方一些新闻媒体，本质上是为资本利益集团服务的。因此，出现"造假""抹黑""挑事"等等，总不奇怪，所谓"无冕之王"的"严肃性"，只是一种宣传。在社会主义中国，新闻人弘扬正义，弘扬正能量，批评负面现状。这都是新闻人社会责任感的基本职业素养。我们不搞假、大、空，而是追求真、善、美。

三、吴象水能够有今天的成就，除了他自身努力外，国家的政治社会大环境对他的造就，是绝大部分的因素。

第一，改革开发的大好时代环境，给了他极大"用武之地"，特别是提供了最优的新闻素材，非此，也是"巧妇难为无米之炊"。

第二，母校——南京大学的培养，对他的知识积累、风骨的形成奠定了基础。

第三，各级党、政、企、商等部门的大力支持和帮助。吴象水应感恩时代，不忘初心，奋勇前行。

在《知识与风骨——吴象水新闻作品选》出版座谈会上的致辞

浙江省第十三届人大常委会副主任　厉志海

很高兴应邀参加今天的座谈会。首先我要衷心地祝贺吴象水先生的作品集出版并在全国新华书店发行。同时，更要感谢南京大学培养了一位有学识、有担当，为义乌经济社会发展做出贡献的好学生。

2000 至 2002 年，我曾在中共义乌市委工作，主持了许多事关义乌经济社会长远发展的重大决策，是一个阶段义乌发展的参与者、见证者。

义乌，一不靠海，二不沿边，山多地少，土地贫瘠，以前是一个典型的内陆落后农业县，在我国改革开放大潮中，形成"买全球、卖全球"的世界小商品之都，成为改革开放以来浙江乃至全国县域经济发展的典范。其根本原因就是始终坚持和深化"兴商建市"发展战略，以培育、发展、提升市场为核心，大力推动工业化、国际化和城乡一体化，走出了一条富有自身特色的区域发展道路。特别是全球最大的小商品市场的发展，起到了区域经济发展的引领作用。

义乌小商品市场从改革开放开始到2002 年 10 月，经历了 20 年五代更新升级发展，从地摊到市场，从露天到室内，不仅面积明显扩大，更重要的是竞争力、影响力、美誉度显著提升。去年小商品市场成交额 1866 亿元，连续 31 年居全国专业市场榜首。

义乌就是"建在市场上的城市"，义乌经济发展史，就是一部义乌市场发展史。义乌小商品市场为什么能久盛不衰，持续健康发展？

第一，深厚的人文底蕴、群众的首创精神，是义乌市场发展的基础。明末清初，廿三里就有人肩挑货郎担，手摇拨浪鼓，走街串巷，敲糖换鸡毛。"鸡毛换糖"之业已成为当地农民安生度日的重要副业，也孕育了"勤耕好学，刚正勇为，诚信包容"的义乌精神，形成了具有地区特色的"拨浪鼓文化"。义乌人敢为人先，敢闯敢拼，创业创新的足迹遍及五湖四海、触及全球。凭着自强不息、甘于吃苦的闯劲拼劲，硬是无中生有培育发展了一个全球最大的小商品市场。

第二，改革开放政策给义乌市场发展创造了机遇。回顾义乌市场发展历程，从最初的鸡毛换糖、马路市场，到区域市场、全国市场，再到如今的全球市场，

厉志海

世界货地，每次跨越都是乘时代发展机遇而上。20世纪后20年，乘着计划经济下商品短缺和市场经济下内贸扩张两大机遇，逐渐形成了"买全国、卖全国"的贸易格局，成为全国最大的小商品批发市场。21世纪，乘着中国加入WTO之后的全球化机遇，全面推进贸易国际化进程，逐步实现了从"买全国，卖全国"到"买全球、卖全球"的转变，成为全球最大的小商品市场，如今，义乌正乘国家数字化、双循环、共同富裕等发展战略带来的机遇，推动义乌市场新的发展，必将在市场发展的模式与质量上有一个大的提升。

第三，党委政府的担当作为，为义乌市场发展提供了坚实保障。中央和省市县各级领导对义乌的发展高度重视、大力支持。特别是习近平总书记非常关心和关怀。他在浙江和上海工作期间先后12次到义乌调研指导，2006年亲自总结义乌发展经验，提出义乌的发展是"莫名其妙、无中生有、无奇不有"，是浙江经济发展的生动缩影。党的十八大以来，习近平总书记10次在国内外重要场合推介义乌。

2014年11月，李克强总理到义乌视察，称赞义乌小商品市场是中国名片，义乌商贸城是当代"义乌上河图"。义乌历届党委政府始终坚持"兴商建市"战略不动摇，抓市场就是抓经济的理念不改变，一以贯之，一任接着一任干，真正做到工作围绕市场转，城市围绕市场建，产业围绕市场育，在市场建设、资源配置、政策扶持、管理服务等方面提供有力保

障，着力推动义乌小商品市场发展壮大，持续繁荣。

吴象水先生的《知识与风骨——吴象水新闻作品选》书中有很多义乌市场发展的真实内容。这本书的出版发行，既是其个人业务水平成果的展示，更是义乌市场建设与发展现实的历史见证。

最后，我借此机会，热烈祝贺南京大学建校120周年，并期待贵校在坚持立德树人、推动科技自立自强上再创佳绩，为全面建设社会主义现代化国家贡献更多力量。

创新发展　引领全球小商品贸易风尚

义乌小商品城集团党委书记、董事长　赵文阁

尊敬的各位领导、专家学者、媒体朋友们：

大家好！很荣幸有这个机会，跟大家交流义乌市场发展情况。吴象水先生是我们义乌同乡，他的新闻作品选彰显了南大人的才华与诚朴，展现了"报道义乌小商品市场第一人"的市场情怀和新闻敏感，引发共鸣，令人敬佩；他的很多观点源于个人对市场的持续观察和深入调研，经得起市场发展实践的检验，给人启迪，值得借鉴。

刚刚，厉书记从党委、政府的视角回顾了市场的"昨天"，下面我将从市场运营主体角度，着重跟大家分享市场的"今天"和"明天"。

一、义乌市场发展概况

（一）市场发展历程

义乌市场源起：《义乌县志》记载，清乾隆年间，义乌廿三里镇就有人于农闲时节，肩挑货郎担，手摇拨浪鼓，走街串巷，敲糖换鸡毛。清道光年间，"鸡毛换糖"之业已十分兴盛，形成了"敲糖帮"，成为当地农民安生度日的重要副业。1978年底，义乌稠城、廿三里两镇的农民自发地在镇区马路两侧摆起地摊，出现了第一批小商品摊位，并逐步形成时间、地点相对固定的"马路市场"。

第一代市场：1982年9月，尊重群众发展小商品贸易的强烈要求，开放小商品市场，在县城稠城镇朱店街两侧搭起上可遮雨、下可摆摊的"草

帽市场"。第一代小商品市场自此应运而生，并迅速发展。到1984年，市场摊位已发展到1887个，年成交额2400万元。

第二代市场：1984年10月，义乌县委、县政府受党的十二届三中全会作出发展社会主义商品经济决定精神的鼓舞，果断提出"兴商建县"发展战略，把市场摆在义乌经济社会发展的龙头地位，把商贸业作为义乌的主导产业，大力发展小商品市场。同年12月，位于稠城镇新马路的第二代小商品市场建成，水泥地面、水泥板摊位，并设立了工商、税务、银行、公安、餐饮等机构和服务设施，实现了"以场为市"的转变，商品种类达2740多种，辐射范围从周边市县延伸到省内省外。1985年，市场成交额已超过5000万元。

第三代市场：1986年，位于篁园路的第三代市场建成，规模、场地、设施和商品全面提升，吸引了大批省内外客商和企业进场设摊。1988年，义乌第三产业比重达39.2%，三次产业结构首次呈"三、二、一"顺序。1990年，义乌小商品市场成交额跃居全国各大专业市场之首，榜首地位保持至今。

第四代市场：1992年8月，国家工商总局正式把义乌小商品市场命名为"中国小商品城"。同年10月，第四代市场——篁园市场一期投入运行；1994年7月，篁园市场二期又投入运行。1996年9月，宾王市场投入运行。从此，义乌市场各行业全部搬入大厅式室内市场，完成了中国小商品城全面提升改造、整体搬迁的历史任务。

第五代市场：2002年10月，国际商贸城一区市场正式开业，标志着义乌市场迭代至第五代市场。2004年10月，国际商贸城二区市场竣工开业。2005年9月，国际商贸城三区市场竣工试营业。2008年10月，国际商贸城四区市场开业。2011年5月，国际商贸城五区市场开业。2013年11月，国际生产资料市场正式开业。2016年3月，国际商贸城一区东扩市场正式开业。

（1982年至今，吴象水先生以其生花妙笔记录了义乌市场40年光辉历程中几乎每一个重要时刻，率先报道义乌市场，全程鼓与呼，这份坚守实在难能可贵。他的知识与风骨无愧于母校南大，无愧于故乡义乌，确实值得称道。）

（二）市场总体介绍

义乌市场创建于 1982 年，期间六易其址、十次扩建，已形成包括国际商贸城一至五区市场、宾王市场、篁园市场和国际生产资料市场等在内的市场群。

现有营业面积 640 余万平方米，商位 7.5 万个，经营 26 个大类、210 万个单品，据统计，如果您在每个商位前停留3分钟，按一天8小时的营业时间来计算，逛完整个市场需要1年半时间。

义乌市场与全球 230 多个国家和地区有贸易往来，外向度高达55%，是全球小商品贸易风向标。义乌素有"小联合国"之称，（疫情前）每年到义乌采购的境外客商超过 55 万人次，有超过1.5 万（目前人数约 9000 名）的外商，他们常年采购在义乌、发货在义乌、生活在义乌，其中不少人能够说一口标准的普通话，有的甚至会用几句流利的义乌方言和我们市场经营户讨价还价。在义乌，有外商投资企业、外商投资合伙企业、外国（地区）常驻代表机构等各类外资机构 8000 多家，其中外商投资合伙企业2000多家，约占全国的 70%。

2005 年，被联合国、世界银行与摩根士丹利等权威机构称为"全球最大的小商品批发市场"。习近平总书记多次在国际外交场合介绍义乌，2015 年 12 月在出席中非领导人活动时把义乌定位为世界"小商品之都"。2014 年11 月，李克强总理在义乌考察时，称赞义乌小商品市场是中国名片，义乌商贸城足以与当年的清明上河图媲美，堪称当代"义乌上河图"。

（三）市场运行现状

百年变局叠加世纪疫情的复杂背景下，义乌市场统筹疫情防控和市场繁荣，整体运行保持平稳向好态势，稳中有进，同时稳中有忧。今年前4个月，市场主要运行指标总体符合预期，继续表现出较强的韧性与活力。

成交额方面：1~4月小商品城市场抽样成交额679.06亿元，同比增长4.54%，增速明显放缓。

客流方面：1~4 月，义乌市公路、铁路、航空客流总量为422.57 万人次,同比减少46.06%,主要由于3月以来国内疫情点多、面广、频发,防疫管控下人员流动减少。外商出入境6557人次,同比下降34.63%,外商入境仍然受限。市场日均人流10.62万人,同比增长11.55%,已恢复到2019年同期的85%左右。

资金流方面:1~4月,市场周边银行网点资金、现金总流量为9336.49亿元,同比增长51.07%,市场资金周转保持活跃。

货物流方面:1~4月,义乌港集装箱卡口施封量为10.78万只标柜,同比增长23.06%,主要得益于义甬舟开放大通道西延行动,以及义乌—宁波舟山港"第六港区"建设红利释放。

贸易额方面:1~4月,义乌市进出口总值达1429.5亿元,同比增长55.5%。其中,出口1306.7亿元,同比增长50.9%;进口122.8亿元,同比增长130.7%。

信心指数方面:1~4月,市场经营主体信心指数月均为1005.02点(基数为1000点),较去年同期略有下降;普查问卷显示,75.7%经营户对市场有较强的信心,表明目前经营户预期总体较为稳定。

二、义乌市场发展的新形势、新趋势

(一)义乌市场发展的新形势

1.经济全球化新阶段。当前,国际经济、政治、科技、文化、安全格局发生深刻调整,世界经济复苏压力重重。经济全球化遭遇逆流,单边主义、保护主义思潮盛行,国际环境日趋复杂,中亚动荡、俄乌冲突等地缘政治问题加剧。但也要看到,人类已进入互联互通的新时代,各国利益紧密相连、命运休戚与共,经济全球化仍是历史潮流。从"一带一路"到RCEP(区域全面经济伙伴关系协定),再到中国申请加入CPTPP(全面与进步跨太平洋伙伴关系协定)、DEPA(数字经济伙伴关系协定)中国开放的大门正在越开越大。(今年1~4月,义乌市对"一带一路"沿线国家合计进出口548.3亿元,同比增长40.3%;对其他RCEP成员国进出口254.4亿元,同比增长82.8%。)

2.双循环发展新格局。新发展阶段下,国内国际形势发生新变化、疫情冲击加速全球产业链重构，我国经济发展面临需求收缩、供给冲击、预期转弱三重压力，中国经济市场和资源两头在外的国际大循环动能明显减弱，内需对经济增长的贡献日益强劲，构建"以国内大循环为主体，国内国际双循环相互促进的新发展格局"将作为我国经济发展的核心战略长期存在。当前，加快建设全国统一市场，一方面有利于破除国内市场壁垒和打通关键堵点，构建高水平供需动态平衡的国内大循环体系；另一方面有利于以超大规模的国内市场为基础支撑，吸引和汇聚全球创新要素资源，构建高水平开放合作的国内国际双循环体系。

3.高质量发展新要求。我国主要社会矛盾已经转化为人民日益增长的美好生活需要和不平衡不充分发展之间的矛盾，质量变革、动力变革、效率变革成为当前中国经济发展的重要抓手。国家提出"共同富裕""碳达峰碳中和"等决策，坚持稳中求进总基调，对经济高质量发展提出了更高要求。

4.数字化发展新赛道。疫情催生非接触经济热潮，以 Tiktok、跨境电商自建站为代表的线上贸易模式飞速发展，国外数字消费模式逐渐兴起，跨境电商、直播电商、数字消费等线上经济成为重要"风口"。（今年1~4月，全市实现电子商务交易额 1176.7 亿元，同比增长 7%。其中，电子商务内贸交易额 826.78 亿元，同比增长 6.95%；跨境电子商务交易额 349.92 亿元，同比增长7.14%。）

5.产业转移新态势。从国际看，新一轮国际产业转移态势初现，中国产业转移步伐将逐步加快，"一带一路"沿线国家将成为新兴的劳动密集型产业承接地。特别是美国等发达国家推行制造业回归，土耳其、伊朗等发展中国家培育本土产业，纺织服装等行业向境外转移趋势明显。（产业转移伴随贸易转移，例如，欧盟、非洲、中东等地与土耳其贸易量大幅增加，2021 年土耳其出口 2253 亿美元、增长了 32.9%，其中希腊、德国从土耳其进口塑料及制品总额分别达到1178万美元及1785万美元，增加1425%、849%。）从国内看，受仓储、土地等资源要素制约，义乌本地劳动密集型产业向周边及国内中西部地区转移趋势明显，产业对市场的支撑作用显著弱化。

（二）义乌市场发展的新趋势

1.市场功能：由"集商"向"集商＋集货"转变。在数字贸易发展和物流体系发达等多重因素共同作用下，义乌市场的功能正逐渐从原先集聚商人向集聚商人和集聚货物转变，货物集拼分拨将成为市场新优势。2020年，从福建运往义乌的商品货物量在15万吨左右，主要涉及工艺品、鞋类、家具及其他中转货物等。福建部分产业基础扎实，比如，莆田现有制鞋企业4200多家，年产成品鞋超13亿双，相关从业者50多万名。据义乌市场鞋类经营户介绍，很多客户从福建采购鞋类商品却要求在义乌交货，与其他产品进行拼柜后再运往目的地，这样能够满足多品类采购需求，并能降低整体物流成本。

2.贸易业态：由市场采购为主向多业态融合转变。长期以来，"多品类、小批量、多批次、拼箱组货"是义乌市场小商品出口的主要方式。义乌基于这一出口特点首创的"市场采购贸易方式"，因其"通关快、便利化、免征增值税"等优势被全国31个城市复制推广。近年来，跨境电商、直播电商、外贸综合服务企业、海外仓等新模式新业态迅速发展、相互融合，持续为市场贸易发展注入新活力。比如，线上贸易已经深刻影响实体市场经营户的贸易方式和贸易习惯，成为市场贸易的"半边天"。目前，四成以上的经营户销售接近线上线下各一半，近一成的经营户主要为电商供货。

3.交易方式：由订单交易为主向"订单＋现货"转变。义乌市场传统交易模式以"来样定制、赊账经营"的订单交易为主，也就是采购商提供样品或到市场看样下单后，经营户组织生产和发货，如果是外贸订单，从下单到完成交易一般需要数月，甚至更长时间。如圣诞用品出口，头一年的12月开始就会陆续有订单，到第二年9月才基本出完货。受疫情影响，国内小批及电商直播订单日益增多，像饰品、帽类等行业，需要更多现货来满足"出货快、利润高、低风险"的要求，越来越多的经营户开始调整经营策略，实现主推商品现货现供；同时，五金工具、电子等行业的一些经营大户已经尝试通过生产白牌商品，并根据外商需求进行贴牌，以缩短备货周期，快速抢占外贸市场。目前，市场内45%左右的经营户开展现货贸易，占比较疫情前提升了10个左右百分点。

4.商品优势：由"品类+价格"向"品类+品质+价格"转变。义乌市场素以小商品种类多、价格低而闻名海内外，在很长一段时间内物美价廉是义乌小商品最大的优势。早在以老篁园市场为代表的第四代市场时期，就有了"小商品海洋、购物者天堂"的美誉，当时印有这句话的巨大广告牌就树立在老篁园市场的主楼上方。近年来，随着中国人均GDP突破1万美元，中产阶层群体不断壮大，人民对美好生活的需要日益增长，消费升级大趋势不可逆转，体现在绿色消费、健康消费、智能消费等消费习惯高速成长，品质化、品牌化、个性化、时尚化等商品需求不断发展，国潮、文创等高品质商品热度居高不下。市场内越来越多的经营户开始意识到，光靠"品类+价格"很难在日益激烈的市场竞争中占据优势，纷纷在商品创新、品牌、质量、标准上下功夫。目前，市场内86.8%的经营户在商品创新设计研发方面进行投入，比2019年提升6.3个百分点；同时，不少经营户供应链响应快速，能够通过微创新及强供应链整合能力，根据时下流行元素实现快速打样试单、定制供货。

5.发展驱动：由商品商人集聚向全产业贯通转变。从义乌市场发展历程看，1982年到1990年商品市场放开阶段，依托商品商人集聚的优势迅速扩张，成为区域性专业市场；1991年到2000年走向全国阶段，叠加制造、会展和联托运优势，发展成为全国性小商品流通中心；2001年到2010年走向国际阶段，叠加外贸出口和国际物流优势，成为全球最大的小商品批发市场；2011年到2021年国贸改革第一个十年，新增1039（市场采购贸易方式）政策、电商、快递等新优势，实现线上线下双赛道发展。当前，世纪疫情和百年变局背景下，义乌市场加速构建市场、产业、物流、仓储、金融、会展等全产业贯通、强供应链协同的市场生态，对实现新一轮高质量发展至关重要。

三、下一步市场发展的思路举措

（关于义乌小商品市场的发展未来，吴象水先生有很多深入思考，一些观点得到各界广泛认可。比如，"小商品贸易要树品牌，小商品贸易是义乌传统优势，要继续提升竞争力。""要向大商品贸易发展。""电子商务要做活。""有形市场和无形市场一定要结合发展。"这些观点为我们当前和今后一个时期推动义乌市场创新发展提供重要参考。）

今年是义乌市场创办40周年，不惑之年的义乌市场从未停下前行的步伐，而是在各级党委、政府的坚强领导下，在广大市场主体的关心、支持和参与下，循着世界贸易潮流和自身发展趋势，继承创新，迭代发展，打造市场核心竞争力体系和国际贸易履约服务体系，加速向第六代市场转型，努力保持市场繁荣。

第六代市场，是义乌市场的发展方向。简单概括地讲，第六代市场是展示交易、创新设计、知识产权交易、供应链服务、订单处理、贸易结算等多功能融合集聚的贸易场景，是数字化、国际化、便利化程度更高的服务双循环的升级版义乌市场，也是线上线下融合、进口出口联动、境内境外打通、内贸外贸并举的贸易服务生态圈。第六代市场的基础设施，不仅仅是实体市场，也包括综保区、跨境电商园、仓储园、物流园、海外仓等，这些构成了一张服务小商品贸易的网络。第六代市场的功能业态，已不再是简单的展示交易，同时还包括设计研发、物流仓储、商务服务、政务服务等国际贸易服务，还会增加生活、文旅等一些服务配套。

（一）迭代创新，打造市场核心竞争力体系

聚焦"人、货、场"竞争力提升，全面实施市场核心竞争力提升工程，迭代放大"主体活跃集聚、商品适销对路、业态创新融合"的竞争优势，凸显义乌市场适应性、引领性和难以替代性。

"人"的竞争力提升方面：重点是提升经营主体贸易能力、应对变化能力和学习创新能力。数以万计的经营主体始终是繁荣市场的生力军，始终是义乌市场的最大特色、最大资源和最大优势。当前复杂多变的贸易形势下，各种不稳定不确定因素相互交织，跨境电商、直播电商等新模式新业态不断涌现，贸易方式从订单向现货、从大单向小单、从外贸向内贸转变的趋势更加明显，这些都对经营主体素质提出了更高要求。

在此情况下，我们希望通过"内培""外引"系列措施，提升经营主体竞争力。一是通过小商品城商学院，进行商务外语、市场营销、直播电商、跨境电商、贸易风险防范等方面系统培训，提升经营主体贸易能力。二是通过小商品城商会，组织外出学习考察、抱团"走出去"参展、参与市场拓展项目等方式开阔视野，提升经营主体应对贸易形势变化的能力。三是通过供应链配套、金融扶持、平台导流等赋能方式，吸引大学生来市场练摊，支持"商二代""创二代"更好更快成长，鼓励有条件的经营主体拓展跨境电商、直播电商等新业态，提升经营主体学习创新能力。

"货"的竞争力提升方面：重点是提升商品的品类、品质和品牌。消费升级是大势所趋，商品多元化、品质化、个性化的需求特征会越来越明显。我们可以看到，前些年靠"大路货"薄利多销形成的义乌商品传统优势正在弱化，更多的经营户开始重视新品开发，现在半数以上的经营户已经做到每月推出新产品。同时，产业转移新态势下，小商品提质创牌和大商品（生产资料）培育壮大都是义乌市场新一轮发展的主攻方向。

我们认为，巩固提升市场商品竞争力，需要聚集更多适销对路的新产品和成长较快的新行业。一是注重商品提档升级，围绕创意、设计、专利、品牌、质量、标准等，深入开展设计进市场、标准进市场等行动，把更多创新要素引入市场，推动商品向高附加值方向走，转化为实实在在的订单。二是发展新行业，培育孵化宠物用品、国潮、健康、动漫IP、新能源等小商品行业，发展机械设备、原辅材料等生产资料市场，放大市场商品齐全的优势。三是深化贸工联动，积极布局未来产业园、时尚数字产业园等产业支撑项目，加强与本地、省内市外、省外关联产业基地联动，进一步强化产业支撑。

"场"的竞争力提升方面：重中之重是谋划建设全球数贸中心。2002年至2011年陆续投用的国际商贸城一至五区市场是第五代市场的典型，基本代表了义乌市场现有水平，已经不能很好适应这十多年间贸易发展形势和模式业态的快速变化。当前，数字化、双循环和自贸区背景下，我们正在规划建设全球数贸中心，就是围绕新贸易、新地标、新市场三条主线，以数字化改革为引领，融合产品制造、展示交易、物流仓储、关检汇税等小商品产业链条全要素，统筹生产、生活、生态三大空间，布局服务贸易、产业培育、夜间经济、活力社交、进口百货、品牌选品六大核心业态,搭建交易履约集成、产业城市联动、新老市场协同、线上线下融合、国内国外互通的小商品贸易"一站式"服务平台,打造引领全球贸易风尚的新一代市场,为市场贸易新主体、新行业、新模式、新业态提供更适宜的承载空间。新市场里面,会建一些市场MALL、商业街、综合体、写字楼、公寓等,整个市场资源是开放的,设计师、经营户、采购商、电商主体、外综服、供应链企业等各类主体都可以集聚到这里,24小时开放,配套相关服务,有贸易、有办公、有生活、有居住,像一个围绕小商品自由贸易形成的社区,是一个贸易生态、一个城市地标、一个"未来市场"。

(二)数字赋能,打造国际贸易履约服务体系

重点是聚焦"线上一平台+线下一张网"建设,迭代优化数字贸易综合服务平台,布局提升新型商贸基础设施,加速形成全链路履约服务链闭环。

一方面,围绕贸易更加便利,发展Chinagoods贸易综合服务平台。随着大数据、云计算、区块链、人工智能等新技术的广泛应用,贸易场景、贸易方式和贸易服务发生深刻变革,催生更多贸易新模式新业态,不断为贸易发展注入新活力。为迎接数字时代,拥抱数字化转型,激活义乌市场海量贸易数据要素潜能,我们在前期扎实的信息化建设基础之上,聚焦市场贸易主体痛点堵点,打造具有义乌市场辨识度的数字贸易综合服务平台——Chinagoods(义乌小商品城)。平台把市场贸易服务生态搬到线上,除了常规的商品展示交易功能之外,更主要的是,能够通过贸易数据显化,开发出一系列管用实用好用的应用产品,为贸易主体提供仓储物流、通关结汇、供应链金融等"一站式"服务,从而让贸易更简单、服务更精准、监管更有效。比如,通过一款叫"货款宝"的应用产品,提供"先行垫付50%货款"等金融服务,可以帮助广大市场外贸主体缓解资金周转压力、降低外贸"赊销风险",解决"有单不敢接"问题。

另一方面,围绕履约服务提升,布局全球数字贸易枢纽网络。近年来,小商品国际贸易发生深刻变革,义乌市场所发挥的作用正由传统的展示中心、信息中心、订单中心,向订单后的仓储、物流和供应链金融的履约服务环节延伸。正因如此,这两年,我们以仓储物流为重点,统筹布局

本地仓、产地集货仓、节点城市分拨仓、海外仓，积极拓展国内国际物流线路，创新发展综保区和国际数字物流市场，叠加供应链金融服务，织起一张"数字化为牵引、综保区为核心、仓储为支点、物流为连线"的新型商贸设施网，努力形成全链路履约服务闭环，实现全球货义乌拼、义乌出。比如，我们与景德镇当地合作建设的物流仓储项目，能够很好地结合景德镇陶瓷产业基地优势和义乌市场、物流优势，可以让更多的陶瓷产品通过义乌市场卖到全国、销往全球。

义乌市场有着传奇的成长历程，还将创造新的发展奇迹。正因为有吴象水先生这样的社会各界人士关心义乌市场、关注义乌市场、支持义乌市场，义乌市场的发展才会越来越好。欢迎大家常来义乌市场走走看看，共同来参与和见证义乌市场新一轮高质量发展。

今天，我主要就跟大家分享这些，不当之处，敬请批评指正！

谢谢大家！

吴象水在南京大学校庆专题座谈会上的发言

吴象水

首先，我要特别感谢母校南京大学恩师的教诲和"诚朴雄伟、励学敦行"文化的熏陶，我以身为南大人为荣。其次，真诚地感谢南大校友总会和南大文学院一直以来对我的指导、帮助和特别抬爱，让我能够四十年如一日、持之以恒地跟踪调查研究义乌市场乃至中国市场经济改革发展的动态。

我是义乌人，见证了义乌小商品市场和国际商贸城的创新与发展，曾经先后以《中国经济时报》《人民日报》《中国商报》记者的身份，持续调研和报道义乌小商品经济改革发展情况，部分报道得到国家领导人的重视和关注，为市场经济改革发展发挥了一点作用。日前，承蒙南京大学出版社的厚爱，将我四十多年来的文字集结成册，今天母校特意安排这个专题座谈会，陆百甫、厉志海、赵文革、刘重喜、朱家维、赵国方以及在座的一批学界大咖和领导亲临本次座谈会，我深感荣幸。

我深知，与众多杰出校友相比，我取得的这点成绩不足为道、不足挂齿。

我将以这次校庆为契机，继续努力为深化改革发展、实现中国梦竭尽全力，奉献我的一份微薄力量。

谢谢大家！

张建勤教授的点评

《知识与风骨——吴象水新闻作品选》这本书，堪称是一本经济短新闻写作之鲜活生动的教材。主要表现为两个突出特点：

第一，文体之全。翻开《知识与风骨——吴象水新闻作品选》，你会看到这个新闻作品集中包含了以短为主体的消息、通讯、特写、访谈、采访、综述、时评等几乎所有的短新闻体裁。这充分说明作者吴象水先生对新闻写作特别是经济类新闻写作驾轻就熟，举重若轻。每一篇作品都对从事新闻写作的人尤其是初学者具有指导意义和借鉴作用。

第二，见识之深。一般的新闻记者只是承担着"二传手"的角色，也就是履行着新闻记者最基本的"及时、客观、公正"地对已经发生的事实进行报道的职责。但翻开吴象水先生的新闻作品，很容易发现他已然是一名懂经济、有见识的专业人士。例如书中收录的两篇有关"金华火腿"的报道：《金华火腿怎么了？》和《金华火腿要保牌子》。在报道了金华火腿面临假冒伪劣产品侵权和侵害的事实同时，没有停留在一味谴责假冒伪劣产品制造者的无良之举层面，而是很有远见地提出创立和保护"品牌"的问题，字里行间透露出作者强烈的法治意识和市场竞争意识，是难能可贵的。

点评人系南京大学金陵学院艺术学院院长